砰砰！

砰砰！

咳咳！
咳咳！

通風。

颼—
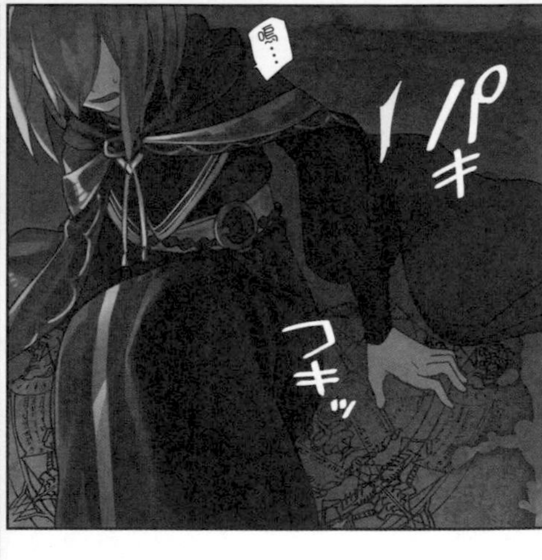
嗚……
パキ
コキッ

生命甘露。
發光

咕嚕、
咕嚕。

呼…

……

對了……

嘎吼吼吼吼！
嘎啊啊！
拿起刀劍！
啊啊啊
可惡的魔物！
啊啊
哇啊
呼！
呼！
這是「假死魔法陣」，危險退去後就會甦醒。
呼！
呼！

魔物從魔森林湧出，
引起了魔物暴動⋯
我⋯⋯倖存下來了呢。

嘿咻！

呃……

退一百步來講，房屋完全沒了蹤影我還可以理解……
畢竟有暴動的魔物過境嘛。

※雜草叢生

但這是我的藥草園裡種的藥草吧……

ぷち

為什麼會長得這麼茂盛啊——？

もさっ

所以即使是魔物暴動結束，我也沒能甦醒過來，一直沉睡著。

直到入口的門腐朽為止，一直……

我……到底睡了多久啊——？

倖存鍊金術師的城市慢活記

The survived alchemist
with a dream of quiet town life.

[作者] のの原兎太
[插畫] ox

written by Usata Nonohara
illustration by ox

01
book one

Kadokawa Fantastic Novels

Aus schwartzer Erden
Aus weisser Erden
Rotte
farb
Schwartz
graw
Rott
Rott
AQVA·PIETAS·
HVMILITAS
ANIMA
SPIRITVS
Sanctus
Lapis philosophorum
CORPVS
IGNIS·PVRITAS

The survived alchemist
with a dream of quiet town life.

01 Contents

The
Survived
Alchemist
with a dream
of quiet town life.

01

book one

序章

毀滅與覺醒

Prologue

01

這一天，一名少女在某個如墓穴般狹窄且陰暗的地下室甦醒。

怦怦。

少女那顆停止的心臟開始鼓動。

凍結的血液融解並重啟循環，肺臟則渴求著氧氣。

少女輕吸一口氣，便有大量的塵埃飛進口中。

「咳咳……咳咳咳咳……呼啊！」

（呼吸好困難……空氣……新鮮空氣……）

因為缺氧而感到陣陣疼痛的腦袋，一開始認知到的是呼吸困難的感覺。

「通風。」

喉嚨乾燥難耐，嘴唇和舌頭也都因刺痛而發不出聲音；但只要明確集中意識在詠唱上，就算不詠唱也能發動魔法。少女好不容易才用生活魔法將室內的灰塵與混濁的空氣排出，總算得以正常呼吸。

（我為什麼會躺在這裡？）

少女用缺氧而意識朦朧的頭腦開始思考。即使想觀察周圍，眼睛的焦距也對不上，只能模糊地看到深處的上方有光線照射進來。

自己似乎沉睡了很長一段時間。坐起上半身時，僵硬的關節發出哀號。轉動關節的刺耳聲響和頭痛欲裂的感受使少女皺著眉頭起身，然後用使不上力的手拱成碗的形狀。

「生命甘露。」

散發著白光的水盈滿掌心。從指隙間滴落的水沿著手臂流到手肘，卻沒有滲進衣服裡，而是消散在空氣中。這就是「生命甘露」，是從這塊土地的地脈汲取上來的大地恩惠。

雖然流失了大部分，少女依然將它喝進口中，滋潤了徹底乾涸的身體。快要裂開的喉嚨得到潤澤，關節得以順利轉動，血液循環也更加暢通，頭痛則像溶化似的逐漸消失。細胞一個一個受到活化。若有人見證這一幕，肯定會認為這是奇蹟之水，驚訝得目瞪口呆。

多虧了擁有鍊金術技能的「鍊金術師」才能使用的「生命甘露」，這名少女——瑪莉艾拉終於想起了自己所處的狀況。

「發生了魔森林氾濫（魔物暴動）。」

02

瑪莉艾拉所居住的安妲爾吉亞王國是個被魔森林和高聳群山所包圍的小國。雖然必須小心住在魔森林的魔物，圍繞國土的山脈卻是守護國家的天然堡壘，更提供豐富的礦物資源。國土很狹小，能開拓為農地的空間並不大，土地卻很肥沃，能夠給予國民充足的糧食。

各種得天獨厚的優勢超越了來自魔森林的魔物威脅，使安妲爾吉亞王國成為擠身列強的繁榮小國。

懷抱企圖心的下級貴族老么、無力餬口的貧村三男、對身手有自信的冒險者，以及與他們進行買賣的商人都聚集到安妲爾吉亞王國。安妲爾吉亞王國隨時都需要到魔森林清除魔物的冒險者，也有足夠的能力養活這些人。

餓肚子的話就到安妲爾吉亞去吧。

不知不覺間，安妲爾吉亞王國已經變成王國國民在外牆內享受安寧生活，冒險者則在魔森林邊緣與魔物戰鬥的國家了。

雖說是冒險者，但他們其實只是一群沒有充足後盾的難民。雖然有許多人一直過著每天勉強維生的日子直到生命凋零，卻也有靠自己白手起家登上富貴階級的強者。豐饒國土所帶來的食材與來自各國的料理方式使飲食文化大放異彩，因為面對魔森林才發展起來的武器製造工藝，也藉著來自魔森林的稀有素材而更上一層樓。市場上流通著各式各樣的商品，以重視享樂的冒險者為服務對象的酒吧、賭場、在夜晚陪伴客人的店家紛紛進駐外牆的外側。這裡漸漸發展成人稱防衛都市的城鎮，充滿了人與物，到處都滿溢著果實成熟落地般的熱情。

瑪莉艾拉就是防衛都市的孤兒。

瑪莉艾拉沒有關於父母的記憶。正如其他多數孤兒，恐怕是在夜晚陪伴客人的女人懷上了冒險者的孩子，把剛出生不久的嬰兒丟到了孤兒院吧。

瑪莉艾拉並不覺得自己的遭遇很不幸。

這裡多得是沒有父母的孩子，而且親生母親也在襁褓上寫下了「瑪莉艾拉」這個名字。血親所取的名字是真名，必須要有真名才能借用世界的力量使用技能。多虧擁有真名，瑪莉艾拉才能被鍊金術的師父收養，以鍊金術師的工作過活。

鍊金術的技能以前並不稀奇，魔藥使用起來也比治癒魔法更不方便。雖然鍊金術師是賺不了多少錢的行業，瑪莉艾拉還是能住在師父在魔森林郊外留下的小屋，過著省吃儉用的生活。即使生活並不富足，製作各式各樣的魔藥也很有樂趣；對不擅長人際交流的瑪莉艾拉來說，靜靜地在森林裡生活比較符合自己的個性。

原以為會一直持續下去的生活，在某一天突然宣告結束。

身為一個窮鍊金術師的瑪莉艾拉，並不知道為什麼會發生魔森林氾濫。

瑪莉艾拉聽見四處逃竄的人們大叫的聲音，進而得知魔森林氾濫發生時，安妲爾吉亞王國的城門已經緊緊關閉。面對如海嘯般蜂擁而來的魔物大軍，防衛都市陷入了極度的混亂。冒險者從年輕人到退休的老人都拿起武器挺身而出，高喊著「守護我們的城市，此刻正是嶄露名號之時」等鼓舞士氣的話。

無力戰鬥的人避難的隊伍擠滿了從城市通往山脈的狹窄道路，打算躲在家中撐過災難的人都關緊了門窗。

瑪莉艾拉趕緊回到師父留下的小屋。不可能來得及避難，城市裡也沒有能夠躲藏的地方。牆壁單薄的木造小屋在成群魔物的面前就像紙片般脆弱。

魔物可以感知到人的魔力。

以前師父曾教過，狂暴化的魔物對人的魔力非常敏感，除魔的魔藥也沒有效果。

所以，如果魔森林湧出魔物……

瑪莉艾拉依照師父的教導，衝進小屋地下室，緊緊關上沉重的鐵門。

為了徹底避免魔力被感知到的可能性，不能使用照明魔法。瑪莉艾拉點亮燃料容量大的固定式油燈，從角落的箱子裡取出一張大羊皮紙。在油燈的微弱亮光中，瑪莉艾拉把四邊長一公尺的巨大羊皮紙攤在地面上，確認上面畫的魔法陣有沒有缺損。

這是最終手段。瑪莉艾拉聽從師父的要求，心不甘情不願地事先畫好的魔法陣。

取自魔物的巨大羊皮紙價格相當於瑪莉艾拉一個月的收入，用來畫魔法陣的墨水是含有魔石的特製墨水，比羊皮紙還要昂貴。紙上描繪的魔法陣非常細緻且複雜，為了不浪費高價的材料，花了好幾個月才繪製完成。

瑪莉艾拉聽到畢業考是畫出這種魔法陣時，還心想「真是浪費」，現在卻很慶幸自己有先畫好。

這個地下室非常狹窄，就連個子小的瑪莉艾拉站起來都快要撞到天花板了，地面光是攤開羊皮紙讓瑪莉艾拉躺下就沒有多餘空間，但構造卻是與寒酸的小屋不相襯的堅固石砌材質。門甚至是鐵製，雖然不會因為魔物踩踏就損壞，但如果魔物發現裡面有人，恐怕會在轉眼間就把門撬開。

除非殺光魔物，否則直到當地的人類全數死亡為止，魔物暴動都不會結束。

地面震動的聲音傳來。成群的魔物正在逼近。

瑪莉艾拉躺到魔法陣上。

（好可怕。）

在狹窄又陰暗的地下室裡，油燈的火焰不穩定地搖曳著。

（好可怕。）

不知道有多少魔物湧來，地鳴般的聲音逐漸逼近。

（好可怕。好可怕喔。誰來，誰來……）

瑪莉艾拉的手腳比石磚鋪成的地面還要冰冷，恐懼完全支配了思緒。

（如果魔法陣沒有順利啟動，如果這個地下室承受不住魔物的重量的話，我就會在這裡……）

瑪莉艾拉的呼吸又淺又急促，心臟猛烈跳動的聲音大得甚至讓人擔心會傳進魔物耳裡。魔物逼近所造成的地面震動更加明顯，油燈連同地下室一起搖晃，使火光閃爍不定。

（好可怕。好可怕。好可怕。我不想一個人死在這裡。）

幾乎被恐懼吞噬的瑪莉艾拉啟動了假死魔法陣。

03

對了，我逃進地下室，啟動了假死魔法陣。

「我倖存下來了啊。」

假死魔法陣會在生命危險過去之後讓使用者甦醒。多虧了「生命甘露」，瑪莉艾拉的視力大致上已經恢復，可以看到腳邊深處位於天花板的入口有外面的光線照射進來。門就掉落在下方，似乎是因為壞了才打開。因為沒有風雨吹進來的痕跡，或許是近期才壞掉的。

瑪莉艾拉為了離開地下室而靠近出口，卻發現木製的梯子已經腐朽了。石牆應該是因為魔森林氾濫所引發的地震而變得鬆散，瑪莉艾拉踏著牆上的縫隙和凸起處，勉強爬出了地下室。

「呃……」

爬到地面上的瑪莉艾拉很驚訝。原本有小屋的地方已經被森林吞沒了。

「退一百步來講，小屋完全不見蹤影我還可以理解。畢竟有暴動的魔物過境嘛。」

瑪莉艾拉低聲這麼說著，同時拔起一束在腳邊生長茂盛的草。

「但這是我的藥草園裡種的藥草吧……為什麼會長得這麼茂盛啊？」

面對看起來少說荒廢了幾十年的小屋廢墟，瑪莉艾拉抱頭苦惱。從甦醒時開始，瑪莉艾拉就感到不太對勁了。不只是身體像石頭般僵硬，梯子甚至是鐵門都腐朽損壞了。

「是假死魔法陣有哪裡出問題嗎？」

那是不可能的。自己使用前有確認過。

雖然是靠著搖搖晃晃的微弱燈火，但自己當時應該有檢查完每一個細節。那盞油燈的火焰就像是剛才還在眼前似的。

「嗯？燈火……火？」

「啊……」瑪莉艾拉發出悲情的嘆息，當場蹲坐在地。

因為平常都是用照明魔法，所以才會忘記。忘記在密室持續燃燒火焰就會燒光氧氣。自己恐怕是在魔物暴動結束之後也沒有醒來，一直在這裡沉睡吧。直到入口的門腐朽為止。

「我到底睡了多久啊……」

瑪莉艾拉的哀嘆在森林裡空虛地迴響著。

沮喪了大約十分鐘，苦惱完的瑪莉艾拉開始拔起地上的藥草。

「乾燥，乾燥，乾～燥～」

「啊～真是的～沒有包包超不方便。既然要空出雙手，乾脆綁起來掛在腰上好了。話說回來，竟然只有便宜的藥草長得這麼茂盛。這個樣子不就只能做除魔和低階傷藥了嗎？」

瑪莉艾拉一邊碎碎唸，一邊用鍊金術烘乾採來的藥草，掛在腰上。轉眼間就完成了把枯草圍成草裙狀的原住民造型。瑪莉艾拉本來就是治癒系（？）的不起眼長相。草裙襯托了原有的土氣，看起來實在不像是十六歲的妙齡少女。

「呵呵呵～掛了這麼多除魔藥草在身上，低階魔物就不敢靠近了吧。除魔草裙～」

瑪莉艾拉一邊搖晃腰部一邊找著藥草，又拔了幾束之後，從腰上的小包包裡拿出五個小空瓶。

《乾燥，粉碎，生命甘露，藥效萃取，殘渣分離，濃縮，藥效固定，封入。》

經過一連串的鍊金術技能，低階魔藥在轉眼之間完成。瑪莉艾拉用同樣的步驟製作除魔魔藥，收進小腰包裡。做了這麼多魔藥，就算遇到一點麻煩，應該也能抵達城市。

所謂的魔藥，簡單來說就是藉由「生命甘露」將藥效提昇到極限的魔法藥。

舉例來說，用來製作低階魔藥的庫利克草如果磨碎塗抹在患部，可以發揮殺菌、止血、促進傷口癒合的效果；雖然能在幾天內治好輕微的外傷，但內服是沒有效果的。

將這些藥效溶入「生命甘露」做成魔藥，淋在患部上就可以讓傷口立即癒合，而內服不只是能治好外傷，也能同時恢復體力。

治癒魔法一樣能夠立即治癒傷口，但因為治癒魔法是藉由提昇患者本身的自癒力來發揮作用，所以治療愈重的傷，恢復後的副作用就愈強，治療沒有體力的患者時效果也會變差。

在這一點上，魔藥使用的是「生命甘露」的力量，因此沒有副作用。即使是瀕死的重傷也同樣能發揮效果。

只不過，「生命甘露」是本來在地脈中流動，使植物生長，給動物力量，最後消散在空氣中，再次回歸地脈的無形能量。因為是用鍊金術將可謂生命之源的大地能量具現化所做成的藥品，所以就算經過「藥效固定」的步驟，也會在不到一年的時間內失效，變成普通的藥草水。

更不方便的是，一旦遠離汲取「生命甘露」的地脈，「生命甘露」就會馬上流失。

鍊金術的步驟繁雜，較為消耗魔力。比起製作低階魔藥，使用治癒魔法比較節省魔力，而且不需要材料費，因此施術費用也較便宜。以前防衛都市的街頭有許多靠治癒魔法賺外快的人，所以就連在街頭兜售的低階魔藥都受到價格上的影響，變得很便宜。

雖然帶有特殊效果的各種高階魔藥會在專賣店販售，價格也很高昂，但因為購買者的職業別有限，魔藥專賣店又是高等級的鍊金術師和其徒弟在經營，像瑪莉艾拉這樣沒有人脈的鍊金術師根本沒有管道能夠進入。

鍊金術的技能本身並不是什麼稀奇的東西。在防衛都市，擁有鍊金術技能的人比麵包師傅還要多。

沒有戰鬥能力的瑪莉艾拉光是能靠鍊金術這項專業來餬口就已經謝天謝地了。

「哦，史奇畢拉草。」

重要的收入來源也生存下來了。

以史奇畢拉草為基底，調和其他幾種藥草做成的瑪莉艾拉特製魔藥，是防衛都市到了夜晚才開始營業的店家指定使用的藥品。防衛都市的魔藥專賣店不肯販賣不是自家徒弟的十六歲少女所做的魔藥，而道具店就算有賣魔藥專賣店的產品，也不願意收購來歷不明的瑪莉艾拉所做的魔藥。

瑪莉艾拉一直在廣場擺攤賣魔藥，或是提供少量貨品給私下認識的小商店以賺取微薄的當日收入維生。售價當然比行情還要便宜，甚至是不在藥草園種植材料就沒有利潤的程度。某家店的男公關看上了這樣的瑪莉艾拉，他恐怕是想要收購便宜的魔藥，就算品質差也無所謂，目的只是賺取差額，於是主動向擺攤賣魔藥的瑪莉艾拉談起生意。

瑪莉艾拉的魔藥一反男公關的預料，品質相當好，而且比其他任何地方都還要便宜；所以男公關從瑪莉艾拉那裡收購了大量的魔藥，到處去別家在晚上營業的店兜售，賺了一大筆錢。被蒙在鼓裡的瑪莉艾拉剛獨立時，甚至很感謝他讓自己得以維持生計。

不過就算得知事實並要求男公關提昇價碼，他也不可能答應。如果做出那種事，恐怕會讓自己暴露在危險之中。正因為瑪莉艾拉沒有發現自己受到了剝削，對薄利多銷賺來的小錢感到滿足，才有辦法一個人勉強過活。

仔細看看藥草園，會發現還有其他擁有特殊效果的稀有藥草存活了下來。

「靠這些也許還可以重新來過。」

首先要到城市裡蒐集情報。只要買些藥瓶，把腰上的藥草做成魔藥，應該還能湊到今天的住宿費。瑪莉艾拉長時間睡在地下室的石地板上，不只是想要擦擦澡，最好可以在柔軟的床鋪上睡一覺。

「希望魔藥的價格沒有下跌。」

瑪莉艾拉朝防衛都市邁出步伐。

以綁了一圈乾燥藥草在腰上的草裙裝扮。

The

Survived

Alchemist

with a dream

of quiet town life.

01

book one

第一章

凋零之都

Chapter 1

多吸思藤是生長在魔森林的藤蔓狀植物，會透過葉片和藤蔓的纖維吸收空氣中飄散的魔力來生長。布魔敏特草是很有名的除魔草，會散發出人類感受不到但魔物很討厭的氣味。因為魔物能感應到人的魔力，所以只要使用這兩種素材調配而成的除魔魔藥，就能製造出對魔物來說沒有人的氣息又只瀰漫著臭味的狀態。

師父曾經說過，只要在房子的屋頂和籬笆覆蓋上多吸思藤，並在籬笆周圍種植布魔敏特草，人也能生活在魔森林裡。瑪莉艾拉繼承自師父的小屋也是這樣的構造，直到魔森林氾濫發生為止都沒有被魔物入侵過，讓瑪莉艾拉得以過著寧靜的生活。只不過魔森林氾濫一旦發生，魔物就會陷入狂暴狀態，幾乎不會在乎布魔敏特草的氣味，對人類的氣息也會變得很敏感，所以瑪莉艾拉那間位在通往防衛都市路上的小屋早已被夷為平地。

瑪莉艾拉在身上灑上新做好的除魔魔藥，往城市出發。

雖然對不同種類的魔物有效果上的差異，但只要噴灑過除魔魔藥，魔物就會主動退避；因此如果是在魔森林的淺層，除非發出太大的聲音，否則就能在不遇到魔物的情況下前進。時間大概剛過中午吧，雖然太陽還掛在很高的位置，但最好能盡量早點抵達城市。從森林裡生長的樹木果實和花草的狀態看來，季節應該是夏季的尾聲。樹木之間窺見的天空很晴朗，沒有降雨的跡象；但現在的瑪莉艾拉不只是沒有遮風避雨的家，微薄的積蓄也和小屋一起消失了。說到能換錢的東西，就只剩下剛才做好的低階魔藥和掛在腰上的藥草了。光靠這麼一點魔藥和藥草，究竟能過多久的生活呢？

在森林裡前進了約半刻鐘，瑪莉艾拉來到一條可供馬車通過的道路。雖然過去常走的獸道已經消失，樹木的位置也和以前的森林不太一樣，但到這裡的路都還算與記憶中相同。

安妲爾吉亞王國的周圍被高聳的山脈和魔森林包圍著，所以如果想前往他國，就只能翻越山脈或是通過夾在山腳和魔森林之間的道路。

這條道路也是其中之一，隔著道路的魔森林對面原本有土壤肥沃的穀倉地帶。

「被森林吞沒了……」

道路另一頭的穀倉地帶已經消失，只有一片與來時路一樣蓊鬱的森林。

安妲爾吉亞王國和防衛都市現在究竟是什麼樣子？

穀倉地帶消失了，這條道路卻還保留著。雖然路寬比瑪莉艾拉記憶中還要窄了許多，但應該定期還有人車往來。從路面上的車輪痕跡可以看出，這條路到現在還有人使用。既然有馬車往來，人的住處應該也還存在。

就在瑪莉艾拉打定主意繼續往防衛都市前進時，附近傳來了類似狼的野獸叫聲和戰鬥的聲音。

瑪莉艾拉不會戰鬥。她沒有戰鬥技能，更重要的是非常笨手笨腳。

平常遇到這種狀況，瑪莉艾拉早就逃走了，根本不會靠近，但甦醒後發生的一連串怪事使得感覺陷入了麻痺。發生了太多讓人一頭霧水的事，想要理解現狀的好奇心促使瑪莉艾拉走向聲音傳來的方向。瑪莉艾拉躲在魔森林與道路之間前進，從樹木後方觀望情況。

（森狼和……那是馬車嗎？）

遭到魔物攻擊的是連駕駛座都有鐵板包覆的三輛馬車。

馬車除了供駕駛觀看的小窗和十字弓的發射孔之外，並沒有其他類似窗戶的開口，被厚重的鐵板包覆著。仔細一看會發現鐵板曾經過多次修補，到處都是魔物的利爪和尖牙留下的痕跡。可見這些馬車經歷過好幾次生死關頭。

每輛裝甲馬車都由兩頭稱為奔龍的雙足步行肉食動物拖著，牠們具有凶猛的性格和堅硬的表皮，因此不怕低階魔物；不過訓練起來很困難，所以防衛都市不常見到。瑪莉艾拉從來沒有見過配備如此厚重的馬車。

最讓瑪莉艾拉震驚的是追逐馬車的森狼數量。大量的森狼密密麻麻地包圍在朝著防衛都市前進的裝甲馬車後方。數量恐怕不下一百隻。

森狼是約比普通的狼大上兩號的魔物，在魔森林的魔物中是接近普通野獸的較弱魔物，卻能採取組織化的團體行動。牠們會死纏爛打地追逐自己鎖定的獵物，如果一個群體打不贏對手，有時也會聯合其他群體共同狩獵。

現在的狀況恐怕就是如此。那些裝甲馬車不知道已經承受著森狼的攻擊跑了多遠的距離。森狼的攻擊在鐵皮裝甲上留下了好幾道傷痕，有幾塊裝甲甚至即將脫落。

騎乘奔龍的兩名護衛一人拿長槍，一人拿劍應戰，但因為穿戴著重視防禦的沉重裝備，動作很緩慢。厚厚的裝備雖然擋得住森狼的尖牙，接二連三撲上來的森狼那敏捷的動作卻看似讓一行人陷入苦戰。

或許是槍兵的技能，黑色長槍的周圍捲起一陣風的漩渦，放出一記銳利的突刺，使攻擊線上的森狼化為肉屑。可是，馬上又有新的森狼補上來發動攻擊，簡直沒完沒了。

面對企圖用嘴巴扯掉車輪的森狼，裝甲馬車的發射孔射出十字弓的箭，貫穿森狼的頭蓋骨，使牠當場倒地。最後方的馬車每次有森狼齜牙裂嘴地撲上去，就會有一道看不見的牆壁將牠們彈開。如果是由熟悉戰鬥的人來看，就會發現這是一場非常穩定且熟練的殲滅戰。裝甲馬車一行人只是一邊清除魔物一邊奔馳，將來到城市附近的森狼一起解決掉。

可是第一次見到戰鬥的瑪莉艾拉根本看不出來。靠她的動態視力，只會覺得被森狼大軍包圍的裝甲馬車一行人正在逐漸消耗體力。

（有人被好多魔物包圍了！話說回來，那是森狼，對吧？）

竟然被多得恐怖的一大群森狼包圍，還被以銳利的牙齒和敏捷的動作反覆攻擊。

（看起來好吃力！我得幫幫他們。有困難時就要互相幫助嘛。）

瑪莉艾拉打開除魔魔藥的瓶子，「嘿！」的一聲往狼群的中心丟了出去。藉由瑪莉艾拉那控球能力不佳的投擲，魔藥瓶一邊旋轉著一邊四處潑灑出除魔魔藥飛了過去。

「嘎嗚嘎嗚！」

森狼不約而同地逃離現場。

牠們畢竟是狼，嗅覺很敏銳。敏銳到會因為除魔魔藥落荒而逃。

因此，只要灑上除魔魔藥就不會遇到森狼，也能輕鬆趕跑牠們。

瑪莉艾拉投出的除魔魔藥想必很刺鼻吧。雖然對人類來說只是無臭的水，對森狼來說卻是難以忍受的惡臭。這樣的東西從天而降，還潑灑在同伴的身體上。狼群太過密集反而讓除魔魔藥得以一滴不剩地灑在那群森狼身上。無法忍受臭味而逃走的森狼被渾身都是除魔魔藥惡臭的同伴拚命追趕。不愧是重情重義的森狼。喜好群居的習性和死纏爛打地追逐獵物的行動力發揮得很徹底，使同類之間開始了一場壯烈的你追我跑。

說起來，要在郊外道路通行時，使用除魔魔藥是慣例，位在魔森林出口的國境也會以便宜的價格販售。只要使用五枚銅幣就能買到的便宜魔藥，不要說是郊外道路了，走在魔森林的淺層也不必擔心遇到魔物。

（這種事情連小孩子都知道耶。是忘記買了嗎？還是在途中用完了？應該不可能是不知道吧。）

確認森狼全都四散奔逃之後，瑪莉艾拉才走到路上。剛才和森狼交戰的兩名裝甲馬車的騎兵，目瞪口呆地交互看著森狼離去的方向和掉在附近的魔藥瓶，其中一個人對瑪莉艾拉開口問道：

「剛才那是除魔魔藥嗎？」

（什麼嘛，明明就知道。）

雖然有些異樣感，但他們是瑪莉艾拉甦醒之後第一次遇到的人類。希望可以蒐集到各種情報。

（要是他們可以給我一點謝禮，那就太棒了～）

別說是荷包扁扁了，連一枚銅幣也沒有的瑪莉艾拉用友善的笑容回答：

「是的。雖然你們可能不需要，但我只是想幫個忙。」

身材比較高大的騎兵從奔龍背上跳下來，脫掉頭盔並往這裡走了幾步。高大的他一靠近就能讓仰望的人感受到一股壓迫感。他有著高階冒險者般的精悍五官，年紀大約是三十歲。深咖啡色的粗眉毛下有一對老練的冒險者特有的銳利雙眼。這個人似乎就是裝甲馬車一行人的隊長。也因為有一身好體格，他的容貌很有威嚴。

「不，幫了大忙。畢竟我們不能把一群森狼帶到城市裡，正感到傷腦筋。我是黑鐵運輸隊的隊長，名叫迪克。請問祢是森林精靈嗎？」

對方禮貌地打招呼是很好，但看來他似乎有個奇怪的誤會。

「森……森林精靈？」

瑪莉艾拉依舊帶著業務式微笑，歪起頭來。的確有些精靈長得像人類，但和精靈不同，瑪莉艾拉有實體，也沒有特別發光。真要說有什麼奇怪之處的話……

「這……這只是為了除魔才圍的！」

瑪莉艾拉以為原因出在腰上的藥草(草裙)，趕緊這麼解釋。雖然瑪莉艾拉不想被誤認為精靈，也不想被誤認為會穿草裙的民族。

「不，怎麼說呢？我聽說森林精靈和魔物不同，不會攻擊人類，反而會幫助人類。像是精靈將藥草交給幫生病的母親採藥草的小孩，再帶他到出口；或是帶著遇難的虛弱獵人到泉水邊；這座魔森林經常有這類的傳聞。我只是覺得或許有可能。」

自稱迪克的高大男子搔搔臉頰，一臉難為情地這麼說。

「森林精靈」和火精靈或水精靈等四大精靈不同，並不會在使用特定技能或魔法時借力量給人類，也沒有人知道如何召喚祂們。由於祂們對人類抱有善意，所以也象徵著幸運，這名男子或許也想見祂們一面吧。

「真是的～隊長，森林精靈看起來才不會這麼清晰咧。人家怎麼看都是個普通的女孩子嘛。」

瑪莉艾拉正在猶豫要怎麼回應時，有個人冷靜地吐槽了。

一名亞麻色頭髮的青年從鐵塊般的馬車中走了下來。年紀大約是十六、七歲左右。看起來就跟瑪莉艾拉差不多同年。青年露出很有親和力的笑容，細長的眼睛就瞇得更細了。

「沒有啦，因為她的打扮很少見。」

「這是除魔草裙。」

瑪莉艾拉說這不是普通草裙，刻意強調藥草裙的機能性。

「不說這個了，妳是迷宮都市的人嗎？」

瑪莉艾拉的主張被迪克隊長當成了耳邊風。草裙狀態的藥草似乎一點也不重要。或許是因為知道對方是能夠對話的人類，迪克隊長的語氣突然變得很隨興。他和瑪莉艾拉說話時的距離很近。迪克隊長是個身材壯碩且穿著厚重盔甲的粗獷男人，感覺到壓迫感的瑪莉艾拉忍不住往後退了一步。

「欸欸，剛才那是除魔魔藥吧？妳還有嗎？」

在瑪莉艾拉回答迪克隊長之前，瞇瞇眼青年插嘴說道。

（這個瞇瞇眼男生也太友善了吧！這樣打斷隊長說話沒關係嗎？而且，什麼是迷宮都市？）

瑪莉艾拉偷瞄了一下迪克隊長，發現他正在用試探性的眼神看著自己。

面對迪克隊長那種試探性的眼神和瞇瞇眼青年那過於親近的態度，瑪莉艾拉覺得有點坐立難安。明明只是用了便宜的魔藥，他們這種反應究竟是怎麼回事？一支運輸隊不使用除魔魔藥，而是靠裝甲馬車在魔森林的道路上移動。對話中還出現迷宮都市這種聽都沒聽過的城市名。自己睡著時到底發生什麼事了？

「我的魔藥只剩下這些。因為我需要錢，正打算拿去賣。」

瑪莉艾拉對自己太想見到人而主動跳出來的行為感到有點後悔，把腰包打開給對方看，謹慎地答道。這並不是謊言，應該也沒有說什麼多餘的話。

「哦，三瓶除魔和五瓶低階魔藥啊。我們害妳用掉很貴重的東西了呢。」

瞇瞇眼青年沒有靠近就看清了小小腰包裡的內容物。

（我們之間有十步以上的距離吧。話說他的瞇瞇眼有一瞬間睜開了耶，眼神好銳利！）

聽到「貴重的」這個詞時，迪克隊長瞥了一眼瞇瞇眼青年，靠近瑪莉艾拉一步，接續對話。剛才後退一步所拉開的距離再次縮短，給人一種壓迫感。雖然他們身上的裝備和出沒在城市附近的行動模式都不像是盜賊，會不會只是自己搞錯了？他們會叫自己把魔藥全部交出來嗎？瑪莉艾拉緊緊閉上嘴巴，緊張地等待對方的下一句話。

「嗯。即使我們能獨自殺出重圍，也確實有受到妳的幫助。就讓我們連同剛才那瓶的份把那些魔藥全部買下，妳覺得如何呢？」

「咦？你們願意跟我買魔藥嗎？」

剛才那股壓迫感到底是怎麼回事呢？如果要跟自己買魔藥，直說就好了嘛。瑪莉艾拉這麼想著，再次歪起頭來。

（找到客人了！不用去街上叫賣了，真幸運。）

瑪莉艾拉爽快地答應賣出魔藥，迪克隊長就鬆了口氣似的說：「這樣啊，那太好了。」

（奇怪？剛才迪克隊長鬆了一口氣嗎？會不會是藥草缺貨，所以不容易買到魔藥啊？既然這樣，希望他們可以用好一點的價錢跟我買。我今晚想吃到熱呼呼的食物，而且也想睡在床上，就算是便宜旅館也沒關係。而且我總覺得我們有點雞同鴨講，不知道他們能不能告訴我魔物暴動之後發生了什麼事。）

遇見一筆意想不到的生意，瑪莉艾拉開始思考今晚要吃些什麼。

「至於價格……我想想——」

這時在一旁靜觀其變的另一名騎兵靠近了迪克隊長，在他的耳邊小聲說了些什麼。不過是買幾瓶便宜魔藥，為什麼要擺出這種態度呢？

（對心臟很不好耶，請不要這樣。要是我的心臟又停了一次，你們要怎麼賠我？）

他們到底在談什麼呢？果然是要搶走自己的魔藥嗎？就算被搶走，反正也不是多貴的東西，但可以的話，她想要避免啃魔森林的香菇當晚餐，在某個屋簷下席地而睡的情況。就算沒有肉也好，好想喝到熱呼呼的湯。對於緊張地這麼想的瑪莉艾拉，迪克隊長出價了：

「九瓶總共大銀幣五枚如何？」

「…………嗄？」

瑪莉艾拉驚訝過度而愣住了。

（呃，我要冷靜一點。雖然我覺得心臟好像停了一下。沒事的，只是錯覺。還有在動，只是心臟跳得好快。）

以防衛都市的行情來說，除魔魔藥和低階魔藥都差不多是五枚銅幣。這裡是森林裡，就算要敲竹槓，最多也只能喊到十枚銅幣。

總共九瓶，即使再加上禮金，能拿到銅幣一百枚＝銀幣一枚就很幸運了。

（他剛才說大銀幣吧？而且是五枚。因為銀幣十枚等於大銀幣一枚，所以是五十倍？現在通貨膨脹很嚴重嗎？一個麵包該不會要賣五十枚銅幣吧？）

迪克隊長不知道是怎麼看待驚訝得愣住的瑪莉艾拉的，用有點慌張的態度重新說道：

「不，也對，從剛才那些森狼的反應看得出來，藥效很確實，保存狀態就像是剛做好的一樣。嗯，那麼一枚金幣怎麼樣？」

瑪莉艾拉還在發愣的時候，價格又上昇了。

（突然加倍？平常的兩百倍？咦咦～這到底是怎麼回事！）

雖然不知道低階魔藥和除魔魔藥的價格為什麼會暴增兩百倍，但如果物價沒有像魔藥一樣飆漲的話，今晚應該能喝到加了肉的湯。說不定還能住到好一點的旅館，把身體擦乾淨。

結果，包含對森狼使用的份在內，瑪莉艾拉將九瓶魔藥以迪克隊長提出的一枚金幣的價格售出。瑪莉艾拉從腰包裡取出三瓶除魔魔藥和五瓶低階魔藥交給一行人，他們便將商品慎重地收進了畫著長期保存用魔法陣的專用箱子裡。

（那是用來收納高階魔藥的箱子吧。可以讓「生命甘露」維持好幾年效果的魔導具。我雖然是鍊金術師，卻沒有那種道具。因為很貴，保存又要用到魔石。）

魔藥只要離開製作地區，正確來說是離開汲取「生命甘露」的地脈範圍，「生命甘露」就會在轉眼間流失，變成普通的藥水；但只要放進這種收納箱，即使離開地脈範圍，也能抑制魔藥的變質，所以會在多個地區間移動的黑鐵運輸隊擁有收納箱這件事本身並不奇怪。聽說能保存中階或高階魔藥作為常備藥的富庶家庭也有這種箱子。

考慮到收納所需的魔石花費，用來放本來價格低廉的低階魔藥簡直是大材小用。只不過，一瓶要價大銀幣一枚就另當別論了。

討論價格時在迪克隊長耳邊說話的人將購買魔藥的款項交給了瑪莉艾拉。

他與壯碩的迪克隊長正好相反，是個纖瘦又優雅的人。色澤略偏黯淡的微捲金髮在腦後綁成一束，有一對祖母綠色的眼睛。他的言行舉止也很高雅，看起來就像個貴族。

「剛才很感謝妳的幫助，小姐。我叫作馬洛，是黑鐵運輸隊的副隊長。」

「我叫作瑪莉艾拉。很抱歉現在才自我介紹。」

這才想到自己還沒有自我介紹的瑪莉艾拉，收下款項時重新向馬洛副隊長打了招呼。

「不用在意啦！嗯，很不錯的名字嘛。跟妳的形象很搭。我叫林克斯。多多指教嘍。」

瞇瞇眼青年接著自我介紹。瑪莉艾拉被當面稱讚，覺得有些不好意思，這時馬洛副隊長帶著笑容繼續說了下去：

「瑪莉艾拉小姐是吧。對了，請問妳還有打算出售其他的魔藥嗎？」

他的眼神當然沒有笑意。意思恐怕是「要賣就賣給我們」吧。瑪莉艾拉很不擅長應付這種彼此試探的場面。

「如果我還需要買些其他東西時，再麻煩你們光顧了。」

瑪莉艾拉給了一個模糊的答案。雖然很感謝對方願意出高價購買，但在無法掌握現狀的情況下，她好歹也知道不該隨便給出承諾。感覺真是不自在，瑪莉艾拉這麼想。

魔藥交易結束後，黑鐵運輸隊表示可以載瑪莉艾拉前往迷宮都市。

雖然他們邀請瑪莉艾拉坐進駕駛座，但因為幾乎沒有窗戶的鐵箱中有點可怕，又想要確認魔森林氾濫之後外面的環境有什麼變化，於是瑪莉艾拉說「反正就快到城市了」，選擇坐在裝甲馬車後面的上下車用階梯上。為了避免乾燥藥草（草裙）被屁股坐扁，瑪莉艾拉將它脫下來吊在裝甲馬車上。

「那我也坐這裡。」

說完，林克斯在瑪莉艾拉身邊坐下。雖然是比較寬的階梯，兩個人坐起來卻也很擁擠。

雖然隱約有點受到攏絡的感覺，但對於以自然的態度拉近距離的林克斯，瑪莉艾拉並沒有感到不愉快。或許是因為林克斯隔著衣服傳遞過來的體溫稍微溫暖了在石造地下室徹底發

冷的身體。瑪莉艾拉終於體認到，自己已經撐過魔森林氾濫，存活了下來。

02

鐵製的裝甲馬車在道路上行駛。雖然速度並不快，卻搖晃得相當厲害。瑪莉艾拉是第一次搭乘馬車，心想「長時間乘坐應該會讓屁股很痛吧」。

「馬車真的好晃喔。既然慢慢跑就搖得這麼厲害，快一點的話應該會暈到從階梯上掉下去吧。」

「對啊。要是全速前進，屁股就會裂開喔。裂成四塊。」

「少騙人了。」

「我才沒有騙人咧。妳看，我的腹肌就裂成六塊了啊。」

「哇！馬車好厲害。」

「不，騙妳的啦。」

兩人這麼聊著。已經這麼靠近城市就幾乎不會遇到魔物，太陽也還高掛天上。林克斯笑著說馬車會繼續慢慢前進，不必擔心。森狼不會出現在這附近，而為了不把從更遠的地方追來的魔物帶到城市裡，他們似乎都會在這附近擊退魔物。

「不說這個了，妳住在哪裡？」

「我本來住在森林裡，但那裡已經沒辦法住人了……」

瑪莉艾拉吞吞吐吐地閃躲林克斯那身家調查般的問題，同時環顧四周。

應該差不多快到防衛都市了。防衛都市到底變成什麼樣子了？

看到瑪莉艾拉愈靠近防衛都市就愈坐立難安的樣子，林克斯開口說道：

「別擔心啦。現在還是白天，不會有殭屍或惡靈出沒啦。不過，不管經過幾次都讓人不習慣，這裡的確不是什麼好地方。」

正當林克斯說到「這裡」時，裝甲馬車駛入了過去是防衛都市的地方。

事情正如瑪莉艾拉的猜想。因為迪克隊長曾說到「迷宮都市」。

可是對瑪莉艾拉來說，魔物暴動就像是昨天才發生的事。沉睡，然後甦醒，就像是幾個小時前的事。

瑪莉艾拉還能夠鮮明地回想起防衛都市那櫛比鱗次的房屋、擺滿商品的店家、引發食慾的小吃攤香氣、氣勢十足的冒險者互相么喝的吵雜聲，還有人們的對話與表情。

可是——

經過反覆增建與改建，如蟻窩般互相倚靠的建築物已經蕩然無存，就連商品齊全的大型商店也只剩下少數的石牆。能品嚐到異國料理和甜品的攤販所飄出的誘人香氣已經轉變成樹木的清香，四周也聽不見人們那充滿活力的喧囂。

「曾經比帝都還要繁榮的城市竟然在一夜之間消失，真可怕。呃，妳還好嗎？妳的臉色很蒼白耶。」

瑪莉艾拉雖然不善交際，這裡卻也曾住著對自己很友善的人。

「有人存活下來嗎……像是平安逃走的人……」

即使知道自己的言行很不自然，瑪莉艾拉還是忍不住這麼問。

「啊？應該在迷宮都市吧？雖然不是倖存者本人，是他們的子孫。」

（太好了，也有人活下來。）

安心的瑪莉艾拉正要吐出一口氣，卻又吞了回去。

「不過那都是兩百年前的事了嘛～聽起來就像一則故事。」

兩百年。

自己沉睡了那麼久嗎？

漫長的時光讓瑪莉艾拉啞口無言。

雖然林克斯還在繼續說話，卻傳不進瑪莉艾拉的耳裡。

03

瑪莉艾拉還記得那天發生的事。

冬天終於結束，那一天的天色卻從早上開始就灰濛濛的，房間一大早就十分陰暗。師父所留下的魔森林小屋非常狹小，只有兩個房間：「睡覺的房間」和「不睡覺的房間」。「睡覺的房間」正如字面上的意思，是寢室，只有一個小衣櫃隔著兩張床，是一間非常狹窄的房間。

八歲時被師父收養的瑪莉艾拉直到十歲為止都跟師父睡在同一張床上，卻在那一年的夏天因師父以「很熱」為理由而得到了自己的床。而且師父還把本來就很狹窄的寢室用衣櫃隔成現在的格局，笑著說「有自己的房間嘍～瑪莉艾拉也該學著獨立了！」。低矮的衣櫃上老是堆滿了師父脫掉的衣服或是帶進寢室的杯子和書等雜物，應該說這些東西常常多得掉到瑪莉艾拉的房間這一邊，所以瑪莉艾拉每天打掃時，總是殷切地想著「師父才應該早點學會獨立」。

那間寢室在師父離開之後也保留著原來的樣子。依照師父的個性，搞不好哪天又會突然跑回來。直到師父離開後過了三年的那一天，瑪莉艾拉一直都這麼想。不過衣櫃上總是整理得很乾淨，打掃起來變得很輕鬆。

「不睡覺的房間」裡有桌椅、爐灶和盥洗處、裝了很多東西的櫃子，不管是煮飯還是吃飯、製作魔藥、學習讀書寫字和算數以及鍊金術等各種知識時，都是在這個房間裡進行。

師父對下廚和打掃洗衣明明都一竅不通，知識卻特別淵博，會在瑪莉艾拉做家事或念書時在後面給些有用的知識和多餘的知識等各種建議。所以這個房間總是非常熱鬧，瑪莉艾拉剛開始住在這裡時，甚至擔心這麼吵會不會引來魔森林的魔物。

在變得非常寂靜的陰暗房間中，瑪莉艾拉沒有點亮燈光，把昨天剩下的乾硬麵包和著森林裡採來的香菇，和藥草煮成的不怎麼好喝的湯一起吞進肚子裡。

小屋周圍的藥草園種植著各式各樣的藥草，瑪莉艾拉採集了需要的藥草，烘乾後綑綁起來。這一天，瑪莉艾拉照常前往防衛都市販售魔藥。

瑪莉艾拉從前一天準備好的五十瓶魔藥中拿出二十瓶放到籃子裡，另外三十瓶則藏在乾燥的成綑藥草中，然後堆放到揹架上並揹到背上。瑪莉艾拉的體力最多只能揹五十瓶魔藥，而僅僅五十瓶根本賣不了多少錢。

瑪莉艾拉一如往常地使用了除魔魔藥，然後朝防衛都市出發。

防衛都市的檢查哨衛兵也一如往常地說「交出兩成當入境費」，並把籃子裡的四、五瓶魔藥抽走。這裡和王國的入口不同，進入由聚集而來的冒險者所建立的防衛都市明明就不需要入境費。衛兵雖然說兩成，卻會把最貴的魔藥拿走，所以瑪莉艾拉只在籃子裡放便宜魔藥，將高價的魔藥藏在乾燥藥草中帶進城裡。看來這次也順利過關了。

進入防衛都市的瑪莉艾拉一一拜訪熟客，兜售魔藥和藥草。最後要去的是晚上開張的店。那附近治安不好，最好穿著簡便的服裝過去。那些店的周圍有時候會散落著別人喝完後丟棄的魔藥空瓶，瑪莉艾拉一找到就會撿起來裝進腰上的包包裡。撿到了大約十瓶。累積了這麼多也是筆不小的數目。瑪莉艾拉一如往常地在店家的後門把魔藥交給男公關，收取店面價格的三成左右的金額，一如往常的薄利多銷。要不是能在藥草園免費採收藥草，被這樣低價收購根本沒有利潤可言。可是只有這個男人願意大量購買，所以他對瑪莉艾拉來說是個大客戶。

如果是平常，瑪莉艾拉接下來會去俗稱「銅幣麵包店」的店購買幾乎沒有加蛋和奶油所以又硬又乾，但用一枚銅幣就可以買到一個的大麵包，再買一點必要的食材和魔藥瓶，然後返回魔森林裡的小屋。

可是那一天和平常不同，瑪莉艾拉從男公關手中接過錢時，宣告魔物來襲的鐘聲響徹了防衛都市。

男公關當著瑪莉艾拉的面關上了店門，催促瑪莉艾拉快點離開。被白色外牆包圍的安妲爾吉亞王國早已關閉大門，人群擠在門前高喊著「開門，放我們進去」。廣場聚集了打算迎擊魔物的冒險者，無法戰鬥的人早已逃離城市或是躲在家裡，將門窗完全緊閉。

瑪莉艾拉朝防衛都市的入口奔去。一路上撞到別人好幾次，拿到的錢和揹架與藥草也在不知不覺間弄丟了。沒有任何人阻止身上不帶任何行李就獨自往魔森林跑去的一名少女。沒有任何一個人招呼她一起逃走，或是敞開大門讓她躲進屋裡。

可是瑪莉艾拉很清楚就算死守在防衛都市也不可能得救，也清楚關上家門的居民和踏上戰場的冒險者都知道自己已經無法活命，所以他們才會讓瑪莉艾拉自由地逃走。

在防衛都市的入口，總是從瑪莉艾拉手中沒收魔藥的衛兵對她說「我要關門了，快滾出去」，並朝瑪莉艾拉扔出某種東西，將她趕出門。那是除魔魔藥，因為瑪莉艾拉這一天並沒有帶除魔魔藥來，所以這肯定是衛兵領到的配給品。瑪莉艾拉還記得衛兵關上大門的手當時因恐懼而顫抖，而他即使害怕魔物，還是把自己的魔藥用在了瑪莉艾拉的身上。

這一切都像是昨天才發生的事。

兩百年——

那一天，他們究竟有什麼遭遇，瑪莉艾拉再也無從得知。

即使在魔森林氾濫中幸運生還，經過了兩百年的時光，瑪莉艾拉已經無法再見到他們。

接下來要前往的「迷宮都市」沒有任何人認識瑪莉艾拉，也沒有任何一個瑪莉艾拉認識的人。

防衛都市的每個人都對瑪莉艾拉很嚴苛，生活起來也不輕鬆，卻給了只會做魔藥的瑪莉艾拉一個小小的容身之處。這是那一天確實存在的事實。

可是在魔森林氾濫中倖存並甦醒之後，現在的瑪莉艾拉已經失去了師父所留下的魔森林小屋，以及自己在防衛都市建立起來的小小容身之處，什麼也不剩。

04

「喂～瑪莉艾拉！」

瑪莉艾拉對防衛都市如今的模樣和自己沉睡了兩百年的事實感到茫然，被林克斯抓住肩膀才終於回過神來。

「抱……抱歉，我好像累了。」

「因為妳一個人走在魔森林裡嘛，當然會累了。不過妳看，我們到了。這裡就是迷宮都市。」

不知何時，裝甲馬車已經停了下來。馬洛副隊長似乎正在申請開門。

從階梯上跳下來環顧四周就可以看到熟悉的外牆。

這個稱為迷宮都市的地方，就是過去的安妲爾吉亞王國。

看起來很眼熟的外牆正是以前圍繞著安妲爾吉亞王都的白色高牆。

恐怕是被魔森林氾濫攻破的吧。

原本整面都是純白色的外牆有大面積崩塌後修補過的痕跡，牆面上還長滿了能吸收空氣中的魔力以避免魔物察覺的多吸思藤。

外牆周圍的森林被砍掉不少，種滿了除魔藥草——布魔敏特草。

兩者都是在魔森林生活的瑪莉艾拉的小屋也有種植的藥草，也是人類住在魔物的領域時需要的植物。可是，蜿蜒攀附在牆面上的多吸思藤就像是侵蝕白牆的血管，紫紅色的布魔敏特草遍布四周的景象也給人一種恐怖的感覺，與美麗的安妲爾吉亞白色外牆並不相襯。

兩百年的歲月已經讓安妲爾吉亞王國的繁榮化為一則歷史故事。

除了戰亂時期以外都對外敞開的安妲爾吉亞外牆大門如今已經緊緊關閉，似乎有衛兵駐守在一次只能供一人通行的便門。迪克隊長好像認識衛兵，打過招呼後過了不久，大門便發出沉重的聲音開啟。載著瑪莉艾拉的裝甲馬車穿越大門，駛進迷宮都市。

大門中也是一片與過去截然不同的景色。

與防衛都市這座難民城不同，安妲爾吉亞王都裡都是堅固的石造建築，所以殘留的建築物比被夷為平地甚至是化為森林的防衛都市還要多。

即使如此，雅緻的宅邸也有一半以上都已經倒塌，剩下的建築物也用單純追求機能性的深色石材和木材進行過反覆的修補。帶有裝飾的安妲爾吉亞建築和單調地排列著石塊與木板

的修繕部分給人一種不搭調的感覺，就像是在藝術作品上塗抹泥巴一般，令人感到不自在。

過去鋪滿了尺寸一致的石磚，路旁還盛開著花朵的大道可能是因為要修復建築的關係，路上到處都有被剝掉石磚而露出土壤的痕跡，所剩不多的石磚也有細碎的裂痕。隨四季變換的花朵已經被緊挨著建築物的零星攤販帳篷所取代。

路上的行人都是看似中階以上的魁梧冒險者和衛兵，小巷裡還有可能是因為受傷而找不到工作的工人蹲在地上。

看見曾經繁華一時的美麗王都凋零至此，或許有些人會因此落淚，但瑪莉艾拉卻沒有感受到看見防衛都市時的那種震撼。

因為這裡是安妲爾吉亞王國的人民所居住的王都，並沒有瑪莉艾拉或是防衛都市的難民生存的空間。

敞開的城門是為了展示王都的繁華而存在，並不會接納瑪莉艾拉等人。跟著師父去接受成為鍊金術師的儀式時，瑪莉艾拉才第一次走進這道大門，之後就再也沒有來過。

大門中的劇變對瑪莉艾拉來說有些事不關己，因此才得以恢復冷靜。

「欸～瑪莉艾拉，妳今天還沒有決定要住在哪裡吧？既然這樣就來我們固定住宿的旅館吧。這附近的治安不太好，畢竟迷宮都市的出入有點複雜。雖然我們要先去卸貨，反正也花不了多少時間，一起去吧。」

「一起去吧。」林克斯這麼說道。這就是在防衛都市遭遇魔物暴動時，瑪莉艾拉想聽見的話。他們之所以到了城市還不放瑪莉艾拉走，目的應該是魔藥吧。因為太好猜了，瑪莉艾拉甚至擔心他們懂不懂得談生意。

（可是，他們好像真的在擔心我……）

他們支付了魔藥的錢，也和瑪莉艾拉在沒有人煙的森林裡相處了約半刻鐘的時間，卻沒有威脅或限制自由的舉動。雖然還沒有熟悉到能夠信任，但比起被丟在人生地不熟的地方，跟他們一起行動或許安全得多。

「謝謝你們，幫了大忙。」

瑪莉艾拉老實地道謝，林克斯就瞇起細長的眼睛，露齒一笑。

林克斯的笑容迅速滲透了瑪莉艾拉的空虛心靈。

The
Survived
Alchemist
with a dream
of quiet town life.

01

book one

第二章

黑鐵運輸隊

Chapter 2

01

過去被稱為安妲爾吉亞的王都以城堡為中心，有四條大道和穿梭其間的中小通道呈放射狀延伸，連接大道的同心圓狀道路有經過嚴密的規劃。圍繞城牆的道路與大道差不多寬，城牆和外牆之間也有幾條寬敞的環狀通道延伸。雖然經過兩百年的時光，市容改變不少，道路卻還是維持原狀。

過去從安妲爾吉亞王都的每一處都看得見的城堡已經消失無蹤，據說現在是進入迷宮的入口。過去守護王室的城牆經過了修復，現在似乎會保護居民不受迷宮中湧出的魔物侵擾。

原本面對穀倉地帶的迷宮都市外西北部雖然因為魔森林的侵蝕而縮小面積，現在卻也還有農地，迷宮都市內部的西北地區則居住著許多一般市民。順帶一提，魔森林氾濫時受害最嚴重的就是西北地區，沒有遮蔽物能阻擋魔物行進的廣大穀倉地帶在轉眼之間就被魔物群吞噬，這裡的外牆也是最早被攻破的。據說大舉侵入王都的魔物將這個地區的建築物全部破壞殆盡。

相反側的東南部與安妲爾吉亞王國時代一樣是貴族區，治理迷宮都市的休森華德邊境伯爵家的宅邸也建在這裡。東南部距離山脈最近，雖然穿越山脈的山路地勢險峻，不適合大批人馬或商隊通行；但據說是因為距離短，遇到緊急情況時適合逃亡，這裡才會變成貴族居住的區域。

黑鐵運輸隊的裝甲馬車通過位於城市西南邊，靠近舊防衛都市的大門，在大道上往城市中心前進，然後沿著迷宮周圍的環狀道路繞著西側來到東北部。

東北部也是在森林的另一頭有山脈的區域。這裡的山脈會出產豐富的礦物資源。穿越山脈的道路一樣很險峻，無法供馬車通行，但比東南部的山路更安全，也不會遇到魔物，因此是前往其他國家時最常使用的主要道路。

多虧如此，這裡聚集了許多商人來買賣迷宮與礦山的出產物，據說是迷宮都市中最繁榮的地區。半毀的安妲爾吉亞式建築被拆除，城市的外圍，靠近山脈的地區蓋了許多附設大型倉庫的商會。中央靠近迷宮的地方有各式各樣的商店和餐飲店，以及住宿設施和冒險者公會等以冒險者為服務對象的商業設施，非常熱鬧。

這些建築應該都是魔森林氾濫之後重建的，因為重視防禦性能，構造就像堡壘般厚實。送貨地點似乎是在迷宮附近，相對之下地段比較好的地方，馬車駛入一條巷子，繞到後門。雖說是後門，卻比正門還要寬，兩道門內的中庭可以輕鬆停下三輛馬車並卸貨。

中庭的正面有看似商會的建築物，左右則有牆壁隔開的騎獸小屋和馬車的停車場、沖洗處等設施。

三輛裝甲馬車一起被帶領到裡面，並排著停車。

一個衣著整潔且身材豐滿，看似負責人的男人帶著兩名部下和幾名僕人或警衛等男人從商會的後門走了出來，一手拿著帳本開始與迪克隊長和馬洛副隊長商談事情。

五名隊員從黑鐵運輸隊的駕駛座走下馬車，替繫在馬車前的奔龍解開束縛。其中特別年輕的少年牽起隊長騎的奔龍的銜鐵，發出嗶的一聲像口哨的聲音，然後往騎獸小屋走去。

原本性情凶暴的奔龍就這樣乖乖地被少年牽著走，脫離馬車束縛的其他奔龍也跟著他魚貫離開。

「尤利凱是馴獸師喔。很厲害吧。我們也走吧。」

瑪莉艾拉跟著林克斯走在奔龍後方，進入果然是騎獸小屋的地方，一個看似在商會負責照顧動物的男人準備好食物和水在小屋裡等著。林克斯說對方會準備食物和水來招待不眠不休地行經魔森林的奔龍。

「其實很少有人連食物都幫忙準備。雷蒙先生真的很大方。」

這裡是客人專用的騎獸小屋，並沒有其他的騎獸。尤利凱用熟練的動作把奔龍繫在小屋裡，把商會準備好的肉和水餵給牠們。

負責照顧動物的男人反而膽戰心驚，只敢從遠遠的地方把飼料箱推過去。

「嘎嘎嘎。」

「咿！」

自己的飲用水被潑出來的奔龍抱怨似的一吼，照顧動物的男人便驚叫一聲。

「好了好了，別生氣。我再添就是了唄。我說你，水不夠咧。」

尤利凱一邊撫摸奔龍的鼻頭，一邊用有特殊口音的語調這麼說，奔龍馬上就安分了下來。被要求加水的男人慌慌張張地把手伸到桶子上方。

「注水。」

男人用生活魔法在桶子裡注滿水。明明可以直接加進奔龍的水桶裡的，他卻在很遠的地方裝水。或許是覺得對低著頭避免視線交會的男人抱怨也沒意義，尤利凱默默地把桶子提過來，將水倒進奔龍的水桶裡。

「林克斯哥也來幫忙唄。」

「好啦。」

尤利凱大概十四、五歲，林克斯大概十六、七歲。年齡相近的兩人似乎感情很好。林克斯也開始幫忙餵肉給還沒分到食物的奔龍。

「瑪莉艾拉要不要也試試？雖然牠們吃相很差，但不會咬人喔。」

林克斯遞出裝了食物的容器。

「那當然，因為我教得好咧。」

尤利凱摸著奔龍，一臉驕傲地這麼說。尤利凱對那個照顧動物的男人態度冷淡，對奔龍卻完全相反，眼神很溫柔。

受到邀請的瑪莉艾拉開始觀察奔龍。雖然是危險的肉食動物，專心吃肉的樣子卻很可愛；如果和牠們培養感情，說不定還能摸到牠們那光滑的皮膚。

（負責照顧動物的人也用過，用生活魔法應該沒問題。）

瑪莉艾拉把手伸到還沒分到水的奔龍的水桶上方。奔龍只有用目光追逐手的動作，很乖巧。牠們真的被訓練得很好。

「注水。」

瑪莉艾拉一往桶子裡注滿水，奔龍就大口大口地一口氣喝光了。

「你這麼渴嗎？」

瑪莉艾拉一問，奔龍就回應了一聲「嘎嘎」。

「牠說牠還要咧。還說妳的魔力很好喝咧。」

有點開心的瑪莉艾拉繼續加水，其他的奔龍也「嘎嘎，嘎嘎，嘎嘎」地叫著，好像在說「我也要，我也要」。

水和食物都分完後，尤利凱和林克斯開始擦拭奔龍的身體。

瑪莉艾拉也擦擦看，奔龍就叫著「嘎嗚」一聲，撇開了頭。

「牠說妳太小力了，很癢咧。」

根據尤利凱的翻譯，牠似乎不太喜歡。不過，牠讓瑪莉艾拉摸了摸頭。觸感比想像中乾爽，摸起來很舒服。

話說回來，奔龍還真是多話。

雖然只有尤利凱知道牠們在說什麼，但牠們似乎會不停地吵著說「脖子附近很癢」、「這些肉不新鮮」、「尤利凱的水最好喝，但瑪莉艾拉的水也不賴」等等的話。沒想到牠們會是這麼可愛的生物。

「到旅館就讓你們盡情睡覺，再加油一下唄。」

林克斯和尤利凱勤奮地擦拭奔龍的身體，負責照顧動物的男人或許是知道牠們不可怕了，開始會按照尤利凱和林克斯的指示，幫忙更換擦澡水或是把鞍座和鐙具擦乾淨。

已經沒有事情可做的瑪莉艾拉心想卸貨的工作應該結束了，隨意看了中庭一眼。

（咦……）

裝甲馬車旁有很多人正在排隊。

黑鐵運輸隊的貨物是「人類」。中間隔著兩輛馬車，這一側排著男性，另一側則排著女性。男人只圍著一塊纏腰布，女人則套著看似一個布袋的貫頭衣，雙手都被綁在前方。

（是奴隸……）

防衛都市也存在奴隸，向瑪莉艾拉收購魔藥的夜晚店家裡工作的女人，也都是債務奴隸或剛脫離奴隸身分的人。

根據負債的金額，在特定期間內從事商店的雜務和冒險者的搬運工、清潔工、魔物肢解業等較少人做的粗活的人，就是瑪莉艾拉所知的債務奴隸；因為要做以體力為資本的工作，所以雇主有義務提供最低限度的食衣住；為了因應任期結束後的生活，雖然只有零用錢程度的金額，卻也有工資的存款制度。

這就是瑪莉艾拉所認知的奴隸，並不會受到從穿著打扮就看得出來是奴隸的惡劣對待，但是……

排列在馬車旁的男人全都骨瘦如柴，頭髮和鬍子長得老長，身體也非常骯髒。

看似在商會擔任傭人的人一一用生活魔法在他們身上澆水，讓他們當場清洗身體，然後讓清洗完畢的人照順序接受帶著帳本的店員用對待家畜的方式檢查身體。

就像是處理髒東西一樣，不是用手指，而是用棍棒戳弄。

反抗的人會被在後方待命的警衛毫不留情地推倒。

只要稍微抵抗一下，就會被好幾個人壓制住，以更羞辱人的姿勢接受仔細的檢查；結束後手腳還會被反綁到背後，以身體向後彎曲的狀態被丟在地上。看到這幅景象，其他人不管是被棍棒戳進嘴裡，還是被掀開纏腰布檢查裡面，所有人都乖乖配合，任人擺布。

排在最後面的男人可能是受傷了，光是站著就搖搖晃晃，一被棍棒戳弄就往前跌倒在地。警衛粗魯地抓住他的頭髮往上提，讓他維持半倒地的姿勢，用棍棒戳弄他的全身。

「好殘忍……」

瑪莉艾拉忍不住出聲說道。

「妳是第一次見到犯罪奴隸和終身奴隸嗎？」

聽到林克斯對自己這麼說，瑪莉艾拉嚇了一跳。瑪莉艾拉連他已經走到身邊都沒有發現。

「被送到迷宮都市的奴隸，沒有人可以活著離開。有時候整輛馬車的奴隸都會在運送時被魔物幹掉。這裡永遠都人手不足，因為債務奴隸的人權會受到保障，所以沒辦法帶什麼正常的奴隸過來。」

犯罪奴隸是犯下殺人或強盜等重罪的人要接受的刑罰，一旦墮落為犯罪奴隸，除非立下廣受世人認同的功績以獲得赦免，否則一輩子都無法逃脫這個身分。

竊盜等罪行還不到犯罪奴隸的輕度罪犯必須支付相當於損害的金額，如果無力支付，就要以債務奴隸的身分賣身償還；如果負債金額過於龐大，經過年齡、能力、性別等其他狀況的評估後結論是無法清償的話，就必須成為終身奴隸，做著粗重的勞力工作到死為止。這兩種奴隸都幾乎等於是沒有人權，據說會被迫擔任與魔物戰鬥時的最前線人員，也就是所謂的人肉盾牌，或是做礦工等非常危險又嚴酷的工作。

這個世界有魔物這種一般人無法應付的危險潛伏在四周，也存在具有強大戰鬥力以對抗魔物的個人。沒有什麼比缺乏道德觀念的強大個人更危險的東西了。這個世界並不存在矯正這種罪犯的餘力，因此人們認為藉由契約加以約束，使其盡量補償社會所受到的損害是正當的行為。

如果撇除買賣人類所帶來的心理排斥感不說的話。

「你們是奴隸商人嗎？」

面對不禁這麼發問的瑪莉艾拉，林克斯用不介意的態度回答：

「只要有人委託，我們什麼都會運送。這次是奴隸，有時候也會運送酒和香菸、砂糖和香料，我們還運送過布料和書、樂器等東西。迷宮都市缺乏很多物資，畢竟光靠騎士隊的定期班和行經山脈的躍谷羊商隊還不夠嘛。」

「我最討厭運送奴隸了咧。他們很臭，奔龍也不喜歡唄。」

「因為是隨地大小便嘛。他們真該體會一下我們這些負責打掃車廂的人是什麼心情。」

看著兩人那像是運送家畜般的態度，瑪莉艾拉感到有些頭暈。

（犯罪奴隸、終身奴隸……可是，他們是人類吧？）

防衛都市也經常聽到「擊退盜賊」之類的事。瑪莉艾拉知道所謂的「擊退」，意思就是殺害。鎮壓使用暴力威脅自身性命或財產的歹徒反而是受到鼓勵的行為。因為如果放過罪犯，只會讓增加更多被害者。

頭腦明明可以理解，看著受到家畜般對待的人們，還是讓瑪莉艾拉感到難以接受。

（我只是沒有體會過危險近在身邊的感覺罷了。）

會被盜賊盯上的人不是擁有一定的資產就是與犯罪者處於同樣的生活圈。虛榮心強，想要追求超乎能力範圍的名譽和財富的人容易染指犯罪，那樣的人周圍就容易發生犯罪事件。

瑪莉艾拉光是要餬口就用盡全力，根本沒有什麼財產，也盡量不去接近危險的地方。

她的虛榮心很薄弱，只想在魔森林靜靜地生活。窮困但平穩且安全的生活就是瑪莉艾拉的日常。所以看到奴隸在眼前接受檢驗，就算頭腦知道這是他們應得的報應，還是會有點難以理解。

瑪莉艾拉感覺得到，這種「難以理解」的狀況是很危險的。

（魔藥……）

迷宮都市的攤販所販售的商品雖然比防衛都市來得高，卻沒有飆漲兩百倍。最重要的是，市場上完全看不到魔藥，取而代之的商品是「藥」。魔藥肯定相當貴重。瑪莉艾拉在渾然不知的情況下使用了這樣的東西，甚至拿來販售。

（我想要情報。我需要不會背叛我的同伴。）

從城市的樣子可以料想得到現在的狀況，卻沒有確切的證據。瑪莉艾拉這時才終於產生一股強烈的焦慮感。

過了一陣子，商品（奴隸）的檢驗似乎結束了。

看似商會代表的男人接過了檢驗清冊——他應該就是雷蒙吧——然後和迪克隊長開始商談。

他們似乎有事情談不攏，一起移動到男性奴隸的隊伍尾端。

「大銀幣兩枚太少了，至少也要有十枚才划得來。」

瑪莉艾拉偷偷詠唱生活魔法「傾聽」，捕捉他們的對話。

這種風屬性的魔法可以捕捉到街上的人低聲交談的聲音，或是野獸在森林裡發出的聲響；但是有效範圍很狹小，有牆壁等遮蔽物時就會被擋住，終究只有生活魔法等級的效果，卻順利捕捉到了迪克隊長和雷蒙的對話。

「就算您這麼說，既然他的右手和左腳都動不了，我們也找不到買主啊。」

他們似乎正在為剛才那個被抓住頭髮再用棍棒戳弄全身的男人爭吵。

「他可以去迷宮當人肉盾牌，或是當礦工吧。」

「靠這樣的腳根本跟不上冒險者，這樣的手也揮不動十字鎬吧。」

「雖然少了一隻眼睛，但他的長相還挺端正的。應該也有些人喜歡這樣的外型吧？」

「您是指供人賞玩嗎？的確是有人有那樣的特殊喜好，可是他早就已經超過二十歲，年紀太大了。」

人肉盾牌、礦工、供人賞玩……聽到自己連一般人所想像得到的最糟選擇都無法勝任，男人不禁瑟瑟發抖。

比其他任何人都還要消瘦的身體因為淋到水又倒在地上而沾滿塵土，黯淡的灰髮緊貼在臉上，看起來淒慘又悲哀。

「我們可是帶著你們的介紹信去採購的啊。」

「他確實有符合四肢完整的要求，但既然動不了，不就是有缺陷的商品嗎？我很不想這麼說，不過對方是不是隱瞞了他的手腳不能動的事實，想要騙人買下他呢？」

「……就算如此，大銀幣兩枚還是太少了。至少要五……」

「畢竟是您特地運送過來的商品，本來我們是不會接受這樣的狀態，但還是努力作出了讓步。因為是可能找不到買主，導致虧損的商品。」

（迪克隊長也太不會談判了吧！）

外表強悍的迪克隊長明明是在談相當殘酷的事，卻完全不是奴隸商人雷蒙的對手。馬洛副隊長或許是習慣了，臉上掛著無奈的表情。

（等一下，這不是好機會嗎？）

任何奴隸都會聽從主人的命令。因為受到隸屬魔法的束縛。

據說隸屬魔法的強度就是強制力的強度，會根據債務金額和罪行輕重而改變。

（那個人不是犯罪奴隸就是終身奴隸。他到死都會是我的同伴。到死都會……）

如果是往常，瑪莉艾拉會認為用金錢贖來同伴是十分卑劣的舉動；或許還會認為淪為犯罪奴隸或終身奴隸的人根本不正經，因此對他們敬而遠之；甚至是自嘲為那個極度虛弱且陷入絕望狀況的男人感到悲哀只是沉浸在優越感裡的行為。

別說是養活一個人了，自己這樣陷入危險處境的人竟然還想要幫助這個瀕臨死亡邊緣的男人。

可是對瑪莉艾拉來說，魔物暴動所帶來的死亡恐懼就像是昨天才發生的事，甦醒後一連串與他人脫節的互動和城市的劇變奪走了冷靜的思考能力。最重要的是，魔藥價格的高漲讓瑪莉艾拉感受到強烈的焦慮。

就算得到情報，就算情況正如預料，自己一個人又能做些什麼？這裡既不是安妲爾吉亞王國也不是防衛都市，是瑪莉艾拉不熟悉的地方。瑪莉艾拉不認識任何人，也沒有任何人認識瑪莉艾拉。師父留下的魔森林小屋已經一點痕跡也不剩。曾經很溫暖的那個房間已經變成兩百年前的幻影，只存在於瑪莉艾拉的記憶中。

進入假死睡眠之前的，對瑪莉艾拉來說就像是不久以前的昨天還確實存在的容身之處，已經徹底消失在這個世界上。

（好冷……）

這該不會是假死睡眠中的夢境吧？自己該不會還在那個狹窄又陰暗的地下室維持著假死狀態吧？所以手腳和身體才會感覺到刺骨的寒冷嗎？

瑪莉艾拉能強烈感受到進入假死睡眠之前的深深孤獨與恐懼。

所以才會這麼做。

「請把他賣給我！」

回過神來時，自己已經叫出聲。迪克隊長和馬洛副隊長，還有雷蒙與店員，甚至是在一旁列隊的奴隸都驚訝地看了過來。受到眾人注目，瑪莉艾拉的臉開始發熱。

（糟了，怎麼辦？）

這樣的感受在心中打轉，這時瑪莉艾拉注意到迪克隊長後面的灰髮男子正在看著自己。臉的右半部被頭髮遮住所以看不見，不過他的左眼是深藍色。

「我需要人手。我手邊的錢不多，可是要大銀幣五枚的話我有！」

瑪莉艾拉就只有一股衝動。這樣的行為根本算不上交涉。

兩百多年前的魔森林小屋裡還有與師父一起生活的棲身之所。可是師父卻留下瑪莉艾拉一個人，不知去向。瑪莉艾拉一直保留著師父的房間，等著師父歸來，現在卻已經過了兩百年。小屋早已徹底毀壞，連等待都無法如願了。

直到兩百年前的那一天為止，就連無情又嚴苛的防衛都市都還有自己的容身之處。那座城市裡的人雖然放瑪莉艾拉一個人逃走，卻沒有任何人願意與她一起逃走。

同情也好，憐憫也罷，即使是契約所形成的羈絆也無所謂。

這個時候的瑪莉艾拉希望有人能待在自己身邊，忍不住心想受到虐待的這名男子應該會一直陪伴著自己。

「噗嗤。」

打破瑪莉艾拉拚命營造出來的嚴肅氣氛的，是馬洛副隊長的笑聲。

（奇怪？我被笑了？為什麼？）

「那麼，就以兩枚大銀幣的價錢把他賣給瑪莉艾拉小姐吧。」

「咦……？」

迪克隊長發出驚訝的聲音。

迪克隊長和奴隸商人雷蒙都用吃驚的表情看著突然插嘴的瑪莉艾拉，和答應要求的馬洛副隊長。不顧還在發愣的兩人，馬洛副隊長若無其事地說出提議：

「雷蒙先生，你剛才說可能會承受虧損對吧？既然這位小姐說她願意接手，契約費用就算她免費，你覺得如何呢？」

聽到別人要求自己免費替素未謀面的小丫頭工作，雷蒙正要再度開口，馬洛副隊長卻迅速接近他低聲說道：「我想我們往後應該會和她建立起長期的交情喔。」

聽完這番話，雷蒙暫時閉上眼睛，然後露出業務式笑容，對瑪莉艾拉這麼答道：

「很抱歉讓您見到這麼難看的場面。小姐您的提議對我們來說可說是求之不得，因此關於契約一事，就如馬洛副隊長所言，讓我們免費為您服務吧。」

「咦？兩枚大銀幣……？」

馬洛副隊長從依舊狀況外的迪克隊長手中抽起看似估價書的文件，瞥了一眼。

「還有……好的，這個金額沒問題。這樣就可以了對吧？隊長？」

馬洛副隊長就像是要宣告事情落幕，很快地結束了商談。

終於恢復正常的迪克隊長在帳簿負責人準備的文件上簽字，開始討論關於款項支付的事務。對於在談話時插嘴，甚至擅自下了結論的馬洛副隊長，他沒有表現出氣憤的樣子。

瑪莉艾拉把兩枚大銀幣付給馬洛副隊長之後，有人來告知「已經準備好進行契約的儀式了」。不知何時，現場已經準備好桌子和一個火盆，裡面放著幾根看似火鉤的鐵棒，交易結束的奴隸被帶到看得見火盆的地方整隊。

雷蒙翻閱帳簿，唸出上面的內容：

「我看看，那名男子名叫吉克蒙德。上面寫說他還是債務奴隸時害主人的兒子受傷，因此淪為犯罪奴隸。」

被拖到火盆前的灰髮男子——吉克蒙德顫抖了一下身體，低聲說了「不……不是那樣的……」，這是他首度開口說話。

「每個奴隸都會這麼說。特別是在看到這個之後。」

站在火盆前的男性店員舉起一根火鉤。

那並不是火鉤，而是雕著複雜紋路的烙印，面積有瑪莉艾拉的手掌那麼大。

咿。

為了讓倒抽一口氣的吉克蒙德和其他奴隸都看清楚，店員緩緩移動烙印。

「如果是順從的奴隸，其實是不需要這麼大的烙印的……你身為一個債務奴隸！非但不償還債務！竟然還敢傷害！犧牲性命也該保護的！自己主人的寶貝兒子！」

雷蒙加重每一句話的語氣，讓吉克蒙德緊咬下唇。

「像你這樣的人，根本不可能好好侍奉心地善良的小姐。藉著強大的契約力量予以矯正，你才終於能夠隨侍在她的身邊。我覺得這個尺寸還算小的了呢。」

（很抱歉打斷你的洗腦教育……）

瑪莉艾拉從奴隸商人後方快步靠近火盆說「我想用這一個」，指定了最小的一個烙印。尺寸大約是大拇指與食指圈起來的大小。正好與大銀幣差不多大。

轉過頭來的雷蒙臉上連客套的笑容都沒有。

（面無表情好恐怖！因為是免費服務，想要我乖乖配合是吧。）

雖然有點害怕雷蒙的冷漠表情，瑪莉艾拉還是努力堅持自己的立場。

「他的眼睛和手腳都受傷了。我覺得這個大小就夠了。」

吉克蒙德已經很虛弱。在瀕死的狀態下被按上那麼大的烙印，搞不好會休克死亡。而且，只要他能說明現狀，然後保守瑪莉艾拉的祕密就夠了，瑪莉艾拉並不打算用那麼強大的契約要求吉克蒙德去做他極度不願意做的事。

吉克蒙德並沒有看著雷蒙或烙印，而是看著瑪莉艾拉。瑪莉艾拉並不討厭那隻深藍色的眼睛，也不認為眼神如此清澈的人會是個罪大惡極的壞人。瑪莉艾拉看著雷蒙，堅決反對他使用那麼大的烙印。

「哦，多麼慈悲為懷！」

認為繼續爭吵也沒有意義的雷蒙重新轉身面向吉克蒙德和奴隸，接著說道：

「永遠感恩慈悲為懷的主人！感受服從命令的喜悅吧！你們必須知道，即使奉獻出自己的每一滴血肉，也不足以回報這份恩情！」

雷蒙提高音量，開始詠唱。

「其身不如塵土！」

瑪莉艾拉指定的烙印開始帶有土屬性的魔力，發出黯淡的光芒。

「其血應為主流！」

桌上放的杯子聚集了水屬性的魔力，使水溢出杯外，從桌上滴落。

「奉獻之情為主吹襲！」

火盆的周圍聚集了風屬性的魔力，捲起一陣旋風。

「生命之火為主盛燃！」

火盆中增加了火屬性的魔力，一口氣燃起一道火柱。

雖然這些都不是借助精靈之力的強大魔力，卻將詠唱融入了戲劇化的臺詞中，再結合視覺效果，藉此醞釀出相當莊嚴的氣氛。這麼做是為了刺激人的心理，引導思想進入容易被法術束縛的狀態，提高術式的效果。

雷蒙操弄人心的技術相當純熟，似乎是個非常熟悉人類心理和術式的高手。

雷蒙抓起在轉眼間燒紅的烙印，站到吉克蒙德面前。

這一幕簡直就像是某種宗教儀式。

商會的僕人抓住吉克蒙德的雙臂，讓他跪坐在地上。

吉克蒙德沒有抵抗，只是抬頭看著烙印。

「吉克蒙德啊！汝應以魂發誓效忠！」

消瘦得浮現肋骨的胸膛被按上烙印，發出「滋」的一聲，灼燒皮肉的可怕氣味飄散到空氣中。

吉克蒙德咬緊牙關，一聲不吭。

守在一旁的店員催促瑪莉艾拉將自己的血滴入桌上的杯中。杯裡裝著剛才詠唱時湧出的液體，血一滴入便與之融合。雷蒙接過杯子，壓制著吉克蒙德的其中一名僕人扒開他的嘴。

「刻劃主名於其身！」

雷蒙將杯裡的液體灌進吉克蒙德嘴裡。僕人抓住他的下巴，讓他一滴不剩地全部喝乾。

四種屬性的魔力在吉克蒙德的體內融合，締結術式。烙印的魔法陣發出淡淡的光芒，將隸屬魔法刻劃在吉克蒙德的全身。

「契約在此成立！」

詠唱結束，隸屬契約完成。或許是法術的影響，吉克蒙德的藍色眼睛帶著恍惚的神色，注視著瑪莉艾拉。

「好了，我們去旅館吧。」

正在進行契約儀式時，林克斯和尤利凱一直帶著奔龍在一旁等待。

六頭奔龍早已繫在裝甲馬車前，尤利凱把兩頭的韁繩交給迪克隊長和馬洛副隊長後，坐進帶頭的裝甲馬車的駕駛座。

「我們會把他放到車上。好了，快上車吧。」

其他隊員讓吉克蒙德搭上帶頭的馬車，關上車門。

瑪莉艾拉為自己插嘴打斷商談的事情向雷蒙道歉，並感謝他施行隸屬契約的儀式，然後坐上載著吉克蒙德的裝甲馬車的階梯。

「不會不會，這樣的時機正好。一抵達就觀摩到契約儀式，其他的奴隸也會為了侍奉好主人而努力工作吧。期待您再次光臨。」

這麼說著目送瑪莉艾拉等人離開的雷蒙，看起來心情似乎有些愉快。

黑鐵運輸隊會連續三天日以繼夜地穿越魔森林。期間，奴隸都被擁擠地塞在只有小小通風口的陰暗車廂裡，沒辦法吃飽，也無法躺下來休息。裝甲馬車會在途中遭受好幾次魔物的攻擊。在車廂的黑暗中，隨時都能聽到魔物的嚎叫。馬車因魔物的攻擊而搖晃，被尖牙和利爪刮傷的裝甲想必會發出刺耳的聲響。

在死亡的恐懼與激烈搖晃的車廂中，他們的精神和體力都已經瀕臨極限。抵達商會而從恐懼中解放使他們感到安心，但又缺乏睡眠與營養，在這種極限狀態下觀看儀式般的契約過程，順從主人的意志恐怕會深深烙印在他們的心中吧。

犯罪奴隸和終身奴隸的地位很卑賤。他們注定要持續待在連生命保障都沒有的惡劣環境中。每個奴隸都徹底放棄了自己的人生，沒有任何動力和目標。他們只會遵從最低限度的命令，並不會做出為主人的利益著想的舉動。從買主的角度來看，他們就是一群用完即丟的消耗品。

見證這場儀式，如果奴隸對主人能多少變得順從一點，就能以好商品的身分為雷蒙和他們自己帶來好處。

（馬洛大人不是一位好惹的人物。雖然不太清楚他說我們會和那女孩建立起長期的交情是什麼意思……）

雷蒙交代部下將這次的商品狀況整理成報告，然後往店面走去。

02

黑鐵運輸隊固定住宿的旅館位在奴隸商會坐落的大道上，往山脈方向稍微前進一段路的地方。

旅館的招牌上寫著「躍谷羊鈞橋亭」。

躍谷羊是棲息在附近山脈的一種山羊，體型與驢子差不多，是在山脈道路通行不可或缺的家畜。山脈道路的寬度很窄，無法供馬車通行，所以人們會把貨物堆放在好幾十頭躍谷羊的背上，組成一支商隊通過山脈。牠們不只是能運送貨物，也很耐粗食且性情溫馴，又能供應羊乳和肉，因此防衛都市也曾飼養許多躍谷羊。

躍谷羊具有高地山羊的特徵，喜歡登上陡峭的斷崖。

牠們會從高聳的峭壁頂端跳躍到另一座峭壁頂端，然後若無其事地走下山崖，令人驚嘆。

牠們在斷崖間跳躍的模樣，就像是飛越即將升起的可動橋頂端，因此俗稱「躍谷羊鈞橋」，防衛都市的居民也會以這句話來形容人從千鈞一髮的危機中生還。

「躍谷羊鈞橋亭」也和這個地區的其他建築物一樣是以石塊打造的堅固房屋，寬度卻比其他建築物還要來得寬，雙開式的門敞開著迎接顧客。

迪克隊長和馬洛副隊長從奔龍身上跳下來走向入口。瑪莉艾拉和林克斯也走下馬車，跟了上去。

聽到瑪莉艾拉說「我想要早點讓吉克蒙德出來」，林克斯說「先到後面洗過再說吧」，於是裝甲馬車載著吉克往旅館後方駛去。

一走進旅館門內就是餐廳兼酒吧，右手邊深處是通往二樓的階梯。

時間早已過了中午，但距離傍晚還早，因此旅館內很冷清。一名留著一頭火焰般紅髮的女性在櫃檯值班。

「迪克！你今天回來得很早嘛！」

紅髮女性打了聲招呼，以熟稔的態度跑到迪克隊長身邊。

她是個看起來性格強勢的美女，而且胸部很豐滿。

「沒什麼啦，只是比較早解決那些小狗罷了。」

不知為何，迪克隊長挺起胸膛回答。他似乎很高興。

「你平常住的房間還空著。好了，去把盔甲脫掉吧。我去幫你們準備吃的。啊，那邊那個小姐是生面孔吧？」

「初次見面。我叫作瑪莉艾拉。我想訂兩個房間。」

紅髮美女的視線轉向馬洛副隊長。

「我們在旅程途中認識了她，可以擔保她的為人。瑪莉艾拉小姐，在迷宮都市，奴隸也是不能在旅館住宿的。後面的倉庫有給奴隸睡覺的空間。不過，如果妳要把自己的所有物帶進房間也不會有問題。安珀小姐，二樓最裡面的房間應該可以帶髒掉的行李進去吧？」

為了防止奴隸逃亡或利用奴隸進行的犯罪行為，正當的旅館不會出借房間給奴隸。不只是迷宮都市，全帝國的人也都知道這件事；雖然是從兩百年前開始就不變的常識，卻讓瑪莉艾拉覺得有點難過。他都虛弱得快要死了，卻還不能住在房間裡。即使如此，馬洛也為吉克安排了一張床，瑪莉艾拉在心中默默地感謝他。

「那個房間還空著。雖然多出一張床，有點占空間，應該沒關係吧？歡迎來到『躍谷羊釣橋亭』！我叫作安珀。要是有什麼不懂的，儘管問我吧。」

聽完馬洛副隊長的介紹，安珀很友善地接待客人。瑪莉艾拉暫且支付了三天份的住宿費，領取鑰匙。雙人房一晚三十枚銅幣。早餐一人五枚銅幣。瑪莉艾拉訂了兩人份的食宿。

好便宜。以防衛都市的行情來看，價格就跟菜鳥冒險者住的便宜旅館差不多。「躍谷羊釣橋亭」位在熱鬧的地區，建築物很氣派，也附設餐廳。看起來明明是中上等級的好旅館，住宿費用卻相當便宜。

「咦……好便宜……」

瑪莉艾拉忍不住出聲說道。

「啊，因為迷宮都市的旅館可以領到補助金啊。這個城市不是很偏僻嗎？雖然有迷宮，但要來到這裡卻很辛苦，所以很難招募到人。邊境伯爵大人為了降低基本的生活開銷，才會實施這種便民的政策。瑪莉艾拉，妳就在這裡好好休息吧。」

雖然不太清楚迷宮都市的物價，但賣魔藥賺來的錢還剩下六枚大銀幣以上。

看來還能暫時生活一段時間。

（話說回來……）

瑪莉艾拉輕輕把手放在胸部上。

（安珀小姐的胸部好大……）

心想著不知道有沒有能豐胸的魔藥，瑪莉艾拉嘆了一口氣。

迪克隊長和馬洛副隊長直接走向二樓的房間。

林克斯說要把鑰匙交給其他隊員，於是瑪莉艾拉也一起跟了過去。

從後門走出去就可以見到看似廁所的建築物和取水處，更深處還有車庫與騎獸小屋。取水處好像可以自由洗衣，地上放著供人借用的洗衣板和桶子，角落還有用布簾隔開的沖澡空間。

「喂～尤利凱，我們先去吃飯吧～」

林克斯這麼喊道，黑鐵運輸隊的四個人就從車庫裡走了出來。

「尤利凱說要先照顧好奔龍再過來。」

接過鑰匙時，一名黑鐵運輸隊的隊員這麼回答。

「那傢伙真的很喜歡奔龍耶～我拿鑰匙過去。你們先走吧。」

說完，林克斯往騎獸小屋跑去。

瑪莉艾拉環顧四周，尋找吉克蒙德的身影，便看到他從沖澡場慌慌張張地走了出來。他似乎很趕著出來，頂著一頭溼漉漉的頭髮，看起來很冷。重新圍好的纏腰布潮溼地緊貼在他身上。

（他是用纏腰(那個)布擦的吧……）

瑪莉艾拉自己也沒有任何換洗衣物。

現在瑪莉艾拉身上穿的外套是用多吸思藤的纖維織成的，可以吸收穿著者或空氣中的魔力進行自動修復，所以並沒有特別老化；但裡面穿的衣服過了兩百年，恐怕已經變得破破爛爛。腰包和鞋子的皮革都已經脆化，到處都是裂痕。

（先看看吉克蒙德的情況，然後馬上去買東西吧。）

瑪莉艾拉先用生活魔法「乾燥」把吉克蒙德烘乾，然後走向房間。

瑪莉艾拉叫吉克蒙德跟著自己走，他就乖乖跟過來了。他拖著小腿部分變色腫脹的左腳走路；右手抱著瑪莉艾拉的草裙……應該說是一束藥草。右手看起來似乎不是完全動不了，但因為他不是用手拿著，而是用笨拙的姿勢抱著藥草，可見右手應該也無法自由活動；另外還有右眼。他一直用頭髮遮著右眼；他的臉色很差，呼吸又淺又急促。靠近一看才發現，他的狀況比想像中還要差。

分配給瑪莉艾拉的二樓深處的房間還算寬敞，房間的兩側有兩張床，中間放著桌子和兩張椅子。房門和屋內之間有能放行李和盔甲的衣櫃，而且還設有一個小浴室。

雖然說是浴室，但也只有人能勉強進入的深型浴桶和排水孔，並沒有附供水設備。雖然要用魔法或魔導具加水並加溫，但至少就瑪莉艾拉所知，防衛都市只有高級旅館會有附浴室的房間。

（有浴室耶！太棒了，晚一點再慢慢洗吧。）

瑪莉艾拉原本以為只能用熱水擦澡，可以泡澡實在令人感激。

雖然房間比想像中更好，寢室卻有股潮溼的霉味。應該是因為窗戶小，日照又不足吧。雖然床單很乾淨，但草蓆可能會長蟲子。

（所以才會允許骯髒的奴隸進入房間啊。這也沒辦法。）

雖然似乎是沖過澡了，吉克蒙德身上還是帶著一股酸臭味，頭髮和鬍子也沾到塵土且纏著不明物體，打結成團狀。光是旅館願意讓他進房間就很好了。

瑪莉艾拉用生活魔法為房間注入新鮮空氣後把窗戶關了起來，也把房門關上，用門閂鎖起。只要把寢室前的內門也關起來，聲音應該就不會傳出去了。因為已經對房間的照明灌注了較多的魔力，就算關上窗戶，房間也非常明亮，不會妨礙到診察。瑪莉艾拉接過藥草並加以確認。雖然經過馬車的搖晃，末端有些缺損，所有的藥草卻都還在。有了這些就足以進行急救處理了。

「你先坐在那邊。」

不知道為什麼，瑪莉艾拉明明指著椅子，吉克蒙德卻坐到椅子旁的地面上。或許是因為左腳腫脹，無法好好彎曲，他只讓左腳往旁彎，用不標準的跪姿坐著。他沒有抬起頭，視線似乎正看著瑪莉艾拉的腳邊。

（為什麼要坐在地上……算了。）

瑪莉艾拉把椅子搬到吉克蒙德面前，坐下來向他發問：

「我的名字叫作瑪莉艾拉。我可以叫你吉克嗎？因為有隸屬契約，你無法違背我的命令。我說得對嗎？」

「是的。您想怎麼叫我都沒問題，主人。我絕對不會忘記您收留我這個愚蠢之人的大恩大德。不論是什麼命令，我都不會違抗。請您儘管吩咐。」

說完，吉克用額頭抵著地板下跪。

（嗚哇……）

瑪莉艾拉愣住了。一個大男人竟然毫不猶豫地下跪，嘴裡說的臺詞也很離譜。瑪莉艾拉甚至開始懷疑那個叫作雷蒙的奴隸商人是不是用了什麼控制精神的魔法。

（不……不管怎麼樣，治療！我得先治療他！）

身為鍊金術師的瑪莉艾拉知道吉克不只是受傷，體力也已經瀕臨極限。至於吉克的言行舉止，等傷勢治好了再慢慢改掉也不遲。

「叫我瑪莉艾拉就好。把頭抬起來，讓我仔細看看。」

吉克抬起頭，把貼在臉上的頭髮往上撥。

雖然瘦得雙頰凹陷，他的五官卻很端正。只剩一隻的深藍色眼睛十分美麗。只要刮掉鬍子，穿上整齊的服裝，應該會變成一個吸引目光的帥氣中年人。

瑪莉艾拉伸手檢查右眼時，吉克一下子渾身僵硬。瑪莉艾拉以前見過會有這種反應的孩子。對方是被孤兒院收留，平常總是遭受父母毆打的孩子。吉克恐怕也承受過常態性的暴力吧，全身都留有好幾處小傷痕。吉克對年紀比自己小的女孩也能毫不猶豫地下跪，以前究竟受過什麼樣的對待呢？瑪莉艾拉感到心痛。

為了避免嚇到吉克，瑪莉艾拉緩緩用手觸碰他的臉。好燙，他果然發燒了。右半張臉應該是被魔物抓傷的吧，留有三道明顯的傷痕。這些傷痕是舊傷，皮膚已經完全癒合了，但右眼的眼球卻已經破損。

（這個傷要用聖靈藥或眼球特化型的特級魔藥才治得好。）

聖靈藥是奇蹟般的靈藥。只要還活著，任何嚴重的傷病都治得好，據說就連部位缺損都能瞬間復原。

它是用稀少又高價的材料透過複雜的手續才能鍊成的鍊金術最高傑作，瑪莉艾拉當然做不出來。應該說聖靈藥在防衛都市也是傳說中的靈藥，不要說是做出來了，甚至沒有人聽說有誰知道配方。

相對地，市面上用來治療部位缺損的是稱為「特化型魔藥」的魔藥，是以高等鍊金術師才能製作的特級魔藥為基底，再加上不同的缺損部位所需的不同材料所鍊成的魔藥。因為一流的鍊金術師研究材料和配方才開發出來的原始配方是機密，所以瑪莉艾拉也不知道如何製作。

以瑪莉艾拉的鍊金術技能等級來說，只能勉強做出比基礎的特級魔藥更低一個階級的高階魔藥。

（右眼就沒辦法了……）

瑪莉艾拉接著診察右手。下手臂的部分有被魔物咬過的痕跡。吉克說是大約半個月前被黑狼咬傷的。

黑狼又稱作瘴氣狼，體型比森狼嬌小，但是獠牙上帶有延遲傷口癒合的毒素。個體的攻擊力雖弱，卻會成群結隊地行動，固執地追逐流著血逃竄的獵物，最後在獵物衰弱時吃掉對方。

手臂的傷口沒有完全癒合，咬痕的肉已經變色凹陷。應該是因為被魔物咬傷後沒有經過像樣的治療就一直放著不管吧。魔物獠牙裡含有的毒素滲入了傷口，延遲了傷口的癒合。雖然手使不上力，沒辦法自由活動，指尖卻好像還有觸覺，看來神經還沒有損壞。

最後是左腳。這個傷口似乎也是黑狼咬傷的，小腿的肉有一部分被咬掉了。傷口經過灼燒以止血，但燒傷沒有痊癒，再加上運送途中一直待在隨地便溺的髒亂環境裡，細菌感染引起了發炎，一看就知道肌肉組織有變色腫脹的情形。

（首先要處理發炎的問題。手臂應該能用中階魔藥治好，可是治療腳還需要高階的特化型魔藥呢。話說回來……他看起來一臉沒事的樣子，但這個傷口應該非常痛吧？）

剛按上的烙印呈現紅黑色，印記的地方有一部分轉變成了咖啡色，同樣快要引起發炎反應了。

如果有特級魔藥，這些傷口都能夠瞬間治好，但既然做不出來也沒辦法。要使用比較低階的魔藥來治療，就需要遵守一定程度的治療手續。

「首先，我要幫你清洗傷口。」

瑪莉艾拉開始進行治療。

只要露出痛苦的表情，就會被當成沒用的東西遺棄。只要倒地，就會被丟在街頭等死。大銀幣兩枚就是這種程度的金額。

即使陷入這種情況，吉克蒙德依然不想死。

或許正因為是這種情況吧。

瑪莉艾拉並不知道，吉克蒙德只是在靠毅力假裝平靜。

讓吉克坐到椅子上後，瑪莉艾拉拿著房間裡附的水壺和只剩一瓶的藥瓶走向浴室。瑪莉艾拉用鍊金術洗淨、殺菌、烘乾水壺和藥瓶，然後連同浴室的桶子一起拿了回來。

「你絕對不可以把我接下來要做的事情說出去。這是『命令』。」

「是。」

吉克的藍色眼睛因為發燒而眼神空洞，嘴上的回應也很機械化，卻能從胸口的烙印確認到微微的魔力反應。

瑪莉艾拉把桶子放到桌上，讓吉克伸出右手，使傷口朝上。

「淨水，生命甘露，固定化。」

水壺中注入了清洗傷口用的水。

處理發炎的傷口時，比起添加藥草的消毒水，使用蘊含「生命甘露」之力的水來清洗比較好——這是瑪莉艾拉的師父一貫的主張，瑪莉艾拉也仿效這樣的做法。瑪莉艾拉用充足的水量沖洗傷口。用肉眼就可以看到黑狼的瘴氣像香菸的煙一樣從傷口往上飄散，被「生命甘露」帶有的效果洗去。

接下來是腳。為了讓小腿的傷口朝上，瑪莉艾拉讓吉克跪在椅子上，更加仔細地清洗傷口。

過程中經過好幾次鍊成，清洗後將桶子裡的水倒掉。

因為沒有布可以擦拭，只好把床單拆下來，擦乾傷痕以外的地方。清理傷痕時是直接淋上「生命甘露」。因為不固定在水或藥中的話，「生命甘露」就會馬上消失，所以只有進行鍊成的鍊金術師能夠直接攝取。將它淋在傷痕上就會迅速消失，卻能讓傷口乾燥，因此瑪莉艾拉覺得很方便。即使清洗過，比起用沒有殺菌的床單擦拭，又在充滿霉味的房間裡風乾，這麼做衛生多了。

最後是胸口的烙印。瑪莉艾拉讓吉克以向後仰的姿勢坐在椅子上，把床單按在烙印下方，進行清洗。這個傷口用低階魔藥應該就夠了，可是燒傷最好能先降溫。經過清洗再治療，效果也會更好。瑪莉艾拉把床單擰乾好幾次，反覆清洗烙印。

最後是魔藥。

瑪莉艾拉從一束乾燥藥草中拿出庫利克草和具有滋補效果的凱哥蘭根，以及庫利克草的種子部分形成的藍色圓形藥材，名叫佩西里籽。

佩西里籽是可以偶爾從生長在潮溼陰涼處的庫利克草上找到的稀有藥材，能用來治療因為不衛生的環境而惡化的傷口以及久久不退的高燒。因為庫利克草偏好陽光充足的環境，在會結出佩西里籽的環境幾乎不會成長到結出種子，因此算是滿稀少的材料。

有一次，瑪莉艾拉把一盆用來栽培種子的庫利克草忘在陰涼處，就長出了佩西里籽。而且用快要形成佩西里籽的種子種植庫利克草，就培育出了可以生長在陰涼處且容易結出佩西里籽的品種。從此以後，瑪莉艾拉的藥草園就開始可以採收到一定數量的佩西里籽。瑪莉艾拉甦醒之後，藥草園也還有這種藥材存活著，幸好有為了變賣而帶過來。

瑪莉艾拉使用少量的庫利克草和凱哥蘭根、佩西里籽鍊成一瓶魔藥。雖然是歸類在低階的簡單魔藥，但同時也屬於特化型。針對吉克的症狀，它應該能發揮相當於中階的效果。為了幾乎一點體力也不剩的吉克，瑪莉艾拉盡量多加了一點「生命甘露」。他一定，一定會好起來的。

「喝下去吧。」

瑪莉艾拉遞出魔藥，卻發現吉克用啞口無言的表情看著自己。他驚訝得連嘴都張開了。

因為他一直愣著不動，瑪莉艾拉把魔藥瓶塞進他張開的嘴巴，他便一邊咳嗽一邊喝了下去。

「鍊……鍊金術師？」

吉克第一次主動開口說話。在製作沖洗傷口的水時，他就一臉難以置信的表情，似乎是在看到魔藥的鍊成過程才終於確信。

「嗯。這個城市已經沒有鍊金術師……沒有和安妲爾吉亞的地脈訂下契約的鍊金術師了嗎？」

從吉克手中接過空瓶，瑪莉艾拉這麼問道。這是瑪莉艾拉最想知道的情報。

「這裡已經很久……沒有與地脈訂下契約的……鍊金術師了。因為這裡……是魔物的領地。」

吉克的回答正如瑪莉艾拉的預料。

（這樣啊。原來如此。畢竟叫作「迷宮都市」嘛。都過了兩百年，我想也是。）

「所以，我『命令』你。『絕對不可以把我是與安妲爾吉亞的地脈訂下契約的鍊金術師的事情說出去』。」

瑪莉艾拉再次叮嚀吉克。隸屬的「命令」愈是具體，效果就愈強。

「你可以在那邊的床上睡覺。等你醒來了就會退燒，身體也會比較舒服。我要去買些東西，你醒來之後也要乖乖躺著休息喔。」

瑪莉艾拉催促吉克躺到房間深處那張沒有拿掉床單的床上，把溼掉的床單和藥瓶放到桶子裡，走向浴室。

瑪莉艾拉把床單放進浴桶裡簡單洗過之後，用生活魔法「乾燥」把床單烘乾。

瑪莉艾拉回到房間時，可能是因為體力耗盡，吉克在床上睡著了。

（啊，床上可能會有蟲。）

瑪莉艾拉鍊成除蟲魔藥，把藥瓶的蓋子打開，放在房間的角落。

魔藥裡添加了具有安眠效果的鞭丹花，能去除房間裡的霉味，散發淡淡的香氣。

（希望他能睡個好覺。）

瑪莉艾拉在水壺裡裝滿乾淨的水，和房間裡附的杯子一起放在桌上，把屋內的照明關到只剩一盞，然後靜靜地離開房間。

03

瑪莉艾拉走到走廊上時，馬洛副隊長已經在自己的房間前等待了。

瑪莉艾拉的房間在二樓的深處，比黑鐵運輸隊的房間更靠近後方。

馬洛副隊長用溫和的態度開口：

「請問妳得到想要的情報了嗎？」

「你都聽到了嗎？」

瑪莉艾拉用問題來回答問題，「怎麼會呢？」馬洛副隊長聽了之後聳了聳肩。他真的是個不好對付的人。

（他一定一開始就發現了吧。）

瑪莉艾拉跟著馬洛副隊長進入他在隔壁的房間。

房間的大小和設置在入口附近的浴室與衣櫃等特徵都跟瑪莉艾拉的房間一樣，但床只有一張，另外則多放了長椅與桌子。床鋪和會面區之間有屏風，可以進行簡單的會議。

馬洛副隊長請瑪莉艾拉在長椅上坐下，自己則坐到桌子對面。

「瑪莉艾拉小姐，我們希望妳務必與我們進行交易。」

「交易魔藥對吧？」

談起來這麼快真是幫了我們大忙——馬洛副隊長笑著這麼說道。

兩百年前，因為發生魔森林氾濫，過去曾是城堡的地方出現了一座迷宮。

原本屬於人類領域的安妲爾吉亞王國已經滅亡，變成了魔物的領域。

雖然迷宮都市有人類居住，卻變得和居住在魔森林的瑪莉艾拉相同；迷宮都市並不是人類的領域，而是魔物的領域。

使魔藥具有魔法效果的「生命甘露」必須經由「脈線」從地脈中汲取，而這條線又必須透過當地的精靈才能在地脈與鍊金術師之間牽起。雖然鍊金術技能本身是「比麵包師傅還要多」的常見技能，但並非所有的鍊金術技能持有者都可以和地脈訂下契約，成為鍊金術師。只有拜鍊金術師為師，並與地脈締結脈線的人才能站上「鍊金術師」的起點。鍊金術技能要汲取「生命甘露」且加以使用才能累積經驗值，光是擁有技能也無法學會使用溫度和壓力調節、製造鍊金術專用空間等等的鍊金術技能，因此無法製作魔藥。

因為與地脈締結契約是身為鍊金術師很重要的起點，所以擁有脈線的鍊金術師又被稱為地脈契約者。

如此重要的地脈契約儀式需要有鍊金術師父和精靈的引導，藉由鍊金術師與地脈交換真名來完成，但精靈所說的語言是該領域支配者的語言。

過去的安妲爾吉亞王國是受到精靈庇佑的安妲爾吉亞王室世世代代統治的人類領域。以前出現在安妲爾吉亞王國的精靈全都會說人類的語言，但居住在魔森林的精靈明明也是誕生自同一道地脈，人類卻無法聽懂祂們在說什麼。

也就是語言不通。

瑪莉艾拉以前唯一一次進入安妲爾吉亞王國的外牆內，就是為了與地脈締結契約。

因為鍊金術本身與精靈無關，一旦連接好「脈線」，只要在地脈的範圍之內，即使是魔物的領域也能順利汲取「生命甘露」。只要成為與地脈訂下契約的鍊金術師，就能使用「生命甘露」製作魔藥。

可是，如果這個地方已經長達兩百年沒有新的鍊金術師與地脈締結契約呢？能直接攝取「生命甘露」的鍊金術師老化速度較慢，大多長壽，但也不可能活上兩百年。在一般人活到八十歲就算長壽的世界中，頂多聽說偶爾有活到一百二十歲的鍊金術師。

瑪莉艾拉沉睡的這兩百年都沒有新的鍊金術師誕生，在魔森林氾濫中存活的鍊金術師恐怕都已經全數死亡。

迷宮都市……應該說在這個地脈的範圍內，除了慎重保管在倉庫裡的庫存以外，再也沒有其他任何的魔藥。

「我們把妳賣給我們的低階魔藥交給熟識的商人鑑定，對方說保存狀態好得簡直就像是剛做好似的，還說效果媲美偶爾在市場上流通的中階魔藥呢。人家甚至一直追問我們是在哪裡取得的。啊，當然了，我們並沒有透露。畢竟這座城市的人全都想要魔藥。要是知道賣家是像妳這樣柔弱的小姐，肯定有人會為了取得魔藥而不擇手段吧。」

馬洛副隊長用溫和的語氣緩緩地這麼說道。就像在問「妳知道我想說什麼嗎？」似的。

「你的意思是，交給你們就可以安全地販售嗎？」

瑪莉艾拉這麼回應，馬洛副隊長便露出滿足的微笑說：「那當然。」

（好吧，反正我也得找到賣魔藥的管道。就算被抽成，如果價錢比防衛都市時還好就沒關係。）

除了賣魔藥之外，瑪莉艾拉沒有其他的謀生方式。

沒有戰鬥能力或後盾等優勢的人總是會遭受剝削。在防衛都市賣魔藥時，被抽成根本是家常便飯。瑪莉艾拉知道，只要吞下某種程度的不合理條件，就能獲取最低限度的利益。

即使如此，還是有些無論如何都不能退讓的事。針對魔藥的販售，瑪莉艾拉提出了幾個條件。

「第一，我不賣特級以上的魔藥或對人使用的毒藥。另外，就算是高階以下，根據特化型的種類，也有些魔藥是我不能賣的。因此，希望你們把品項的決定權交給我。」

自己做不出來的魔藥根本無從販賣，而且瑪莉艾拉也不打算助長犯罪。自己做的魔藥害死別人的情形一定要極力避免。

「第二，根據魔藥的不同，我會請你們事先準備物品來代替一部分的交易金額。」

沒有材料就無法製作，所以只能請他們接受這個條件了。瑪莉艾拉的藥草園處於半毀的狀態。雖然不知道迷宮都市有哪些材料，但希望他們能幫忙取得不容易拿到的材料。

「另外還要請你們嚴格保密。請千萬不要把我是供應者的事情洩漏出去。這一點也包含了發生意外狀況時保護我的義務。如果你們願意用以上的條件簽訂魔法契約，我就答應販售魔藥。」

說完了條件，瑪莉艾拉的內心開始冒冷汗。

（要求魔法契約好像太多了……）

雖然這些全都是不能退讓的條件，但或許可以說得婉轉一點。

馬洛副隊長就像是一一咀嚼瑪莉艾拉的條件一樣，重複了一次。

「雖然妳不賣特級魔藥是很可惜，但這些條件我都了解了。那麼關於價格的部分，將行情的四……不，三成……」

（嗚……雖然知道加了太多條件會有點勉強，但既然還得買藥草當材料，三成會有利潤嗎？希望藥草沒有漲價……）

「——作為我們收取的手續費，妳覺得如何？」

「什麼？」

奇怪了，不是相反嗎？瑪莉艾拉這麼反問。

「販售魔藥的種類可以由我來決定對吧？」

「是的。妳也有庫存方面的考量，這是當然的。」

「我也可以先拿到物品對吧？」

「我們是也會進行採購的運輸隊，因為客戶是基於信任才將交易交給我們，所以這點程度的服務沒什麼問題。」

「祕密洩漏的話，你們會幫我？」

「我們提出這項交易本來就有風險。當然要有售後服務了。」

「那手續費只有三成，不會太便宜嗎？」

「咦？」
「咦？」
兩人都歪起了頭。
結果，雙方決定第一次先由瑪莉艾拉收取行情的六成，暫時觀察情況。關於保密的謹慎程度和萬一洩漏情報時的輔助，會再加強魔法契約的效力。
對於一個人來到迷宮都市，沒有任何後盾的少女來說，簽訂加上了保密與保護義務的魔法契約這件事本身可說是破格的待遇。只有自己方便的時候講些甜言蜜語，情勢一改變就翻臉不認人的情況經常發生。面對一個沒有戰鬥能力的十六歲少女，光是大聲怒吼就能讓她不敢吭聲。
因為魔法契約具有法律約束力，因此對交易的態度愈是隨便的人就愈排斥。瑪莉艾拉心想就算對方找一堆理由想要低價收購，可以簽訂魔法契約就萬萬歲了，但馬洛副隊長卻用理所當然的態度接受了所有的條件。既然願意以這些內容簽訂魔法契約，就表示他並不把瑪莉艾拉當成壓榨的對象，而是交易的對象。
（他也是先等我跟吉克說完話才來找我洽談的呢。）
他們其實可以趁著對象還一無所知時連哄帶騙，用有利於自己的條件簽訂魔法契約。可是黑鐵運輸隊的成員並沒有那麼做。明明是偏重武力的團體，他們待人的態度卻很正派又有禮貌，對瑪莉艾拉來說是很值得信賴的對象。

以這樣的契約內容來說，能夠拿到六成的金額真是太佛心了。瑪莉艾拉高興地這麼想。約好的交貨日是三天後，收購的項目有高階與中階魔藥各十瓶、高階與中階解毒魔藥各五瓶、除魔與低階魔藥以及低階解毒魔藥各二十瓶。

馬洛副隊長也滿臉笑容，說明天會準備好契約書。

（總覺得我們好像有點雞同鴨講……唉，算了。）

他們才剛穿越魔森林，應該很累了。瑪莉艾拉不急著要契約書，希望他們可以先好好休息。

關於先收取的物品，瑪莉艾拉說要先到街上的商店看看再決定。

順帶一提，低階魔藥和除魔魔藥的行情似乎是剛才出售的大銀幣一枚左右。馬洛副隊長跟迪克隊長說過「從銀幣五枚開始談，市價是大銀幣一枚」，他卻在出價銀幣五枚之後突然加碼到大銀幣一枚，讓馬洛副隊長忍不住苦笑。

（跟叫作雷蒙先生的奴隸商人交涉時也是，迪克隊長真的很不適合談生意呢。）

「重要的事情會由我來負責談，妳別看他那個樣子，他可是個會在最關鍵的時刻發揮實力的男人呢。」

就像是預料到瑪莉艾拉的疑問，馬洛帶著笑容這麼說道。雖然看不出來誰才是隊長，瑪莉艾拉卻覺得他們對彼此都有著深厚的信賴。

（雖然談到了好生意，卻花了不少時間。我得趁太陽下山前把日用品和吉克的衣服買好才行。）

瑪莉艾拉快步往下走到餐廳兼酒吧，看見黑鐵運輸隊的成員正在用餐。天色明明還很亮，他們卻已經開始喝酒了。

迪克隊長坐在兩個胸部豐滿的大姊之間，心情正好。其他隊員身旁也各有一名小姐替他們斟酒。

大姊姊全都是穿著清涼的性感打扮。

「瑪莉艾拉，妳來得真慢。我現在就幫妳拿吃的來。」

安珀小姐向不知道該看哪裡的瑪莉艾拉說道。或許是為了接待客人，她換上了一件與紅髮很相襯的紅色禮服。吊著特大號水果籃的肩帶正在挑戰極限。那雙肩帶肯定使用了特殊的魔物素材。

「安珀，快點過來啦。欸～」

迪克隊長變得好像糜爛大人的代表，剛才馬洛副隊長那番充滿信賴之情的臺詞都白講了。

看來這間旅館是個能夠滿足人類三大慾望的地方。

所謂的三大慾望就是「食慾、睡慾、海水浴」。

（人家馬洛副隊長在談生意時，這個人竟然……）

看到被安珀小姐敷衍應付的迪克隊長，瑪莉艾拉開始有點同情馬洛副隊長了。

瑪莉艾拉說自己要離開旅館去買點東西，這時林克斯主動搭話了：

「妳要去買東西嗎？那我幫妳帶路！」

應該是洗過澡了，林克斯看起來很清爽，穿著一身輕裝。

聽瑪莉艾拉說要買自己和吉克的衣服，林克斯帶著她經由小巷走到西北區附近的街上。

「東北區大街的主要客群是能靠迷宮賺錢的冒險者，所以東西有點貴。要買日用品或便服的話，這條路上的東西比較平價，品質也不錯。」

「躍谷羊釣橋亭」也是中上等級的旅館，雖然住宿費和晚餐費等費用有國家補助所以很平價，但酒和下酒菜似乎很貴。幫忙斟酒的小姐的飲食費也會列入計算，跟她們套好交情似乎還能得到額外的「服務」。不過當然要收費。

迷宮都市的人口很少，造訪這裡的冒險者也不多。為了增加人口，城市裡實施的是壓低基本生活費以吸引冒險者的政策。店家為了盡量從口袋較深的客人身上多賺點錢，似乎也會提供各種進階的服務。

「迪克隊長很喜歡安珀姊。」

所以似乎正在努力賺錢幫她贖身。

「安珀小姐好像對他很敷衍，他們之間有可能嗎？」

對於歪著頭這麼說的瑪莉艾拉，林克斯笑著說出「這個嘛，畢竟他是隊長啊！」這種不置可否的答案。

林克斯帶著瑪莉艾拉抵達的店裡賣的都是造型樸素的服飾。這兩百年似乎沒有開始流行讓人不知道該怎麼穿的服裝。

「妳的外套應該很適合搭這件衣服吧？」

店員小姐挑選的上衣和褲子都很短。

「這……這這這套衣服會露出腳耶。」

「嗯，很可愛吧？妳可以在裡面搭這件緊身褲。雖然比較薄，但是用蟲絲織成的，所以很耐穿。」

店員推薦的衣服和兩百年前比起來，長度相當短。雖然瑪莉艾拉對露出腳的服裝很猶豫，但既然要穿貼身的內搭褲，其實也不算露腳。

（因為外面還會穿短褲，所以只是有種露腳的錯覺而已吧？）

店員按照穿著順序放在桌上的服裝看起來十分可愛。上衣縫著漂亮的滾邊，還加上了三種色彩的條紋；褲子雖短，下襬卻搭配著和外套相同的顏色。

「這個配色的話，藍色的腰帶正好是很棒的點綴呢。」

店員這麼說著，拿出一條帶著裝飾的腰帶，讓這套衣服一口氣變得更亮眼。

（我從來沒有穿過這麼可愛的衣服……可是腳……）

可能是注意到瑪莉艾拉不斷偷瞄腳部的舉動，店員說道：

「這條內搭褲是黑色的，很顯瘦喔。」

「請給我這一套。」

瑪莉艾拉買下了一整套衣服。要在迷宮都市亮相了。

（好～我要露腳嘍！我要露腳嘍！）

瑪莉艾拉又順勢選了三件內衣褲和貼身上衣。因為不知道吉克的尺寸，瑪莉艾拉請林克斯幫忙挑，買了尺寸偏大的上衣和褲子以及內褲等三件衣服。店裡的角落放著裁縫道具，因此瑪莉艾拉也買了把剪刀來剪吉克那頭亂七八糟的頭髮。衣服的花費比較大，總共十二枚銀幣。

接著是雜貨店。

手帕一疊、肥皂兩個和牙刷兩支、梳子再加上放這些雜物的背包大約是銀幣兩枚。或許是因為全都是生活必需品，所以儘管這座城市處於孤立狀態，物價卻還是跟防衛都市差不多。

雖然手邊還有錢，卻有很多需要買的東西。

（首先要準備好人家訂購的魔藥所需的材料。不知道現在藥草的市價是多少。生活雜貨的物價沒什麼變化。另外還要確保住處呢，吉克現在身體虛弱所以沒辦法，可是總不能一直和他睡同一個房間。又不能讓他去睡倉庫。）

瑪莉艾拉一一細數需要的東西，這麼想著。

（努力多賺點錢吧。我也想讓吉克可以吃得飽飽的。）

雖然是衝動買下的奴隸，瑪莉艾拉卻頗中意吉克，希望他能多吃點東西，好好睡覺，早點恢復健康。雷蒙說過他還是債務奴隸時曾害主人的兒子受傷，才淪為犯罪奴隸；但他曾受過常態性的暴力對待，甚至光是有人伸手靠近他的臉就會害怕。瑪莉艾拉不認為他會是個大壞蛋。最重要的是……

（那隻僅剩的藍色眼睛真的很漂亮。）

瑪莉艾拉覺得吉克的藍色眼睛彷彿代表了他真正的為人。

兩人走出店門口時，外頭的天色已經接近黃昏。

迷宮都市的牆外能看到染上晚霞的群山。這是瑪莉艾拉在兩百年前也看過的熟悉景色。雖然城市有了相當大的轉變，人們的生活卻仍然持續著。如果還有不變的事物，自己或許也能在這座城市裡找到一個容身之處。

（還有吉克陪著我。既然都活過了魔物暴動，我一定，一定可以在這裡靜靜地生活下去吧。）

欣賞了一陣子的日落風景後，瑪莉艾拉說「讓你久等了」，跑到林克斯身邊。

人們準備晚餐的食物香氣讓林克斯搓了搓肚子。

「肚子好餓喔～」

「你不是剛剛才吃過嗎？」

「人家不是都說肉是裝在另一個肚子裡嗎？不要太小看成長期喔～」

「什麼啦，哈哈哈！」

夕陽拉長了兩人的影子。

「哈哈！我的腳好長～我以後要長得跟迪克隊長一樣高。」

林克斯的影子邁著大步前進。

「我也會再長高嗎？」

「比起身高，妳應該擔心胸部吧？」

「什麼嘛，太過分了。我等一下要去向安珀小姐請教一下。」

兩人的影子和樂融融地並肩走在歸途上。

一回到「躍谷羊釣橋亭」，就看到迪克隊長喝個爛醉的樣子。

他抱著抱枕趴在桌上，嘴裡還說著夢話。他喃喃唸著「安珀～」，搓揉著手中的抱枕。手勢有點下流。

他果然是個糜爛的大人。

黑鐵運輸隊的成員可能是習慣了，放著迪克隊長不管，各自跟小姐聊天或是享用餐點。其他還有看似冒險者的團體和幾名騎士來到旅館用餐，安珀小姐很忙碌地到處接待客人。她似乎是當家紅牌。

瑪莉艾拉和林克斯在吧檯坐下，一個外表長得像退休冒險者，看似老闆的男人就來詢問要點些什麼了。他說今天的推薦菜色是炸半獸人肉排，還有用豐富的配料煮成的躍谷羊奶燉肉。

「我兩種都要。瑪莉艾拉呢？」

處於成長期的胃難道被施了空間魔法嗎？

瑪莉艾拉一邊覺得不用煩惱要選什麼很令人羨慕，一邊對老闆說「我要躍谷羊奶燉肉。另外，我想再幫同伴（吉克）點一份好消化的食物帶回房間」。點完餐後，林克斯邀請瑪莉艾拉到黑鐵運輸隊的餐桌。

「瑪莉艾拉，妳還沒有跟黑鐵運輸隊（大家）打過招呼吧。趁食物還沒送來，我幫妳介紹。」

黑鐵運輸隊是迪克隊長和馬洛副隊長創立的運輸隊，除了擔任斥候的林克斯和馴獸師尤利凱之外還有四個人，總共由八名隊員和八頭奔龍組成。

擅長維修裝甲馬車的多尼諾很有工匠的風格，是個超過三十五歲的男人，也是黑鐵運輸隊中最年長的成員。他大口吃著肉，興奮地談論著關於馬車裝甲的話題；隨著酒過三巡，話題就漸漸轉變為裝甲的鋼鐵種類和焊接技巧等更加專業的內容。雖然小姐都一邊帶著笑容回話一邊重新斟酒，但大概完全聽不懂吧。對方明明聽不懂內容，對話卻好像還是可以成立，真是不可思議。

唯一看似理解多尼諾在說什麼的人是身為盾牌戰士的格蘭道爾。他的身高僅次於迪克隊長，身材卻比馬洛副隊長還要瘦，是個留著八字鬍的大叔；與多尼諾正好相反，他正在啃的食物是蔬菜棒。

（看起來這麼瘦弱的人可以當盾牌戰士嗎？不要說是穿盔甲了，他看起來連盾牌都舉不起來。）

瑪莉艾拉內心感到疑問，這時旁邊的男人自我介紹了。會使用治癒魔法的他名叫法蘭茲，明明是待在室內卻用斗篷深深罩住頭部，臉的上半部還戴著面具。他好像是尤利凱的養父，經常和尤利凱兩個人一起行動。

身為雙劍士的愛德坎是二十五歲左右的青年，他將幾個信封交給店裡的小姐，然後擺出很裝帥的動作。明明可以用普通的方式拿，他卻用食指和中指夾著信封，以傾斜的角度加上往旁轉動的媚眼遞出；不過小姐都對愛德坎的視線與舉動視而不見，注意力全都放在自己拿到的信封上。

覺得這些成員都很有個性的瑪莉艾拉也自我介紹，愛德坎便撥著沒有多長的瀏海說「如果妳想寄信到帝都，不用客氣，儘管說吧」。

原來剛才愛德坎交給小姐的信封就是他免費幫忙從帝都的指定旅館送到「躍谷羊釣橋亭」的信件。根據店裡的小姐所說，想要從迷宮都市寄信到帝都，只能委託商人公會經營的躍谷羊商隊，或是私下委託冒險者或黑鐵運輸隊這樣的私人部隊。這些管道的郵資都很高昂，以她們的零用錢是無法輕易負擔的。收到信的人都很珍惜地閱讀信上的一字一句，看得出來她們十分感激。

「順便啦，順便。反正如果收件人不能來帝都的旅館收信，還要多付一筆從帝都寄出的郵資嘛。」

明明是在做好事，卻因為愛德坎耍帥而有種前功盡棄的感覺。這明明不是愛德坎的個人行動，而是黑鐵運輸隊的事業，他卻莫名地得意洋洋。

瑪莉艾拉所知的冒險者之中有些人的吃相很粗魯，用大嗓門說話，甚至會對女性店員毛手毛腳，然後被店家踢出店門；不過他們並不是那種低俗的人，而是享樂時懂得節制的成熟大人。

「安珀……」

（可是有一個糜爛的大人！）

剛相遇時的那份威嚴不知道跑到哪裡去了。

這種時候應該很可靠的馬洛副隊長不在這裡。尤利凱也不在。

「欸，林克斯，不用管隊長沒關係嗎？馬洛先生和尤利凱都不在，他們去哪裡了？」

林克斯說「隊長平常都這個樣子啦」，對瑪莉艾拉的擔憂一笑置之。

「尤利凱在魔森林幾乎都沒睡，所以去睡覺了。副隊長已經回家了。」

原來馬洛副隊長有妻子和小孩，在迷宮都市也有房子。

眾人聊著聊著，料理就端上桌了。

羅谷羊奶燉肉加了滿滿的雞肉和蔬菜，飄著誘人的香氣。雞肉和蔬菜都燉煮得很入味，入口即化。雖然羅谷羊奶帶著一點騷味，這道料理卻搭配了幾種香料來去除騷味，湯頭濃縮了食材的鮮味，是很有層次的味道。

搭配的麵包是很有彈性的白麵包，沙拉淋上了濃稠香醇的沙拉醬，還撒上了切成長條狀並用油炸得酥脆的薯類。

「好好吃……」

熱呼呼的湯頭一滲入胃裡，瑪莉艾拉就突然感到飢餓。自從甦醒之後，發生了太多事所以沒注意到，原來自己已經非常餓了。瑪莉艾拉轉眼間就把料理吃個精光。

「欸，妳明天要做什麼？」

瑪莉艾拉明明吃得狼吞虎嚥，林克斯卻早已先吃完了。

「好快！你已經吃完了嗎？明明有兩人份……我明天打算去買藥草。」

瑪莉艾拉驚訝地回答。

「要買藥草的話，我知道一家好店喔。我明天休假，一起去吧。要約幾點？」

林克斯撫著肚子提出邀請。明明吃了兩人份的食物，他的肚子卻和吃飯前一樣平坦。果然施了空間魔法嗎？

長時間在魔森林裡移動，林克斯等人應該很累了。瑪莉艾拉也已經有兩百年沒在床上睡覺。明天睡晚一點應該沒關係。兩人約好中午前出門。

就像是算好了時機，老闆端著一個托盤走了過來。托盤上放著用躍谷羊奶煮成的燉飯，切碎的蔬菜和肉、穀物中拌著融化的起司。燉肉就那麼好吃了，燉飯肯定也很美味。這道料理看起來就是讓人忍不住這麼想。

「哇，好像很好吃……」

「林克斯，你才剛吃完兩人份吧……」

連老闆都傻眼了。

店裡的小姐都輕聲竊笑。瑪莉艾拉也跟著大家一起笑了。多虧有林克斯在，今天充滿了歡笑。明天一定也會很開心。

「好了，明天見！」

林克斯一臉害臊地搔了搔頭，走向黑鐵運輸隊的餐桌。他的視線不是看著小姐也不是酒杯而是下酒菜，應該不是瑪莉艾拉的錯覺。

「大家晚安。」

瑪莉艾拉道了晚安，大家也都同聲回應。

內心感到溫暖的瑪莉艾拉端著冒著煙的熱呼呼燉飯，走回房間。

＊ 05

瑪莉艾拉帶著剛買的背包和放著燉飯的托盤走進房間。

可能是被開門聲吵醒了，吉克正打算從床上坐起來。只剩一隻的藍色眼睛正緊張地四處亂飄。他可能感到有點混亂。

「吉克蒙德。」

瑪莉艾拉一叫他的名字，藍色的眼睛便捕捉到瑪莉艾拉……然後緊盯著冒著煙的燉飯。

（你也是嗎……）

這裡也有個餓著肚子的孩子。

「起得來嗎？」

瑪莉艾拉把托盤放到桌上，吉克便聽話從床上站了起來。可能是因為退燒了，他的臉色已經好上許多，可是營養不良的瘦弱身體卻不停地顫抖，就像是剛出生的躍谷羊。

「你……你要不要先圍一下床單？」

治療時就算了，露出整條腿的纏腰布裝扮實在讓人不知道要看哪裡。瑪莉艾拉希望他能先披上布料面積比較大的床單。吉克露出尷尬的表情，趕緊用床單包裹身體。

「坐在椅子上吧。」

他會抗拒坐椅子，是因為以前都只能坐在地板上嗎？就算坐到了椅子上，他也只是吞著口水注視著燉飯，一直沒有開動。

「這是給你吃的。小心燙喔。」

聽到這番話，吉克終於伸手拿起湯匙。右手的手指似乎使不上力，所以他握住湯匙再換左手拿好，舀起燉飯。他把湯匙拿到面前，先吃了一口。

吉克睜大了藍色眼睛，吃了一口又一口。

他應該相當飢餓吧。吉克用無法順利活動的右手抱著盤子，就像是猛咬左手握著的湯匙，大口大口地吃著燉飯。

「來，水來了。」

雖說燉飯的食材煮得很軟，但他卻吃得非常快。瑪莉艾拉擔心他會噎到，在杯子裡倒了水放到桌上，這才注意到一件事。

（吉克哭了。）

吉克蒙德一邊流著眼淚，一邊吃著燉飯。

（一定不是因為咬到或燙到舌頭吧。）

吉克就像是舔過盤子一樣把燉飯吃得一粒米也不剩，一邊喝著水，一邊壓抑著聲音哭泣。

「那個，用這個擦吧，好嗎？」

瑪莉艾拉拿出一條剛買的手帕，讓吉克用左手握著。吉克一看到手裡的新手帕，就發出「嗚嗚……」的聲音低聲哭泣。

（天啊，怎麼辦……）

雖然不知道手帕到底哪裡催淚，但看到淚水潰堤的吉克，瑪莉艾拉覺得他就像個年幼的孩子。

「沒事，沒事了。」

為了避免吉克害怕，瑪莉艾拉慢慢伸出手撫摸他的頭。

「你一定很怕，一定很痛吧。可是已經沒事了。傷口已經消腫，明天就會退燒了。」

瑪莉艾拉就像是哄著小孩子，把吉克的頭抱過來溫柔地撫摸。

自從被黑狼咬傷手腳，他應該一直都很痛吧。不，說不定在那之前就總是承受著殘酷的對待。被塞進狹窄又陰暗的馬車穿越魔森林時，他應該一直很害怕吧。就算到了迷宮都市，他一定也很擔心自己會不會馬上死去。

一定是吃到熱呼呼的食物讓他感到安心了吧——瑪莉艾拉這麼想。

瑪莉艾拉給予吉克的治療和食物比她想像中還要強烈地震撼了吉克蒙德的心。

吉克蒙德自從成為奴隸，就一直沒有被當成人類對待。他受到比家畜還要無情的待遇，甚至認為這都是理所當然的。不只是手腳的傷口，發炎的身體和腦袋都痛得不得了，根本無法正常思考。即使如此痛苦，體力逐漸流失，連自己都知道自己大限將至，吉克還是不想死。逐漸逼近的死亡讓他感到極度的恐懼。

而瑪莉艾拉一下子就消除了這些痛苦。她將骯髒的傷口沖洗乾淨，更提供了藥和溫暖的床鋪。吉克甚至以為這些都是發燒的腦袋所作的一場夢。吃到溫熱的食物時，他才終於發覺這不是夢。

（我不知道有多久沒吃到熱騰騰的飯菜了，就連坐在椅子上吃飯也是。我連湯匙的用法都忘了。）

燉飯吃起來很溫暖。裡頭有肉和蔬菜、穀物，以及躍谷羊奶。上次吃到這麼豐盛的料理不知道是什麼時候的事。

吉克蒙德吃著燉飯時才想起，自己以前也曾經像個人類一樣，理所當然地坐在椅子上吃飯。

為什麼？為什麼？為什麼——

吉克蒙德回想起懷抱著怨恨，卻又在不知不覺間放棄思考的自身遭遇。

人生淪落至此，吉克蒙德並不認為自己毫無責任。

不過，被無情地奪走一切而落入深淵的經歷仍然是事實。

而現在，名為瑪莉艾拉的少女無條件給予了吉克所失去的溫暖和尊嚴。

她理所當然似的親手治癒了只值兩枚大銀幣，散發著異味且骯髒又悲慘的男人，理所當然似的給予了溫熱的食物。

甚至遞出全新的手帕給忍不住哭泣的可悲自己。

就像是把自己當成人類看待。

這名少女（瑪莉艾拉）恐怕不會了解，對吉克蒙德來說，這究竟是多麼難能可貴的事。

就連現在，她也不知所措地把吉克抱在懷裡哄著。

吉克蒙德發誓要一輩子保護讓自己（吉克）找回失去的一切的少女（瑪莉艾拉）。

「你還有點發燒，今天早點睡吧。」

瑪莉艾拉用另一條手帕幫終於停止哭泣的吉克擦臉，讓他躺到床上。

吉克的左手依然緊握著剛才拿到的手帕。

（對了，孤兒院也有孩子會緊抓著喜歡的手帕不放呢。吉克也一樣嗎？）

瑪莉艾拉把桌子推到吉克的床邊，在水壺裡加水，方便他半夜起來喝。

「我要去洗澡，可能會有點吵，可是你要乖乖睡覺喔～」

讓吉克躺進被窩之後，瑪莉艾拉帶著背包走向浴室。

（已經兩百年！沒有洗澡了～！）

因為吉克在睡覺，所以不能出聲，但瑪莉艾拉的情緒超級興奮。

（反正魔力還很多，今天就奢侈一點好了！）

「注水，生命甘露，固定化，加熱。」

瑪莉艾拉用生活魔法在浴桶裡注水，然後加入許多「生命甘露」並加熱。

因為汲取「生命甘露」需要消耗一定的魔力，平常沒辦法用得這麼奢侈，不過今天似乎沒有用到多少魔力。用「生命甘露」泡澡可以消除疲勞，也能讓皮膚變得滑嫩。

瑪莉艾拉脫掉外套，穿在裡面的衣服已經殘破不堪。縫線處特別慘，有一半以上都已經鬆脫了。和使用多吸思藤的纖維織成的自動修復型外套不同，裡面的衣服是普通的布，所以就算腐朽了也不奇怪；可是衣服都老化成這個樣子了，身體卻沒什麼異狀，真是不可思議。

（嗯，我對自己的體力有自信！）

雖然這不是那種程度的問題，瑪莉艾拉卻用力擺出大力士般的姿勢，然後脫掉衣服沖澡。因為藉由假死魔法進入睡眠，身上並沒有汗水或汙垢，灰塵卻很多。用熱水沖過好幾次後，瑪莉艾拉用肥皂仔細搓洗身體，頭髮洗得特別乾淨。如果光用肥皂，洗完之後頭髮會變得很澀；今天卻因為「生命甘露」的效果，連頭髮都光滑又柔順。

把全身每個角落都洗乾淨後，瑪莉艾拉重放一次熱水，悠閒地泡澡。

（呼～又活過來了。不對，我真的是今天才活過來。）

真是漫長的一天。

今天還遇到了各式各樣的人。

（對了，林克斯說了很失禮的話呢。）

瑪莉艾拉看著沒辦法從水面上冒出的平坦胸部。難得用「生命甘露」泡澡，就祈求乳神（安珀小姐）大人的庇佑吧。在晚上開張的店工作的大姊姊以前也說過，按摩會有幫助。希望這麼做會靈驗。我捏我按。

明天就幫吉克剪個頭髮，再去買藥草，然後逛逛街上的店吧。另外還想買吉克的鞋子。

洗完澡的瑪莉艾拉穿上剛買的上衣。以後有閒錢的話，買套睡衣也不錯。瑪莉艾拉把頭髮烘乾，用梳子梳理整齊。刷完牙之後就可以睡覺了。

「吉克，晚安。」

瑪莉艾拉鑽進自己的被窩，道了晚安。吉克應該已經睡著了，沒有回應。

（上次說晚安不知道是什麼時候的事……）

瑪莉艾拉這麼想著，望著吉克發呆。房間裡的燈還沒有關。屋內很明亮，不像是正要就寢的狀態。

瑪莉艾拉看著牆壁和天花板，看著這個不同於魔森林地下室的房間。魔森林氾濫早就已經是遙遠的過去。閉上眼睛睡去，就會在明天的早晨甦醒。

（沒事的，只是跟普通人一樣睡覺再醒來罷了。沒事的，明天早上一醒來，吉克一定會跟我說「早安」。沒事的，吉克和林克斯，還有今天遇到的黑鐵運輸隊的人都不會突然消失的。）

瑪莉艾拉不斷對自己說「沒事的，沒事的」。即使如此，瑪莉艾拉還是不敢關燈。在那個地下室搖曳的微弱燈火浮現在腦海中。陰暗的地方很可怕。從魔森林中湧出的魔物腳步聲和傳遞到地底下的死亡地鳴都還清晰得像是在耳邊迴響。

（沒事的，沒事的，沒事的。這裡沒有那種聲音。沒事的，我現在不是一個人。）

瑪莉艾拉在寬大的床上抱著膝蓋縮起身子，緊張地豎起耳朵，深怕聽到魔物的腳步聲。

傳進她耳裡的，只有醉漢還在嬉鬧的笑聲、從窗外傳來的奔龍叫聲，以及吉克蒙德熟睡的呼吸聲。聽著人們與城市活著的聲音，瑪莉艾拉在不知不覺中進入了夢鄉。

The
Survived
Alchemist
with a dream
of quiet town life.

01

book one

第三章

隸屬的羈絆

Chapter 3

01

嘰～砰。

聽到關門的聲音，瑪莉艾拉醒了過來。

瑪莉艾拉往聲音傳來的方向望去，看到一個不熟悉的半裸男人拿著一個水壺。因為身上只有一條纏腰布，與其說是半裸，以面積來說幾乎全都露出來了。

（這就是人家所謂的可疑人物嗎？）

不對，是吉克。吉克蒙德。

「早……早安，瑪莉艾拉大人。」

（哦，他跟我打招呼了。昨天明明幾乎都沒說話，哭過之後比較鎮定了嗎？）

因為吉克那很有衝擊性的早安，瑪莉艾拉昨晚的不安已經徹底飛到九霄雲外。

「早安，吉克。叫我瑪莉艾拉就好了。」

「那可……不行。」吉克說，然後用手裡的水壺往杯子裡倒水，怯生生地遞了出來。

「我去……裝了一些水。不嫌棄的話……請喝。」

瑪莉艾拉對他那生硬的善意感到有點不好意思，接過杯子喝了一口，發現水裡帶有極少量的「生命甘露」。

「這是井水？你不會用生活魔法嗎？」

「我會……用一點。可是我聽說……井水對身體……比較好。」

地下水中含有地脈的力量，也就是「生命甘露」。因為含量極少，所以沒辦法感受到明顯的差異；但如果經常飲用，據說有「喝井水長大的孩子比較健康」這種程度的效果。

（他是特地去裝水的吧。用那種打扮……我應該昨天就把換洗衣物拿給他的。）

因為吉克吃到燉飯就哭了出來，瑪莉艾拉光是要安撫他、哄他睡覺就費盡心思，完全忘了衣服的事。

「謝謝你。」

瑪莉艾拉道謝，把水喝光。吉克在門邊站著待命。雖然他說話的方式很有禮貌，但那副打扮實在不好看。

瑪莉艾拉請吉克暫時離開房間，趕緊換上昨天買的衣服。雖然露出腳的感覺很令人在意，但穿起來就跟想像中一樣可愛。活動起來很方便，感覺也很舒適。

瑪莉艾拉請吉克進房間，檢查傷口的狀態。高燒已經完全退了，右手好像也能活動。右手的握力只恢復了一半左右，手臂也有痙攣的感覺，吉克卻握拳又張開手，說「馬上就會恢復了」。

胸口的烙印痕跡雖然沒有完全消失，卻只剩下淡淡的印記。

原本非常嚴重的腳部腫脹已經緩和下來，變色的燒傷痕跡也轉變成覆蓋著粉紅色薄皮的狀態。因為被咬掉的肉沒有長回來，所以無法正常走路，但暫時可以放心了。

「我的腳也……馬上就會……恢復成可以……跑步的狀態。」

吉克和昨天完全不同，充滿了幹勁。

（吉克是走過一趟鬼門關，所以正處於躁期嗎？算了，反正我會做高階魔藥來治好他手腳的傷。在那之前！）

瑪莉艾拉帶著背包和吉克一起前往後院。吉克似乎是個很機靈的人，用一副理所當然的樣子幫忙提了背包。

瑪莉艾拉從騎獸小屋借來一個墊腳箱，讓吉克坐在上面，這麼宣布：

「我現在要幫你剪頭髮。頭髮可能會掉進眼睛裡，請把眼睛閉起來。」

「是……麻煩您了。」

昨天的吉克光是有手接近自己的臉就會害怕，瑪莉艾拉還擔心他會怕剪刀，不過他緊緊閉上眼睛，乖乖地坐著不動。

瑪莉艾拉輕輕觸摸吉克的頭髮。

（這是什麼情況……）

都結塊了。應該是沾到泥土和灰塵等髒汙，他的頭髮重得不像是頭髮，也梳不開。野生的羅谷羊身上也會掛著這種毛球，情況很類似。既然沒辦法處理，只好把結塊的頭髮直接剪掉了。

瑪莉艾拉把好幾個毛球一一剪掉。因為打算在梳得開之後再整理，瑪莉艾拉爽快地剪個不停，結果……

（糟糕……剪太短了……）

頭髮只剩下三公分左右。

雖然瑪莉艾拉不會做，但聽說有能促進毛髮生長的魔藥。那是特化型的特級魔藥，頭髮稀疏的貴族之間似乎會偷偷進行買賣……

（算了，很快就會長回來了吧！）

瑪莉艾拉把還沒剪的瀏海部分留得長一點，把後面的短髮修剪整齊。留著瀏海應該會看起來像樣一點吧？雖然瑪莉艾拉抱著這種敷衍的想法，卻出乎意料地剪出了帥氣的髮型。

接下來只剩鬍子了。

（我不知道怎麼刮鬍子！而且也沒有剃刀或小刀！）

瑪莉艾拉正想著是不是該把剪刀交給吉克，讓他自己剪；這時林克斯起床了，他說道：

「什麼什麼？你們在剪頭髮嗎？剪得還不錯嘛，也幫我剪吧。」來得正好。

「好啊～在那之前，可以問你要怎麼刮鬍子嗎？」

「啊？叫他自己刮不就好了。啊，妳沒有小刀吧。喏，把我的拿去用吧。」

不愧是林克斯，真機靈。

「吉克，剪好嘍。林克斯會借你小刀，去刮個鬍子吧。還有，這裡面放著肥皂、牙刷、換洗衣物和手帕，你可以去洗個澡。」

說完，瑪莉艾拉把背包交給吉克，就聽到林克斯笑著說：「妳是老媽嗎？」

「這位客人，請問要剪成什麼樣的髮型呢～？」

「呃，很帥的那種？」

瑪莉艾拉問林克斯，卻得到了一個模糊的要求。

「咦～？我不會耶。」

「太過分了啦。」

瑪莉艾拉一邊這麼閒聊著，一邊幫林克斯剪頭髮。林克斯似乎只想要修掉變長的部分，將整體剪短三公分就完成了。

「好了～帥氣髮型完成～」

「好耶。」

「疾風。」

林克斯用風魔法把剪下來的頭髮吹散。明明是使用攻擊魔法，他卻調整了威力，沒有把塵土捲起，只吹走掉在衣服上的頭髮。真是靈巧。

「林克斯，原來你會用風魔法啊。」

「會啊。黑鐵運輸隊的成員全都會用魔法喔。昨天是因為魔力幾乎用完了，所以才沒有使用。」

聽說將攻擊魔法的威力減弱到生活魔法的程度是很困難的技巧。連年少的林克斯都能運用自如，黑鐵運輸隊的成員應該都很優秀吧。可是既然連他們都會幾乎耗盡魔力，穿越魔森林果然是相當辛苦的事。

兩人一邊聊天一邊等待，吉克終於回來了。

「咦……吉克？」

刮掉鬍子並洗過澡，換上新的上衣和褲子後，吉克看起來大約是二十五歲左右。

原本看似灰色的頭髮其實是銀色，和深藍色眼睛非常相襯。

雖然整體來說很消瘦，但不管是高挺的鼻梁還是立體的嘴唇，都讓他看起來相當俊美。剪過頭髮後露出的右眼傷痕有點嚇人，卻正好襯托了左半臉的端正五官。

為了掩蓋剪得太短的頭髮而留下的稍長瀏海看起來莫名地性感。

（我還以為他是個大叔……）

吉克很有禮貌地道謝，把小刀還給林克斯。不知為何，林克斯露出了很不是滋味的表情。

（半裸的大叔進化成赤腳的俊男了。）

對瑪莉艾拉來說，不管他是大叔還是俊男都不重要。

「我們去吃早餐吧。」

填飽肚子比較重要，於是三人一起出發去吃早餐。

餐廳裡有個十歲左右的小女孩正在工作。瑪莉艾拉是第一次見到她。

「艾蜜莉～早餐～」

「啊～是林克斯耶～**早憨**～」

瑪莉艾拉也向她打招呼，她便很有精神地回應：「大姊姊，妳是第一次來吧。我是艾蜜莉。」

「她是老闆的獨生女，負責準備早餐。雖然說是準備，其實只是加熱老闆做的料理就是了～」

「林克斯真沒禮貌～加熱時要小心不烤焦也很辛苦耶！來，讓你們久等了！」

艾蜜莉聽了林克斯的說明後鼓起臉頰，推著放了三人份早餐的手推車過來。

早餐是有兩個手掌大的麵包和湯，搭配大香腸和炒蛋與沙拉。

早上的第一餐就份量十足。

「哦～看起來好好吃！」

早餐一端到面前，林克斯就大口大口地吃了起來。

瑪莉艾拉指示吉克坐在旁邊的位子，他也乖乖地坐下。一說「請用」並遞出盤子，吉克雖然不像昨天那麼狼吞虎嚥，還是很快地吃了起來。

瑪莉艾拉把麵包分成三等份，把其中兩塊分別放進林克斯和吉克的盤子裡。

「穴啦。」

「灰常穴穴您。」

「先吞下去再說話吧。」

結果瑪莉艾拉也把香腸各分了三分之一給他們倆，和樂融融地吃完了有點晚的早餐。

「瑪莉艾拉，妳要去買藥草吧？要不要現在去？」

黑鐵運輸隊的成員似乎都還在睡覺。無事可做的林克斯提議先去買東西。

「我想先去買吉克的鞋子，你有推薦的店嗎？」

「嗯～鞋子啊～讓我想一下。」

「爸爸上次是帶我去艾魯巴的鞋店買的喔！」

艾蜜莉推薦的店似乎叫作艾魯巴鞋店。她穿著在那裡買的鞋子轉了好幾圈，然後搖搖晃晃地說著：「頭好暈喔……」

「那我們去艾魯巴鞋店看看好了。」

「路上小心。」艾蜜莉說，目送三人走出「躍谷羊釣橋亭」。

02

艾魯巴鞋店是以一般市民到中階冒險者為主要客群的店，販售比較平價的非訂製鞋，店內到處都堆滿了各式各樣的鞋子。

「歡迎光臨。要找什麼樣的鞋子呢？」

「我要找他的鞋子。最好是半獸人皮革做成的靴子。」

半獸人的肉是很普遍的食用肉品，皮革的流通量也很大。因為質地柔軟，易於加工，有很多見習鞋匠的作品，也容易挖到寶。只不過，其強度不足以用在戰鬥中，也因為半獸人給人的壞印象，頂多屬於平民的日常用鞋，在人們眼中不算是好皮革。

即使鞋子是用皮革工藝的技能製作，也是一個一個手工製作所以不便宜；很快就會長大的小孩所穿的鞋子經常會採用半獸人皮革，但經濟上比較寬裕的大人大多會選擇比較好一點的皮革製品。

店員——他應該就是艾魯巴吧——看了一眼打赤腳的吉克和瑪莉艾拉那雙破破爛爛的鞋子，就默默地走到店內深處拿了幾雙靴子過來。

「要找半獸人皮革的話，大概就是這些了。」

「請問鞋底是什麼材質呢？」

「這兩雙是半獸人皮，這雙是木底，那三雙是吸血藤。雖然說是吸血藤，可是是子株，所以很快就會報銷了。」

吸血藤是棲息在溼地的藤蔓植物型魔物，會用毒刺麻痺獵物，再纏繞著獵物吸血。能迅速捕獲獵物的藤蔓長達數公尺，粗細相當於大人的手臂。用銳利的刀刃切開藤蔓，裡面就會溢出濃稠的高黏度液體。以這種液體為原料做成的材質稱為吸血藤橡膠，會廣泛運用在高級車輪、盔甲的內層、鞋底等各種用途上。

吸血藤棲息在難以行走的溼地，藤蔓的動作又快，甚至有毒；因為對付起來很困難，所以吸血藤橡膠是一種高級素材。

作為吸血藤的便宜替代品在市面上流通的是吸血藤的子株，通常生長在森林裡日照不足的地方。子株雖然也有輕微的毒素，卻沒有毒針，藤蔓的動作也很緩慢。它們只會纏繞住不小心咬到藤蔓而麻痺的小動物，吸取少量的血。

子株的藤蔓粗細雖然相當於拇指，卻很柔軟，脆弱得連兔子都能扯斷。因為只要帶著手套，連小孩子都能採集子株，因此流通量大又便宜；不過性能全都大幅劣於親株，大多用來製作用完即丟的物品。

「咦，這塊吸血藤橡膠有混著什麼嗎？」

「那是我的試作品，裡面混合了史萊姆。我想實驗看看能不能用吸血藤子株做出好一點的橡膠。雖然穿起來很防滑又不容易累，成果是不錯，但耐用度還是不怎麼樣。其他地方還能用修復魔藥延長使用期限，但在迷宮都市，壽命就跟半獸人皮革差不多。」

艾魯巴製作的膠底鞋全都很精美，價格也是很親民的大銀幣一枚，於是瑪莉艾拉請他挑選適合吉克的尺寸。

「謝謝惠顧。這個是贈品。只要好好保養，應該能穿個四到五年。」

艾魯巴還附贈了保養用的鞋蠟。真是體貼的鞋店老闆。

（等到拿到魔藥的錢，我也來買鞋子吧。）

付完錢的瑪莉艾拉走到店外，發現吉克很珍惜地抱著剛買的鞋子。

「吉克？你不穿嗎？」

對於像對待寶物一樣抱著全新靴子的吉克，瑪莉艾拉這麼問道。

「因……因為我……還會拖著腳……走路……鞋底會磨傷……」

他應該是想說以現在這種拖著腳走路的狀態穿鞋會磨傷鞋子，所以想要等到可以正常走路時再穿吧。

「可是拖著赤腳走路，你的腳會痛吧？」

「我……我的腳……沒關係……那個……謝謝您……買鞋子給我。」

吉克抱著鞋子，深深低下頭道謝。他那張就像是忘記該怎麼笑的僵硬表情稍微放鬆了一點。看到吉克這個樣子，林克斯對似乎還不太懂的瑪莉艾拉說：「我們走吧。」

「他應該很久沒有穿新鞋子了。有很多主人（傢伙）都不會給鞋子。所以嘍，我可以理解他的心情啦。」

林克斯贊成吉克的決定，於是三人決定就這麼前往藥草店。

三人來到東北區的小巷裡採購藥草。

迷宮裡可以採到藥草，因此迷宮都市有許多販售藥草的店家，甚至還有大規模的商會和專賣店。

據說迷宮中每個樓層的環境都不同，有些像雪山，有些像沙漠，有些像南國，全世界的環境都有，所以能採到各式各樣的藥草。迷宮裡當然有魔物，所以無法戰鬥的瑪莉艾拉不能一個人進入，不過聽說也有專門進行採集的冒險者。

採集得來的藥草會被帶到冒險者公會或專賣店。這裡收購的藥草會在迷宮都市內零售，或是交給專賣店或商會的負責人進行乾燥等保存處理，再運送到迷宮都市外。

其他的素材也同樣會經過這些流程，幾乎所有素材都會先在迷宮都市進行處理，再堆放到躍谷羊背上越過山脈。

迷宮都市已經不是獨立的國家，而是由鄰近安妲爾吉亞王國的帝國邊境伯爵所治理的領地。難怪這裡的人使用的都是帝國的貨幣。

如果沒有定期消滅魔物，管理迷宮和魔森林，就會引發魔物暴動，造成極大的災害；因此迷宮都市有對抗魔物的軍隊駐守，也很積極召募冒險者。為此而產生的費用會從取自迷宮的素材和財寶所繳納的稅金裡扣除。雖然稅率和其他迷宮相同，卻沒有可以大量運輸的安全路線。因為使用躍谷羊的山岳路線要付出高額運費，所以收購價格會比其他迷宮都市低。

相對地，迷宮都市內的稅率較低，冒險者探索時的花費也低，所以算是有取得平衡，不過對冒險者和商人來說還是沒有太大的吸引力。瑪莉艾拉等人並不知道，迷宮都市的經營對歷代的邊境伯爵來說都是個令人頭痛的問題。

林克斯帶著兩人來到與黑鐵運輸隊有交易關係的藥草專賣店。藥草店會收購藥草，進行乾燥等處理以方便運送到城市之外，或是直接販售藥草，有些店家也會加工成藥品再零售給居民。雖然效果不如魔藥，卻也有稱為藥師的職業會用藥草製作各式各樣的藥，許多擁有鍊金術技能的人都會以藥師身分經營藥草店。

林克斯介紹的藥草專賣店規模雖小，販售的藥草種類卻很多，品質似乎也不錯。

在光線昏暗的店內，有個看似性格乖僻的老人戴著一副瓶底般的圓眼鏡，正在檢查藥草。

「賈克爺爺，你還活著嗎！」

「是林小弟啊。竟然帶著女孩上街買東西，你可真了不起啊。」

「少囉嗦。今天我們才是客人！你也稍微親切一點吧。」

他們的交情還真好。

店內從庫利克草和凱哥蘭根等常見的藥草，到可以製作特級魔藥或特化型魔藥的珍奇藥草都有，擺滿了種類多樣的乾燥藥草。

只不過可惜的是，處理的方式並不好。藥草根據藥效的不同，會有不同的處理方式，這些藥草卻都稍微偏離了溫度和壓力等細微的條件。而且乾燥後已經過了很長一段時間，有些藥草的藥效都流失了。

（這個樣子，效果都要減半了。）

瑪莉艾拉列舉出需要的藥草，詢問是否有未乾燥的物品。

「不就擺在架上嗎？烘乾藥草可不是菜鳥做得來的事。受不了，愈菜的人愈喜歡在奇怪的地方挑毛病。」

「這邊的菲歐露卡花花瓣沒有去除花粉就乾燥了，那邊的月光魔草乾燥溫度太高。而且這些都是很久以前的東西了吧。我才不要呢。」

聽到對方的冷漠語氣，有點生氣的瑪莉艾拉這麼回嘴，賈克爺爺就把眼鏡拿了下來，直盯著瑪莉艾拉。

「妳會鑑定嗎？還是從外頭來的鍊金術師？不管怎麼樣，能一眼看穿，妳的眼力不錯。在這裡等著。」

他這麼說完後從店內深處拿來的未乾燥藥草都像是剛採集到似的，狀態良好。

所謂的鑑定是能連結到世界的記憶（阿卡西紀錄）以獲取人或物情報的技能，約十人之中就會有一個人擁有。只不過雖說是鑑定，但大多數人的能力都限定於人或植物、魔物、武器等特定對象，等級也相當難提昇。阿卡西紀錄這種超乎人類智慧的資料庫恐怕不是普通的努力和才能就能夠利用的。

擁有鑑定技能的人並不稀奇，可是擁有鑑定技能的大多數人給人的印象頂多是記憶力特別好；雖然有很多商人都有鑑定技能，但也無法只靠這項能力過活。

順帶一提，瑪莉艾拉並沒有鑑定技能。她之所以能看出藥草的狀態，是因為有鍊金術技能。

正如廚師能透過舌頭吃出使用在料理中的食材和調味料，經驗豐富的鍊金術師也能「藉由鍊金術技能」來得知素材的狀態。和提昇等級就能得到完全未知物品情報的鑑定技能不同，對象必須是自己已經有一定知識的鍊金術素材和鍊成物；不過鍊金術的素材並不限於植物，也擴及礦物和動物、魔物等多種素材，因此更為便利。

可是到頭來，就算在迷宮都市擁有鍊金術技能，無法與地脈締結契約就無法製作魔藥，所以也沒辦法磨練鍊金術技能。即使每天接觸素材，如果鍊金術技能仍然拙劣，也無法像瑪莉艾拉一樣一眼看穿素材的狀態。在帝國附近與地脈訂下契約且經驗豐富的鍊金術師就辦得到，但若是離開訂了契約的地脈，前往沒有連接脈線的其他地脈，就無法汲取「生命甘露」，也無法製作魔藥。因為會失去謀生能力，所以除非有什麼特別原因，否則與地脈締結契約的鍊金術師很少會移動到其他的地脈。

「已經去澀過的阿普力堅果只有這些。今天沒有倫多葉柄。如果妳可以明天來拿，我就幫妳把不夠的部分弄來。」

據說賈克爺爺會親自進入迷宮採集。

阿普力堅果處理得很完美，份量卻不太夠。考慮到馬洛副隊長說的交貨日，自己去澀似乎比較好。瑪莉艾拉也一起訂購了去澀時所需的碳羅鈉礦石。

「我還以為妳是菜鳥藥師，原來妳連素材的處理也會啊。跟那些只會把藥草混在一起的藥師比起來實在差太多了。妳還有其他需要的東西嗎？我全部幫妳找來。」

看來他似乎很中意瑪莉艾拉，揚起嘴角笑著這麼說。

「請問有尼奇爾新芽嗎？葉子還沒有張開的那種，冷凍的也可以。另外還要寄生水蛭的毒腺，可以的話最好是用油浸泡的。」

「有啊。這些怎麼樣？」

尼奇爾是會在雪層下發芽的球根植物，剛發芽的新芽中沒有接觸到空氣的部分，是可以讓肌肉組織再生的特化型魔藥的原料。因為被魔物咬傷的冒險者會需要，因此防衛都市甚至還有專門栽種尼奇爾的農家。賈克爺爺拿出的尼奇爾新芽是在最適當的時期採收並凍結的狀態，品質不輸栽種尼奇爾的農家。

寄生水蛭是不論人類、野獸、魔物等任何動物都會寄生的水蛭，體型大約和成人的拇指差不多。因為牠們的毒腺會分泌具有麻醉作用的毒素，所以如果被咬住背部等看不見的地方，就會在不知不覺之間被持續吸血，因此才被稱為「寄生水蛭」。這種水蛭的毒素也具有造血作用，因此就算被牠們吸血也不會引發貧血。因為是一種外表噁心的生物，如果見到背上貼著好幾隻寄生水蛭的哥布林，比起被寄生的哥布林本身，看到這副慘樣的冒險者所受到的精神傷害還比較大。

麻痺毒素會溶於水，具有造血作用的成分則會溶於油，所以萃取造血成分很簡單；但因為外表噁心，可以的話，瑪莉艾拉並不想碰到。寄生水蛭也經過妥善的處理，以看不出原型的狀態浸泡在油中。

「賈克爺爺，謝謝你！寄生水蛭處理得太完美了！」

賈克爺爺的專業技巧讓瑪莉艾拉十分感動。

「妳只是不想碰寄生水蛭而已吧……」

傻眼的賈克爺爺這麼說，看著心思被看穿的瑪莉艾拉發出「欸嘿嘿」的聲音傻笑，然後又問：「還需要其他的東西嗎？」

「我想想喔，還需要……」

瑪莉艾拉訂購了交貨給馬洛副隊長和幫吉克做魔藥所需的全部材料。

（這樣一來就可以做治療吉克的腳的魔藥了！）

瑪莉艾拉回過頭，露出微笑望著抱著鞋子站在店門口的吉克。突然接收到視線，吉克可能是以為瑪莉艾拉正在呼喚自己，於是走了過來。

「你等我喔，吉克。」

「是……是。」

賈克爺爺把包好的藥草交給不太懂瑪莉艾拉的意思，卻還是乖乖回話的吉克。

「加上預約的份，總共是二十二枚銀幣。」

賈克爺爺的藥草處理得很完美，價格卻比防衛都市還要便宜了兩三成。

「因為全部都可以在迷宮採到，不需要運輸費，而且這座城市裡的稅金就跟免費差不多。」

「稅金會在離開城市時繳納啦。話是這麼說，不過我記得馬洛副隊長說過稅率和外面一樣。」

林克斯對賈克爺爺的說明補充說道。似乎是因為迷宮都市的政策，才能用比較便宜的價格買到。只用了剩餘的一半金額就買到所有藥草了。

「請問有裝魔……裝藥的瓶子嗎？」

「除了藥草之外的東西就只有角落的那些。」

賈克爺爺指出的店內一角雜亂地陳列著藥瓶和岩鹽、水晶碎片和小塊魔石等藥草以外的鍊金術材料，地上還隨便放著一個裝了雜物的木箱。裡面扔著鍊金術會用到的，應該說是其他地方根本用不到的奇怪器具、紙和筆墨等雜貨，還有裝在袋子或瓶子裡，已經用掉一些且內容物不明的素材。這些東西都是二手貨，上面還積滿了灰塵。

（果然沒有魔藥瓶。）

雖然都統稱為魔藥，但材料和效能都各不相同；有些不耐日照，有些溫度過高就容易變質，有些長期接觸空氣就會失去效力；每種魔藥的管理方法都不同，許多魔藥在一般的環境下會很不穩定。

對製作魔藥的鍊金術師來說，只要飲用或淋在傷口上就能馬上看到效果的魔藥容易變質也是理所當然的；可是對魔藥的使用者來說，保存每種魔藥都要用不同的方法實在是非常麻煩。

因此魔藥會裝在用鍊金術技能製作的魔藥瓶裡。魔藥瓶是用魔石和混合了「生命甘露」的特殊玻璃製作而成，可以減緩魔藥的變質。高價的魔藥和容易變質的魔藥種類會在瓶子上刻魔法陣，或是貼上畫了魔法陣的封紙與標籤。

因為魔藥瓶能重複使用，所以每個城市都會有人收購和販賣空瓶。

（可是既然沒有魔藥，當然也不會有人賣魔藥瓶了。沒辦法了，自己做吧。）

製作魔藥瓶的過程很繁瑣，甚至有專門製作瓶子的鍊金術師。瑪莉艾拉的師父是個很嚴格的人，連瓶子的做法都教，所以瑪莉艾拉會做。

（可是好麻煩……）

要做還得從蒐集材料開始。明天一整天恐怕都要花在瓶子的製作上了。

雖然沒有瓶子，瑪莉艾拉還是想找找看積滿灰塵的木箱裡有什麼有用的東西，這時賈克爺爺說「有興趣就整箱拿去吧」，把這些東西免費送給了瑪莉艾拉。

據說這些都是以前從外地來到迷宮都市的鍊金術師離開迷宮都市時強迫推銷的東西。派得上用場的東西都已經被買走了，賈克爺爺說他連拿去丟都嫌麻煩，有人拿走正好幫了個忙。

對不會做魔藥的人來說，剩下的這些東西確實都沒有用處。沒有貼標籤的不知名粉末或顆粒對不會鑑定的人來說也是不知道該不該丟的物品。可是，瑪莉艾拉需要這些東西，其中甚至有些買起來價格高昂的物品，很有幫助。只不過，當然也有些東西很明顯是垃圾。

難得來到這裡，瑪莉艾拉又多付了三枚銀幣購買藥瓶和岩鹽、魔石和備用藥草等需要的東西，總共支付兩枚大銀幣和五枚銀幣後離開了藥草店。

賈克爺爺說「妳預約的份明天傍晚大概就湊齊了。需要藥草時，隨時都可以過來」，目送三人離開。

「瑪莉艾拉，妳真厲害。」

一走出店門口，林克斯一臉佩服地這麼說道。

「賈克爺爺是個個性古怪的人，店裡都只放些處理失敗的藥草。他說賣給沒眼光的人，那樣就夠了。我還是第一次見到有人能一眼看穿呢。既然他說妳隨時都可以來，一定是很中意妳！」

拿到了裝滿雜物的箱子，店裡的藥草種類多又品質好。似乎還得到了賈克爺爺的青睞，真是太好了。這都是多虧了師父的嚴格指導。真得好好感謝師父。

時間已經完全過了中午。雖然早餐吃得晚，肚子卻還是會餓。迷宮附近有供應飲食給冒險者的攤販，接近藥草店的一角就有人在賣水果乾和麵包、串燒等小吃。瑪莉艾拉買了鬼棗和杏桃乾、小瓶橄欖，又買了串燒作為帶路的謝禮，三個人一邊吃一邊走回「躍谷羊釣橋亭」。

03

尤利凱一直在「躍谷羊釣橋亭」等著林克斯回來。

「林克斯哥，不准翹掉打掃馬車的工作咧。」

「我才不會。可是啊，我們先吃午飯再去掃嘛。」

「飯後再聞到那個味道會吐唄。」

想要晚點再打掃裝甲馬車車廂的林克斯抵抗也沒用，就這麼被帶走了。剛才吃過的串燒不算是午餐嗎？瑪莉艾拉刻意不這麼吐槽，只是帶著微笑揮手目送林克斯。

材料還缺一種。瑪莉艾拉走向餐廳兼酒吧的櫃檯向旅館老闆要了一瓶伏爾加。

伏爾加是種酒精濃度高而易燃的便宜酒類。因為老闆的臉上寫著「妳要這種東西做什麼？」，瑪莉艾拉就表示「我要拿來消毒傷口」，老闆似乎就會意過來，於是走到內場拿了一瓶出來。

（這麼一來，材料就湊齊了！終於可以做吉克的藥了。）

緊緊握起拳頭的瑪莉艾拉在旅館外頭把雜物箱的灰塵大致上拍乾淨，跟吉克兩個人一起搬到房間裡。

一走進房間，瑪莉艾拉就從雜物箱裡取出必要的器具，請吉克拿到浴室洗乾淨。因為只要清除灰塵，所以用生活魔法放出水來清洗就行了。吉克在洗東西時，瑪莉艾拉開始著手處理材料。

高階魔藥會以月光魔草為基底來進行鍊成。月光魔草是在冬天也不會結凍的地底湖畔生長的草，其中只有沐浴在稱為月光石的魔石所發出的淡淡光芒中生長的草，才能當作高階魔藥的原料。

首先要烘乾月光魔草。乾燥溫度是十～十一度。這是月光魔草的生長環境的溫度，更高或更低都會減弱藥效。

「建立鍊成空間，溫度調整十度，減壓，攪碎，乾燥。」

瑪莉艾拉用鍊金術技能製造出稱為「鍊成空間」的不可見容器，將溫度調整到十度。為了以十度的低溫短時間進行乾燥，必須降低「鍊成空間」的內部壓力，再使內部的空氣乾燥。瑪莉艾拉讓乾燥的空氣呈漩渦狀流動，一邊烘乾一邊攪碎月光魔草。

雖然瑪莉艾拉看似輕鬆地處理藥材，卻同時進行著「鍊成空間」的維持、溫度控制、壓力控制、空氣的乾燥和流速控制等五種操作。技能等級愈高，能夠同時控制的鍊金術技能就愈多；不過溫度管理需要相當的技巧，只有少數的高手能夠把溫差控制在一度以內。雖說是「十度」，但並沒有溫度計可看，只能靠感覺；乾燥時的空氣流動也會造成溫度不均，所以終究要觀察素材的狀態來進行操作。這是單靠技能無法達到的，專家的境界。

難度如此高的溫度控制是瑪莉艾拉的拿手絕活。不只是可以準確控制在想要的溫度，也能以均勻的狀態在一定溫度下進行乾燥。當然了，這也是師父的教導。瑪莉艾拉的師父會買來一種色彩會隨著乾燥溫度改變的花——「彩虹花」來讓瑪莉艾拉烘乾。

「彩虹花」根據花瓣的數量不同，最適當的乾燥溫度也不同。只要完美地以最適當的溫度烘乾它，就能做出美得正如其名的彩虹色乾燥花。

失敗的話沒飯吃，成功的話就可以加菜。雖然有時候是被食物引誘，年幼時的瑪莉艾拉卻也對變化為彩虹色的漂亮彩虹花十分著迷。從藥草園的藥草到魔森林的雜草，瑪莉艾拉日復一日地烘乾素材直到魔力用盡，就在不知不覺間習得了超一流的技術。

瑪莉艾拉還很清楚地記得整個房間都被彩虹色的花朵埋沒的美麗景象。

只不過因為防衛都市並沒有「烘乾藥草的工作」，瑪莉艾拉本身也不知道自己擁有多麼高超的技術。

瑪莉艾拉接過吉克洗乾淨的器具。

「淨水，洗淨，排水，乾燥，殺菌。」

瑪莉艾拉用鍊金術技能徹底清潔事先清洗的器具。

雖然瑪莉艾拉想請吉克把其他的玻璃器材也拿去洗，他卻興味盎然地在一旁看著，於是瑪莉艾拉請他乖乖地坐在床上觀摩。

首先要萃取月光魔草的藥效成分。清潔過的圓筒狀玻璃器具有三隻金屬製的腳，能夠直立起來。這是經常用來萃取月光魔草的器具，圓筒的直徑大概是拇指和小指張開的長度。這種小型的萃取容器可以萃取一～十瓶份的原料。

圓筒容器的下半部呈漏斗狀，有龍頭能打開讓液體流出。瑪莉艾拉在下方放好燒杯，關上龍頭。圓筒的上半部也比較細窄，中央有可以關上活栓的洞，邊緣則有裝著龍頭的排氣孔。活栓上裝有噴嘴，可以連接儲水桶和送風機，從上方噴出霧狀的液體。

圓筒容器和儲水桶原本似乎還附有調整溫度用的魔導具，卻被別人買走了。雖然連送風機也沒有，不過溫度管理和送風都可以用鍊金術技能完成。只要有容器就夠了。

首先要試著使用器具，暫時不放藥草。瑪莉艾拉把圓筒容器的溫度調到略低於冰點，儲水桶和裡頭的水則調到剛好不至於凍結的溫度，開始噴霧。為了避免水在噴嘴內結冰，噴嘴的溫度管理很重要。發出咻咻聲噴出的霧氣在容器的中央一帶結凍，化為細小的雪花結晶。瑪莉艾拉控制容器內部的氣體，從中央往上下製造不斷迴轉的漩渦，雪花結晶也乘著氣流開始旋轉飛舞。

「好像行得通呢。」

月光魔草的藥效成分會溶於冰點以下的水裡。因此，要用加了鹽而不會在冰點結凍的水或直接接觸冰塊來進行萃取。由於要直接接觸固體以萃取，為了盡量增加接觸面積，要凍結噴成霧狀的水以製造細小的冰晶，在容器內攪拌使其反應。

圓筒容器中有閃閃發亮的細小雪花漂亮地飛舞著，不過這時的瑪莉艾拉要同時進行圓筒容器、噴霧儲水桶、噴嘴的溫度管理，還有噴霧用的氣體控制、容器內的空氣狀態和氣流控制。大部分的鍊金術師會用魔導具執行這三處的溫度管理和噴霧用的氣體控制，自己只負責容器內的空氣狀態和氣流控制，從這一點看來，瑪莉艾拉的鍊金術技能絕對不差；不過這些操作也已經到達瑪莉艾拉的實力上限。如果沒拿到萃取容器，就只好用鹽水來萃取了。用鹽水萃取會做出效果比較差的成品，有器材真的幫了大忙。

瑪莉艾拉把攪得細碎的月光魔草放進容器內，將儲水桶的水換成溶有「生命甘露」的水。結束一瓶份魔藥的噴霧後，瑪莉艾拉開始專注在容器內的溫度和氣流的控制上。這是製作高階魔藥最重要的步驟，不能分心。

過程似乎很順利，白色的雪花結晶漸漸開始帶有月光石的黃色光芒。

瑪莉艾拉停止容器內的控制，打開龍頭讓萃取液流到下方的容器裡。接下來只要放著讓它恢復到室溫就行了，不過這次要做的是讓吉克被咬掉的肉復原的特化型魔藥。瑪莉艾拉開始剝起冰凍的尼奇爾新芽。

尼奇爾到了冰雪快要融化的季節，就會在一夜之間從雪中發芽。瑪莉艾拉取出快要發芽的新芽部分，用手指壓碎，加到還很冰冷的月光魔草萃取液裡。這麼一來，藥效成分就會在液體恢復到室溫的過程中溶出。

雖然最困難的處理已經結束了，卻還有麻煩的步驟尚未完成。

中階和高階魔藥的效果很強，會帶來急劇的恢復。因此，為了調整全身以減輕副作用，中階魔藥會添加「鬼棗」，高階魔藥會添加「樹人果實」。「鬼棗」是會做成果乾販售的常見藥材，可是「樹人果實」是很稀奇的材料。雖然賈克藥草店可能有賣，但因為是非常有名的高階魔藥材料，從藥效來看也不太可能有「藥師」會買。

因此，這次瑪莉艾拉沒有買「樹人果實」，而是用中階魔藥會使用的「鬼棗」和藥草來製作替代品。做法是將曼德拉草與其亞種的根三種、葉片三種、莖兩種、種子一種、花瓣一種、菇類兩種、樹皮一種共計十三種的原料分別以適當的溫度乾燥後，一一調配好指定的份量並浸泡到橄欖油中，再加壓一個小時左右以縮短萃取時間。一般來說這種繁瑣的步驟都會使用磅秤或是壓力容器來進行，深信「沒有道具是基本」的瑪莉艾拉卻單靠鍊金術技能處理得十分俐落。

進行萃取的一小時內，瑪莉艾拉也同時調整其他的藥液。除了把根部有鎮痛成分，葉片有消炎成分的亞勞妮草去除毒素，還要萃取在低階、中階、高階魔藥中都會用到的庫利克草、鬼棗、曼德拉草的成分。其他的材料也處理好並包在油紙裡，或是放入藥瓶。這樣一來就能保存一個月左右。

這些事都做完時，替代藥品也完成了。瑪莉艾拉控制溫度以免藥液的溫度低於室溫過多，同時慢慢減壓。油變成了琥珀色，成果很不錯。瑪莉艾拉舀起一匙藥液，在蒸餾伏爾加得到的酒精裡灌注「生命甘露」然後使藥液溶入其中。

從完成的四種萃取液中去除殘渣後，要慎重地混合。因為要遵守一定的順序混合，一次能混合的量也有限，所以直到最後都不能鬆懈。

「藥效固定。」

特化型的高階魔藥終於完成了。

「完成～！拍拍手～！」

「哦……？」

一直專心看著瑪莉艾拉鍊成的吉克突然被搭話，雖然疑惑卻還是聽話地開始鼓掌。

「好累喔～累得不像是只做了一瓶～」

「辛苦……您了。」

平常的話，替代藥品都會先做好備用，材料也會統一進行處理。今天全都要從零開始做起，所以特別辛苦。馬上就來確認效果吧。

「來！吉克，把右手伸出來。」

「是……是。」

吉克一臉疑惑，以掌心朝上的姿勢伸出右手。

「反了，反了。」

瑪莉艾拉抓住吉克的手，把被黑狼咬傷的痕跡轉到上方，再把剛做好的魔藥慢慢滴到傷口上。

「嗯。成功了。」

被黑狼咬傷而凹陷的傷痕發出淡淡的光芒在眼前隆起，轉眼間就連傷痕都消失了。

「你握拳再張開看看。會動嗎？啊，會動就好。」

今天早上還使不上力，只能做出慢動作的右手已經可以順暢地活動了。

「啊……會……會動……」

「嗯嗯。那你現在跪著立起來，啊，要在椅子上喔。背對著我，把褲管捲起來，讓我看看左腳小腿。」

瑪莉艾拉催促想要用語言表達感動的吉克，讓他露出左腳的傷。

這個傷口是在被黑狼咬掉肉之後為了止血而燒過的傷口。雖然用治癒魔法做過最低限度的治療，卻只有長出一層薄薄的皮。在運往迷宮都市的途中，傷口因為細菌感染而惡化。雖然昨天的魔藥已經減緩了發炎的狀況，內部組織到現在還是慘不忍睹。

瑪莉艾拉對小腿淋上特別多的魔藥。被咬掉的肉開始逐漸再生。用肉眼就可以看到薄皮下的肌肉組織一條一條地再生並隆起的過程。

「唔……」

吉克的左腳腳趾抽動了一下。魔藥添加了鎮痛成分，應該不會有痛楚，恐怕是組織迅速再生所帶來的異樣感讓他忍不住叫出聲的吧。

傷口連同燒傷的痕跡都在轉眼之間消失無蹤。

不愧是剛做好的魔藥，效果奇佳。

治好腳傷之後，高階魔藥還剩三分之一左右。

「好了～吉克，把這些喝掉。來，大口喝下去，一口氣乾了它。」

瑪莉艾拉把裝了魔藥的容器塞給轉過頭來看自己的腳的吉克。

今天早上剪頭髮時，瑪莉艾拉注意到吉克全身都有傷痕。說不定是被鞭打過的痕跡。

吉克乖乖地把高階魔藥喝光，然後打了個哆嗦。

他的身體到處都發出微微的光芒，全身受到的傷害應該都一口氣痊癒了。

吉克看了能自由活動的手臂，還有本來缺了一塊肉的左腳，靜靜地下床站了起來。

他就這麼踏出左腳。一步又一步。走起路來沒有障礙。

吉克舉起雙手伸展身體，輕輕跳了幾下。他轉動手臂，扭動腰部。就像是在確認身體狀況，他活動著身體。原本有點駝背的背脊也打直了，身材變高的樣子就像是返老還童了似的。

「會動，可以動。腳，還有手……肩膀能轉了，腰也不會痛了。肚子也沒有抽搐的感覺……」

（你原本到底有多麼傷痕累累啊，吉克先生……話說回來，高階魔藥也太有效了吧？迷宮素材真厲害～）

看著高興得熱淚盈眶的吉克，瑪莉艾拉很慶幸自己有當上鍊金術師。

從傷病中痊癒的人露出的開心表情是什麼都比不上的回報。

確認完身體狀況的吉克轉過身來面對瑪莉艾拉，然後單腳跪坐下來。

又要下跪嗎！瑪莉艾拉一瞬間緊張地這麼想，但吉克這次卻立著一隻腳。

簡直就像是騎士宣誓效忠的姿勢。

「瑪莉艾拉大人，謝謝您。我……我作夢也沒有想到……自己的身體還有能自由活動的一天。沒辦法把這份心情、這份感謝化為言語，我真心感到焦慮不安……自從昨天受到您的幫助開始……我就……我就……打從心底發誓為您奉獻。只要是為了您，為了瑪莉艾拉大人您，不論要我做什麼……」

吉克以極為感動的神情說出一字一句。那隻僅剩的藍色眼睛因淚水而徹底溼潤，激動到講得斷斷續續的話中充滿了感謝之意。

瑪莉艾拉真心覺得他的眼睛很美。沒辦法治好眼睛，實在很遺憾。

「我沒辦法治好你的眼睛，抱歉。在我能做出特級魔藥之前，你就忍耐一下吧。」

「怎麼會呢……已經足夠了。我還以為自己就快要死了，現在卻……哪裡也不痛。我真的……真的什麼都願意做……」

吉克的情緒開始往奇怪的方向高漲了。

「欸，吉克，我有事想拜託你。」

（「什麼都願意做」這種話不能隨便說出口啦。）

「啊！是！」

「幫我洗一下那些玻璃器材！」

「！」

瑪莉艾拉把收拾善後的工作交給吉克，自己則午睡到晚餐時間。

瑪莉艾拉正在睡午覺時，吉克把玻璃器材洗淨並烘乾，再把散亂的藥草在桌上整理好，也把雜物箱裡的灰塵都清乾淨，將內容物整齊地排放在地上。

而睡醒的瑪莉艾拉——

「那是垃圾～」

「是。」

「那個明天要帶出門，所以要放在袋子裡。」

「是。」

「那個下次要用，所以放回袋子裡再擺到房間的角落就好～」

「是。」

——則躺在床上，使喚吉克做事。

（啊，好輕鬆喔。原來當師父就是這種感覺啊。）

如果能就這麼躺著吃飯就太棒了。正當瑪莉艾拉這麼想的時候，有人敲響了房間的門。

「來了～」

「我是馬洛。契約文件都準備好了，可以請妳來房間一趟嗎？」

晚餐前有事要忙了。

瑪莉艾拉和吉克兩人一起走進馬洛副隊長的房間時，迪克隊長已經在裡面等待了。一看到吉克，他就露出驚訝的表情。昨天的吉克看起來比瀕死的哥布林還要悽慘。現在雖然還是過瘦，卻很有男子氣概，簡直判若兩人，他會感到驚訝也很正常。就連瑪莉艾拉也嚇了一跳。不過，迪克隊長還是一樣是個非常好懂的人。黑鐵運輸隊的隊長這麼容易把心思寫在臉上沒關係嗎？瑪莉艾拉有點擔心地想著。

與他相反，完全不動聲色的馬洛副隊長請瑪莉艾拉坐在長椅上。吉克則站在後方待命。

「考量到本件的機密性，除了隊長迪克和我馬洛之外，沒有人知道這些情報。這是契約書。請確認。」

馬洛副隊長遞出幾份文件。最上方的契約書寫著昨天瑪莉艾拉提出的所有條件。不只是保密義務，契約書還明文記載萬一情報洩漏，瑪莉艾拉陷入危險時，黑鐵運輸隊必須出面解決問題，根據情況甚至還要協助逃亡。

瑪莉艾拉是第一次進行這麼正式的交易。過去都是採取一手交錢一手交貨的方式，從來沒有簽過契約書。馬洛副隊長提供的契約書是商業公會發行的文件，具有魔法效力，看起來十分可靠。

「那個，請問『各項交易應逐一簽訂買賣契約』是什麼意思？」

因為契約書上沒有寫到關於價錢的事，所以瑪莉艾拉這麼問道。

「『市價』這種容易變動的指標是不能寫進魔法契約裡的。因為物品的價格會隨時變動。除了這種基本契約之外，一般來說都會另外再簽單價契約書，或是配合每筆生意簽訂買賣契約。這就是這次的買賣契約書。」

馬洛副隊長流暢地回答，指了指下面的文件。這似乎就是這次的買賣契約書。上頭寫著昨天訂購的魔藥種類和數量，以及要支付給瑪莉艾拉的單價。

低階魔藥、低階解毒魔藥、除魔魔藥的單價分別是銀幣六枚，中階魔藥、中階解毒魔藥是大銀幣六枚；雖然價格很驚人，高階魔藥和高階解毒魔藥卻沒有記載，合計金額的欄位也是空白。

「那個，請問為什麼高階的地方是空白的呢？」

「關於這件事……」

瑪莉艾拉這麼一問，原本保持沉默的迪克隊長才終於開口說話。

「高階的魔藥已經有十年以上沒有在市場上流通了。」

似乎是因為沒有在市場上流通，所以不知道「市價」是多少。

「迷宮都市的魔藥除了邊境伯爵和其他家族保管的庫存，來源就只有亞格維納斯家。他們會遵守和邊境伯爵訂下的規定，提供一定的量給迷宮討伐軍，可是不會公開交易價格。」

迪克隊長簡單說明了迷宮都市的魔藥內情。瑪莉艾拉也聽說過亞格維納斯家的名號。他們在兩百年前的安妲爾吉亞王國是首席鍊金術師的家族。看來他們似乎在魔森林氾濫中存活了下來，甚至連家族都還存在。在王國滅亡之後過了兩百年，他們竟然還掌握著魔藥販賣的實權，真是厲害的家族。

「我們想根據高階魔藥的售價來決定金額，可是既然不知道市價，就有可能會被低價收購。妳可以決定在什麼價格以下就不賣，如果妳無法信任我們的話，也可以親自參與交易過程，妳覺得呢？」

雖然迪克隊長抱著雙臂，用威風凜凜的姿勢大方地坐在椅子上，臉上的粗眉毛卻傷腦筋似的垂了下來。他真是個外表與個性有落差的人。從至今為止的互動可以發現他不是個會做壞事的人，卻很有可能被交易對象殺價。不過，到時候馬洛副隊長應該會出面幫忙就是了。

「可以的話，希望你們告訴我一件事。」

「嗯？什麼事？」

「請問魔藥會賣到哪裡呢？」

「賣給迷宮討伐軍。因為再過不久就是定期遠征的日子了。我們也會收購一部分的除魔和低階魔藥。」

沒想到迪克隊長會透露交易對象。這麼簡單就說出來沒關係嗎？瑪莉艾拉瞄了一眼馬洛副隊長，發現他雖然掛著一如往常的輕鬆表情，眼裡卻帶著笑意，看起來似乎有點開心。瑪莉艾拉稍微有點懂了，他應該是對迪克隊長那木訥的待人方式很樂在其中吧。

「不是賣給亞格維納斯家嗎？」

「賣給亞格維納斯家的話，就不一定會流向迷宮討伐軍了吧。魔藥的品質和數量本來就愈來愈差了，聽說他們最近還會提供稱為『新藥』的次級品。也不管討伐軍受到的傷害不斷增加。」

這次迪克隊長露出明顯的厭惡表情。他對亞格維納斯家似乎沒有什麼好印象。或許是在軍隊裡有認識的人，他的立場很偏向迷宮討伐軍。

「我了解了。就算價格便宜也沒關係。有人拿去用，我也比較開心。」

魔藥是用來治療傷病的藥品。瑪莉艾拉不希望自己的魔藥被當成賺取價差的道具，所以能直接賣給使用者是最好的。低階、中階魔藥的價格就已經提供了充足的利潤，所以能盡量減輕討伐軍受到的傷害，瑪莉艾拉也很開心。

「是嗎！太感謝妳了！他們一定也會很高興。」

迪克隊長非常高興地和瑪莉艾拉握手。他的握力很強，雖然讓人有點痛，厚實又寬大的手掌卻很溫暖。瑪莉艾拉隱約了解為何馬洛副隊長會跟一點也不適合作生意的迪克隊長待在一起了。

「好了，來辦慶功宴吧！」迪克隊長這麼說著站起身來，馬洛副隊長卻用力抓住他的後領，讓他重新坐回椅子上。動作好俐落。被勒到脖子的迪克隊長咳了起來。

「還沒有簽約呢。而且，要是辦了慶功宴就不算是祕密了。你到底懂不懂？」

馬洛副隊長順暢地動筆簽好買賣契約書，這麼責備迪克隊長。

「瑪莉艾拉小姐，雖然不算什麼謝禮，但妳停留在這裡的期間，我們會負擔妳的飲食等費用。我們已經幫妳延長一星期的住宿，也通知過老闆了，有什麼要求請儘管提出。對了，關於事前提供所需物品的事，請問妳需要我們幫妳準備什麼嗎？」

這就是所謂的招待嗎？不知道吉克有沒有被算在內。

「這次沒有什麼特別需要的東西。那個，請問吉克也有份嗎？」

瑪莉艾拉有點窮酸地這麼問道，馬洛副隊長就笑臉盈盈地回答：「那當然。」

就在瑪莉艾拉心想「他們真是太大方了！」時——

「啊，迪克隊長要自掏腰包喔。不能使用經費。」

被帶著笑容的馬洛副隊長這麼叮嚀，迪克隊長無力地垂下頭。

瑪莉艾拉在完成的契約書上簽名。使用滴入血液的墨水簽名後，魔法契約的簽訂就完成了。黑鐵運輸隊是由迪克隊長和馬洛副隊長聯名簽署。

魔藥的交易訂在後天的同一時間，在這個房間進行。

瑪莉艾拉和吉克一走出房間，就直接前往一樓的餐廳。原本打算一起前往餐廳的迪克隊長被馬洛副隊長抓住。「你怎麼可以跟他們一起去？把時間錯開。」他這麼說，兩人好像還有些事要「聊聊」，於是瑪莉艾拉和吉克趕緊離開房間。

05

終於可以吃晚餐了。兩人閒聊著猜想今天的菜色是什麼，下樓來到餐廳。時間才剛日落，距離晚餐還有點早。餐廳和昨天一樣只有零星的客人，黑鐵運輸隊的成員一個人也不在。

安珀小姐走了過來，帶領瑪莉艾拉和吉克到吧檯坐下。或許是因為還不到夜晚的時段，她的紅色禮服外頭還披著一件披肩，遮住了暴力式的乳溝。

今天的菜單是牛類魔物的燉牛肉，還有淋上多蜜醬汁的肉丸子與蔬菜。瑪莉艾拉問是什麼肉做的丸子，安珀小姐卻只是笑而不答。

「到底是什麼肉？真好奇……燉牛肉也不是普通牛肉，而是牛類魔物。」

瑪莉艾拉點了燉牛肉，吉克則點了肉丸子。

瑪莉艾拉並沒有強迫吉克點不知名的肉。

「吉克要什麼？可以點自己想吃的喔。」瑪莉艾拉說，他想了一下便點了肉丸子。

「吉克真有挑戰精神。」

「因為有……肉……」

吉克小聲回答。他似乎只是挑選了看起來肉量比較多的菜色。

「小哥是叫吉克先生對吧？恭喜你身體好起來。為了慶祝你康復，要不要來一杯？」

安珀小姐抱起雙臂，推薦酒類給吉克。她一擺出這種姿勢，兩個肉丸子就被抬了起來，讓披肩差點移位。多麼心機的穿著啊。加上那件披肩，反而更吸引目光了。簡直可以說是陷阱。披肩發揮了絕佳的效果。

「不，不用了。」

吉克輕巧地躲過安珀小姐的誘惑，轉頭面向瑪莉艾拉。

「呃，吉克，喝個一杯也沒關係的。我也會點，一起乾杯吧。」

雖然傷口已經治好，吉克的體力卻還沒有完全恢復。不過喝個一杯也沒問題，瑪莉艾拉也覺得以乾杯來慶祝康復是個好點子。

「瑪莉艾拉大人，我是奴隸。其實就連坐在位子上，也是不該被允許的事。拜託您……拜託您，請不要再多費心了……」

吉克露出有些困擾的表情，結結巴巴地這麼說道。

瑪莉艾拉這才意識到，吉克沒辦法很流暢地說話。他恐怕有很長一段時間沒有說話了吧。

（真希望他能改掉這種習慣……）

瑪莉艾拉並不想擺出主人的架子，也不是那種類型的人，受到服侍反而會感到不自在。

看到講話斷斷續續，受了傷又消瘦的吉克努力想要侍奉自己的樣子，瑪莉艾拉感到心痛。

（畢竟我們有隸屬契約。雖然我也知道沒辦法完全像朋友一樣相處……）

但我還是希望我們可以慢慢培養感情，變成彼此熟悉的同伴。瑪莉艾拉在無意識中追求著與師父生活時的那種關係，因此才會認為乾杯是個好主意。瑪莉艾拉不理會吉克的推辭，向安珀小姐點了乾杯用的酒。

「這是你們兩個人第一次乾杯呢。想要喝哪一種呢？」

安珀小姐從吧檯後方拿出幾瓶酒。

（嗯。我完全不懂。）

師父會喝酒，但瑪莉艾拉從來沒有喝過酒。

「吉克想要哪一種？」

瑪莉艾拉問吉克後才發現一件事。

（糟糕。這麼問好像太為難他了。他是從債務奴隸變成犯罪奴隸的人，應該不懂酒的種類吧。）

「瑪莉艾拉大人……您會喝酒嗎？」

可是，吉克以冷靜的態度這麼對瑪莉艾拉發問。

「咦？呃……我沒有喝過酒……」

「那麼，那瓶菲利斯……或是口感芳醇的蜜思嘉比較偏甜，容易入口。」

「你比較喜歡哪一種？」

瑪莉艾拉這麼一問，吉克就露出困擾的表情回答：「可能是……菲利斯吧。」

「哦！小哥還真清楚呢！以前想必曾讓不少女人流淚吧？」

安珀小姐開的玩笑幫了大忙。瑪莉艾拉無意間發現了吉克的另一面。不，雖然剛剛才心想希望能和他成為彼此熟悉的同伴，卻因為看到他這種帥氣的一面，讓瑪莉艾拉忍不住心跳加速。瑪莉艾拉搖搖頭恢復理智，點了那種叫作菲利斯的酒。安珀小姐打開酒瓶，往玻璃杯裡倒酒。

酒是淡粉紅色，不斷冒出氣泡的樣子十分漂亮。

「哦，乾杯嗎？我們也參加吧！來吧，馬洛！」

正要乾杯時，迪克隊長來了。他把馬洛副隊長也硬是拉了過來。馬洛副隊長苦笑著說「真拿你沒辦法」，接過了酒杯。

四個人都拿到酒杯後，三人的視線集中到瑪莉艾拉身上，示意她帶頭敬酒。

「敬吉克的康復！還有我們的相遇！」

三人配合瑪莉艾拉的臺詞，接著說出「乾杯！」，然後叮的一聲輕碰酒杯。人生的第一杯酒既甘甜又容易入口。酒中帶著淡淡的野草莓香氣。乾杯後，料理馬上就端上桌了。老闆似乎也想表達祝賀之意，料理堆得像山一樣高。

吉克注視著酒杯，然後緩緩喝了一口酒。他沒有馬上喝下去，而是含在口中細細品味。

昨天和今天早上，他都狼吞虎嚥地吃飯，現在卻用會動的右手拿起叉子，文雅地一口一口吃著料理。

「真好吃……」

吉克低聲這麼說。他懂得酒的種類，用餐的舉止也很得體。瑪莉艾拉很好奇他究竟是什麼樣的人。這種心跳加速，臉部發熱的感覺，應該都是酒精的作用吧。

（話說回來，真令人在意……）

瑪莉艾拉偷偷看著坐在身旁的吉克。他把無法一口吃掉的大肉丸切成小塊，細嚼慢嚥地吃著。

「那個肉丸子是什麼肉？好吃嗎？」

瑪莉艾拉忍不住說出自己的疑問。這肯定也是酒精的作用。師父以前也說過，酒會讓人變得誠實。

「妳披著披肩也很好看！」迪克隊長說，試圖翻開安珀小姐的披肩，結果被捏了手背的肉。他也是因為喝了酒而變得誠實嗎？不，大概是安珀式轟炸的影響吧。

「啊~你們怎麼可以自己先開喝！太卑鄙了！我們好不容易才清完馬車耶！」

林克斯等人也來了。他們似乎才剛打掃完被貨物（奴隸）的排泄物弄髒的裝甲馬車。

看到晚餐是燉牛肉和淋上多蜜醬汁的肉丸子與蔬菜，林克斯說：「嗯，一堆黑黑的東西……」

（還是不要問他是在想像什麼好了……）

瑪莉艾拉從很希望別人接著問下去的林克斯身上移開視線，看著和他一起打掃的尤利凱等人，發現不只是尤利凱，連似乎是在旁邊負責修理裝甲馬車的多尼諾和法蘭茲都擺出了無奈的表情。

「唔哇～我都沒食慾了～」

雖然嘴巴上這麼說，林克斯還是和昨天一樣，兩種菜色都點了。順帶一提，肉丸子是用牛類魔物和半獸人的絞肉混在一起做成的。

因為瑪莉艾拉一直偷偷瞄著肉丸子，吉克就分了一個給她。為了回報吉克，瑪莉艾拉也把燉牛肉的牛類魔物肉分裝到吉克的盤子裡。

「肉丸子一咬下去就有肉汁滲出來，好好吃喔！」

「燉牛肉的肉……也很柔軟，很……好吃。」

兩人互相發表對料理的感想，林克斯也加入了談話：

「兩種肉都很大塊，超讚的！」

比起品質，林克斯似乎更重視份量。燉牛肉的肉煮得非常軟嫩，也沒有騷味，除了是牛肉以外，找不到其他的特徵。

「結果牛類魔物到底是什麼？搞不好我點的才是不知名的肉。」

瑪莉艾拉笑著這麼說。雖然沒有解開肉的謎團，快樂的宴會卻一直持續到深夜。

（迪克隊長蓋著安珀小姐的披肩醉倒在旁邊，馬洛副隊長和老闆聊得很開心。林克斯和尤利凱一邊抱怨打掃馬車的事一邊吃完了料理，多尼諾先生和法蘭茲先生也很熱烈地聊著裝甲馬車的話題。吉克臉上帶著笑容，應該也很開心吧。嗯。到這裡為止我都還記得。）

瑪莉艾拉回想著昨晚的宴會。不知道為什麼，瑪莉艾拉不記得自己是什麼時候回房間的。這就是師父以前說過的酒精初階魔法「失憶」嗎？

（既然我有好好換衣服，睡在床上，應該沒什麼問題吧！話說回來，頭好痛……）

瑪莉艾拉在相當早的時間醒了過來。窗外是一片漆黑，所有人應該都還在睡覺吧，聽不見夜晚的喧鬧聲。

瑪莉艾拉正在製作低階解毒魔藥時，吉克醒了。

「我吵醒你了嗎？你要不要也喝一瓶解毒魔藥？雖然不是專門治宿醉的藥，但多少有點效果。」

「不，我喝得……並不多。」

吉克好像一點事也沒有。瑪莉艾拉用多買的藥草很快地做了一瓶魔藥，喝了下去。解毒魔藥也對頭痛有效，雖然痛覺就像是溶化在水裡一般消失，卻又讓人有種想上廁所的感覺。

「我去一下廁所喔。」

瑪莉艾拉換上折得整整齊齊的衣服，快步走向廁所。

上完廁所的瑪莉艾拉正走在回到房間的階梯上時，迪克隊長的房門無聲地開啟，安珀小姐從裡面走了出來。

安珀小姐回過頭，定睛注視著應該在房間裡睡覺的迪克隊長。雖然周圍只有從小窗戶透進來的微光而看不清楚，安珀小姐的嘴角卻帶著溫柔的微笑，表情充滿了愛意。她在其他人面前明明都那麼冷淡地敷衍他，竟然會露出這樣的表情。迪克隊長有注意到安珀小姐的心意嗎？

她凝視著房間內的時間只有短短幾秒。可是從瑪莉艾拉的角度來看，時間彷彿靜止了。這一幕給人一種非常哀傷、揪心的感覺。

為了避免吵醒迪克隊長，安珀小姐安靜地緩緩關上門，然後注意到瑪莉艾拉的存在。她微微一笑，在擦身而過時輕聲說道「現在還早呢，還可以再睡一陣子」，接著走下了階梯。

（還……還早是什麼意思呢……）

瑪莉艾拉忍不住感到心跳加速。

回到房間時，吉克已經起床了。他換好了衣服，也已經整理好床鋪。

「現在還很早呢。還可以再睡一下。」

瑪莉艾拉試著說說看安珀小姐說過的話。

「畢竟都已經醒了。」

吉克帶著微笑答道。奇怪了～？怎麼會這樣？瑪莉艾拉感到疑惑，開始準備洗昨天沒洗到的澡。吉克昨天似乎有確實洗過澡才就寢。

「我去幫您要些飲品。」

瑪莉艾拉正要去洗澡時，吉克若無其事地離開房間。他體貼人的方式很有紳士風範。趁著這個機會，瑪莉艾拉也請他去拜託旅館的人準備便當，然後問問看能不能借到鏟子和柴刀。今天要出門採集。

為了不要讓吉克等太久，瑪莉艾拉用最快的速度洗澡。

洗完澡時，吉克沒有進入房間，而是站在走廊上等待。雖然他應該是出於顧慮，不習慣這種待遇的瑪莉艾拉卻感到不太方便。

（等到明天的交易結束，拿到錢之後就去租個房子吧。）

這麼想著，瑪莉艾拉喝下吉克端來的茶，談到今天要做的事。

「老闆說他……會準備便當……放在吧檯。道具似乎……也可以……自由取用。」

吉克說老闆還醒著，會幫忙把早餐和午餐做成便當。鏟子和柴刀也可以從後面的倉庫自由帶走。

「那我們就在躍谷羊出租店開門的時間出發吧。」

吉克幫忙拿了昨天準備好的背包。裡面放著裝在雜物箱裡的幾種素材、岩鹽、魔石、原本用來包藥草的麻袋、從房間裡借用的木杯。瑪莉艾拉的腰包裡裝著錢和放在雜物箱裡的紙片以及手帕。在身上灑上做來以防萬一的除魔魔藥就準備完畢了。

天色漸漸亮了起來。兩人收下便當，借了鏟子和柴刀後出門。

今天要去採集魔藥瓶的材料。

The
Survived
Alchemist
with a dream
of quiet town life.

01

book one

第四章

回憶的日子

Chapter 4

01

兩人在剛破曉的城市裡往北邊前進。

北方大道位在商業區與農民和從事畜牧業的人所居住的區域交界處，北門附近有躍谷羊出租店，任何人都可以在這裡租借躍谷羊。躍谷羊出租店大多是由畜產農家經營的副業，從清晨就會開始辦理出租。

「不好意思～我想要租載得動兩個人的強壯躍谷羊一天的時間～」

「你們是第一次來唄。這隻很強壯啦，載瘦瘦的小哥和妳這個小不點，沒問題唄。」

瑪莉艾拉一問，店家就出借了一頭強壯的公羊。

租金包括飼料費是一天一枚銀幣。另外還要交出兩枚大銀幣作為押金，這筆錢可以在歸還時拿回來。

從飼料袋裡拿出蔬菜餵食，牠馬上就知道要聽話了。真是聰明的羊。

兩人在店家用地內進行簡單的騎乘練習。雖然瑪莉艾拉也會騎，吉克的技術卻是壓倒性地好。這就是運動神經的差別嗎？躍谷羊也很開心地跑著，步調輕快。因為押金的問題，所以只能借到一頭；不過就算借了兩頭，瑪莉艾拉可能也跟不上。

瑪莉艾拉坐在前方，兩人共乘著踞谷羊往北門出發。迷宮都市總共有八道門，但東西南北的四道門都很狹小，門的寬度頂多只能供一頭踞谷羊通過。這些門是迷宮都市的居民前往田地或是到附近採集與狩獵時所使用的便門，為了阻擋大型魔物的通過，也方便防止小型魔物入侵，才會設計得這麼狹小。雖然通行起來不太方便，但因為不以交易為目的，攔檢的過程也很簡單。

衛兵以生面孔為由攔下兩人，但瑪莉艾拉一打開背包表示自己要出外採集，他便說「就算是遠離魔森林的地方也會有魔物出沒，小心一點」，目送兩人離開。真是親切的衛兵。

兩人騎著踞谷羊通過北門，往略偏西北邊的方向前進。迷宮都市的北邊是河川較少，有很多灌木的土地，適合放牧。西北邊有好幾條來自山脈的河川流經，是一片農業地帶。沿著河川北上就能抵達森林。雖然這座普通的森林和魔森林相較之下淺得多，偶爾卻也會有低等級的魔物出沒，所以還是要小心。

只不過兩人都使用了除魔魔藥，在這種程度的森林裡可以安全行動。

「瑪莉艾拉大人。」

吉克回頭瞄了一眼後方，呼喚瑪莉艾拉。

「啊～果然跟過來了啊。」

大概是林克斯吧。畢竟是在一筆大生意之前，他們會派人來護衛並監視也不奇怪。

（我不太想讓別人知道今天要去的地方。抱歉嘍。）

瑪莉艾拉讓羅谷羊停下來，從腰包裡拿出幾張紙片，把其中三張混著蔬菜讓羅谷羊吃掉，再把剩下的交給吉克。這是瑪莉艾拉昨天午睡後事先畫好的東西。

「對它灌注魔力。在我說可以之前，都要握著不放喔。」

兩人騎著羅谷羊繼續前進。

載著兩個人的羅谷羊在森林中輕快地奔跑，就像是森林中的樹木主動避開似的。兩人與一頭羊的身影彷彿融入森林般若隱若現，氣息也逐漸淡去，混進樹木之間。

羅谷羊順暢地跑啊跑，避開樹木。不，是樹木在避開他們嗎？他們每次閃避，林克斯那雙比老鷹還要銳利的眼睛就會迷失其身影。跑啊跑。兩人的氣息早已徹底散去。他們的身影一下子躲到樹木後方，然後完全消失。

「唔哇，跟丟了。真的假的？吉克真厲害。不，是瑪莉艾拉做了什麼嗎？」

林克斯的影子從森林中浮現。他是黑鐵運輸隊的斥候，其能力在魔森林中也能發揮十足的作用。他壓根沒有想到自己會在森林裡迷失兩人的蹤跡，搔起頭來。

「不知道會不會挨馬洛副隊長的罵～算了，看那個樣子，他們應該能平安回來吧～早知道會這樣，我就應該把小刀繼續借給吉克了。」

林克斯是來護衛他們的，不過既然跟丟了也沒辦法，畢竟他們都有能力甩掉林克斯了。武器就只有鐮子和柴刀是有些令人擔心，但這附近的森林應該不會有什麼危險。雖然瑪莉艾拉是那副樣子，但既然她敢在魔森林裡走動，就表示她也有一定的能力吧。

林克斯浮現在森林裡的影子迅速消失，返回迷宮都市。

兩人甩掉林克斯之後直接通過了森林，又渡過幾條河川，大約跑了快一個小時。沿著一條河川邊緣往上走，便來到了瀑布的附近。

「到這裡應該就沒問題了。他沒跟過來吧？」

瑪莉艾拉並不具備探索能力，所以只能瞎猜。

「是，似乎早就已經甩掉他了……請問這是？」

吉克張開手，把和韁繩一起握在手裡的皺巴巴紙片攤開。滲著手汗的潮溼紙片上畫著某種圖形。

「啊～那個啊，是森林迎接、氣息遮蔽還有迷惑的魔法陣。」

「森林迎接」可以讓人輕鬆地在森林裡移動，前進時不會被樹枝或草叢阻礙。「氣息遮蔽」正如字面上的意思，能夠遮蔽氣息和魔力以隱藏蹤跡，與「迷惑」搭配使用就能輕易地躲過大部分的追兵和魔物。這些都是老練的獵人會具備的技術，甚至不算是技能。

即使用了除魔魔藥，對某些魔物的效用也不大，有時候還是會被發現。在城市裡，也有些壞人會想對無依無靠的年輕女孩出手。為了從這些危險中自保，順利逃離威脅，瑪莉艾拉的外套裡也縫著幾種這類型的魔法陣。

據說這種魔法陣是古代文明的遺產，早在兩百年前就已經失傳了大部分。雖然不同的效果需要不同的材質，但只要用添加魔石粉末的墨水畫好，任誰來使用都能得到效果，是很方便的東西。只不過，圖形必須是完美的，否則無法發動，光是圓形有點扭曲就不能發揮正常的效果。

不論畫得多麼精美，終究是出自人手。一定會多少有些歪斜，因此得不到本來的效果。發動起來能有本來的一半效果就謝天謝地。依樣描繪的魔法陣通常甚至連發動都沒有辦法。因為書本只能透過手抄的「抄本」來複製，所以像瑪莉艾拉所使用的這種，可以用其他技能或魔法替代或是藉由訓練來達成其效果的魔法陣會失傳，也是無可奈何的事。

完美(原始)的魔法陣只記錄在世界的記憶之中。

現在還有流傳的，只剩下刻在魔藥瓶上防止變質的魔法陣，以及吉克身上的隸屬契約的烙印魔法陣等極少數；就連這些魔法陣也不是完美的，所以「防止變質」只不過是賦予了延遲效果，「隸屬契約」則是搭配契約技能才能發揮效力。隸屬魔法這種可能被濫用的危險技術只有單方面就無法發揮足夠的效果，或許就某種意義來說是一件好事。

相對地，自古以來便有人持續研究魔法陣的圖形，稱為魔工技師的專家會依據魔法陣的分析結果來製作各式各樣的魔導具。人們的腳步從來不曾停止，雖有些技術失傳，卻也不斷創造出新的技術。

「魔法陣……我聽說……已經失傳了。」

兩人把躍谷羊繫在瀑布旁的空曠處，吃起旅館老闆包好的早餐。早餐是用棍子麵包夾著火腿和蔬菜的三明治，看起來很美味。

「我師父是個鑑定技能等級很高的人，曾經在我的頭腦裡烙印好幾個魔法陣。」

瑪莉艾拉的師父是個很厲害的人。不只是擁有能從阿卡西紀錄讀取情報的高等級鑑定技能，也會使用魔法。當然也有鍊金術技能。

不要說是天才了，那甚至已經是超人的境界。相對地，師父很缺乏常識，或者該說是人格和行動模式很難以捉摸，使得比普通人還要笨手笨腳的瑪莉艾拉遭遇過好幾次差點沒命的危機。而且是在完全沒有參與任何戰鬥行為的情況下。

從能力來看，師父實在不像是會住在魔森林的狹窄小屋，把瑪莉艾拉這種只有鍊金術技能的平凡小孩收為徒弟的人物，但這說不定也是師父那一連串超常舉止的一環。

魔法陣也是師父一時興起才傳授給瑪莉艾拉的東西。

理由是「我看妳總有一天會笨手笨腳到害死自己，我就教妳一種方便的東西吧」。

師父叫瑪莉艾拉靠近，把手放在她頭上。年幼的瑪莉艾拉還期待師父會摸摸自己的頭，師父卻大叫一聲「『轉寫』！」，把魔法陣直接烙印在瑪莉艾拉的腦中。雖然轉寫的時間很短，瑪莉艾拉卻還記得過程非～常地痛。

從此以後，瑪莉艾拉變得對師父的「摸摸頭」充滿了戒心；但師父會說「哦。妳做到啦，瑪莉艾拉。真厲害。太了不起了～」，還帶著滿臉笑容表示讚美，又在搓揉瑪莉艾拉的頭的下一個瞬間說「有機可乘！『轉寫』！」，因此瑪莉艾拉被迫記住了相當多種的魔法陣。師父當初還指著大叫「咿呀啊～」在地上打滾的瑪莉艾拉放聲大笑，肯定有一半是因為好玩。

最慘的是「假死魔法陣」，因為圖形很複雜，瑪莉艾拉還以為自己的腦袋要被燒壞了。當時很稀奇地，應該說是第一次，師父在「轉寫」之前以嚴肅的態度向瑪莉艾拉說明。

「雖然我到目前為止刻下的許多魔法陣能提昇妳的忍受力，但痛覺應該還是多少會增加。」

師父是這麼說的。以前那些轉寫都不是在玩嗎？瑪莉艾拉驚訝地眨眨眼睛。師父轉寫的魔法陣全都是很珍貴的東西，很令人感激，但瑪莉艾拉一直以為師父的行為只是半開玩笑。聽到師父用認真的表情說「繪製這種魔法陣就是妳的畢業考」，瑪莉艾拉也以乖巧的態度答道「我明白了」。

轉寫「假死魔法陣」時的劇痛實在是不堪回首。當時的情況非同小可，自己似乎整整昏睡了三天左右。床鋪的周圍散落著好幾個魔藥瓶，可見應該是差點喪命的危機吧。雖然師父只說「妳睡太久了」，但眼睛下面卻帶著黑眼圈，大概是不眠不休地看顧的結果。師父並不是會顯露出這一面的人，不過畢竟都相處這麼久了。這點事情，瑪莉艾拉還是懂的。

魔法陣光是記起來也無法使用。必須按照原始圖形，完美地畫出來才能發動，所以接下來只剩下腳踏實地的努力和單調的反覆作業。雖然瑪莉艾拉並沒有什麼特別的才能，卻很擅長一步一腳印地努力。即使如此，繪製「假死魔法陣」依然很辛苦。不只是材料費高昂，圖形也又大又複雜。瑪莉艾拉抽空在忙碌的日子裡一點一滴地持續繪製，好不容易才畫完畢業考的兩張魔法陣。

師父檢查魔法陣的成品後，誇獎道「妳畢業了。做得很好」。那是瑪莉艾拉十三歲時候的事。

瑪莉艾拉忍不住感動得哭了。師父就像是對待幼小的孩子一樣，溫柔地摸了摸哭著說「謝寫斯父～」的瑪莉艾拉。

好乖好乖，摸頭摸頭，搓揉搓揉。

「太大意了！『轉寫』！」

「咦！」

＊02

「臭師父……」

聊著與師父的往事，瑪莉艾拉莫名地感到一肚子火。

於是用力啃咬棍子麵包三明治。

「最後的『轉寫』也很激烈，我昏睡了大概一天吧，一醒來就發現師父不見了。」師父留下了一封信後消失。「我拿走了一張『假死魔法陣』，最後的轉寫是給妳的酬勞。這棟小屋就當是給妳的畢業禮物，自己多保重吧。別忘了把『假死魔法陣』放在地下室。」紙條上用潦草的字跡這麼寫著。

「我能在魔物暴動中倖存都是多虧了師父，應該說我能生活到現在的知識全都是師父傳授給我的，所以我很感激。可是啊～該怎麼說呢？我就是覺得很不爽。」

雖然是個很亂來的人，關於師父的回憶卻都充滿了歡笑。自己這麼心懷感激，師父竟然突然消失不見。虧她還一直讓小屋的寢室維持著原狀，好讓師父可以隨時回來。

「可是都過了兩百年……」

瑪莉艾拉望著水面低聲說道。樹葉翩然飄落在水面上，順著河水流向岩石縫隙。好幾片樹葉一起轉啊轉，被河水沖到下游。被岩石夾住而留下的葉子只有一片，即使現在才乘著水流前進，恐怕也無法追上剛才相遇的葉子。瑪莉艾拉覺得它就像是錯過了兩百年歲月的自己。自己已經再也見不到當時相識的人了。

「我想您的師父……一定懂的。」

吉克用非常溫柔的表情這麼說道。

「是嗎？也對。畢竟是師父嘛。」

瑪莉艾拉一直想要表達自己的感謝之意。雖然沒能說出口，但師父不可能沒有發現。因為師父是個很厲害的人。

「原來……瑪莉艾拉大人是……在魔物暴動中倖存的……鍊金術師啊。」

「嗯。要保密喔。」

「當然。」

特別是因為油燈的火而缺氧到不小心睡了兩百年的事實在太丟臉了，我不想被其他人知道。注視著岩石縫隙的瑪莉艾拉這麼想著，這時有新的樹葉飄了過來，就這麼帶著單獨留下的那片葉子，一起往下游流去。

「好了！早餐也吃完了，馬上開始做事吧。」

瑪莉艾拉使勁站起來，開始撿拾周圍的石頭。吉克也有樣學樣地幫忙，兩人合作堆起一個小小的灶。上部有臺座，可以放著容器從下方加熱。

和尺寸相對之下，這個灶的厚度偏厚。石頭間的縫隙要從森林裡挖泥巴來填補，然後用技能進行「乾燥」。上段偏前方的位置斜放著從雜物箱帶來的坩堝（註：用來高溫加熱玻璃或金屬的杯狀容器）。坩堝的上方和周圍除了開口以外都被土石包圍了起來，與其說是灶，其實比較接近爐。開口的另一側有材料的添加口。

兩個人一起做，一下子就完成了。堆好灶之後，瑪莉艾拉請吉克帶著躍谷羊去撿柴火。

瑪莉艾拉自己則脫掉外套和鞋子、腰包，拿著麻袋和鏟子走向瀑布。

這座瀑布很大，高度就跟五個身材高大的迪克隊長疊起來差不多。遠看像是一段，其實這座瀑布分成了兩段，大概在迪克隊長高舉雙手喊萬歲的位置有個稍微寬敞的臺階。一想像迪克隊長高舉雙手喊萬歲的樣子，瑪莉艾拉忍不住笑了出來。

瀑布開始落下的地方有好幾塊大岩石交互疊在一起。

「還在耶。太好了。」

像是崩落後矗立在瀑布旁邊的大岩石和有瀑布的岩山之間，有個瑪莉艾拉可以勉強進入的狹窄縫隙。裡面的空間比較寬敞一點，從入口到深處是一段上坡。最深處的牆面有凹凸不平的突起，踩著突起的地方就可以爬到瀑布的臺階上。

打在瀑布臺階上而濺起的水滴灑落在這個岩石縫隙，地上和牆面上都長滿了苔蘚。

「哇啊～！大豐收！不愧是過了兩百年。長得好茂盛。」

這種苔蘚名叫普拉納苔，尖端是淡淡的粉紅色。它需要生長在水質乾淨且日照微弱的地方，成長速度非常緩慢，是很稀有的素材。據說它能消除身體累積的疲勞，恢復縮短的壽命。普拉納苔的交易價格很高，因為很少出現在市場上，所以這個地點必須保密，採集到的苔蘚除了要用的份量之外，也要慎重地保存起來。

瑪莉艾拉在搆得到的範圍內採集苔蘚並放入麻袋，再從縫隙間推出去。

摘除苔蘚後的岩石是瑪莉艾拉也能勉強爬上去的高低落差。

瑪莉艾拉謹慎地攀爬以免滑倒，來到瀑布的臺階部分。

「哦，這邊也有好多！」

從下方看不出來，臺階部分的深處有寬敞的空間，地上累積了大量的白色砂子。

這種砂子是用來做魔藥瓶的絕佳原料。

從防衛都市的時代開始，瑪莉艾拉所在的河川下游就是魔藥瓶用砂的採砂場，能採集到品質良好的砂子。雖說品質良好，但既然是天然產物，就不免含有雜質。採集而來的砂子會使用專用的設備來挑出雜質，融解時也會添加各種副原料，將雜質去除，精鍊成魔藥瓶專用的玻璃。

只要有鍊金術技能，即使是瑪莉艾拉所做的這種簡易爐灶也能製作玻璃；但如果不用品質相當好的原料，就會做出品質低劣的玻璃。

而品質最好的原料就是這裡的砂子。為了採集普拉納苔而發現這個地點時，瑪莉艾拉對這個可以同時取得苔蘚和砂子的寶庫感到雀躍不已。不知道原理為何，從上方的瀑布流下的石頭和砂子之中，特別適合做魔藥瓶的砂子會累積在這個臺階上。

睽違兩百年的砂堆所累積的量雖然比不上採砂場，供瑪莉艾拉一個人使用卻也已經綽綽有餘。

雖然離瀑布有一段距離，砂堆這裡也會有大量的水花噴濺過來。瑪莉艾拉的頭髮和衣服在轉眼之間溼透，在這個季節會有點冷。而且有時候還會有小石子混在水花裡飛過來。

（好痛，又被石頭打到了。嗚嗚，這都是為了魔藥瓶。要忍耐，忍耐。）

瑪莉艾拉不斷用鏟子鏟起砂子，裝到麻袋裡。

裝到可以扛著爬下去的量之後，瑪莉艾拉把袋口綁起來，揹到背上。

「嗚……好重。有點裝太多了。」

「瑪莉艾拉大人。」

吉克來得正好。縫隙那麼窄，他是怎麼進來的呢？身材再怎麼削瘦，骨架畢竟不同。吉克應該無法通過那個縫隙才對。

「奇怪？連躍谷羊也來了，怎麼上來的？」

瑪莉艾拉回過頭，看到騎著躍谷羊的吉克。

他似乎是看到地上掉著裝了普拉納苔的袋子，又聽到上方有聲音傳來，才會騎著躍谷羊爬上來。

對了，躍谷羊本來就是很喜歡登上斷崖絕壁的生物。這裡的岩壁相當陡峭，看似沒有地方能踩踏，躍谷羊卻不斷用鼻孔噴氣，心情好像很不錯。

瑪莉艾拉安撫似乎很想繼續往上爬的躍谷羊，請牠把砂袋運到爐灶附近。

躍谷羊載著砂袋和吉克，只蹬了岩壁一次就跳到地上了。躍谷羊很厲害，駕馭牠的吉克也很厲害。躍谷羊和吉克馬上就回到上面，這次載著瑪莉艾拉下去。臺階本身是「迪克隊長高舉雙手喊萬歲的高度」，並沒有非常高，但加上躍谷羊的高度卻相當恐怖。瑪莉艾拉叫了聲「呀啊」，緊抓住躍谷羊。從躍谷羊背上爬下來後，牠還發出「哼」的一聲冷笑。

爐灶旁邊放著堆積如山的柴火，甚至還用魔法烘乾過了。爐灶裡面也已經燃起了火焰。

（明明有男丁[我]在，為什麼瑪莉艾拉大人還要親自拿著鏟子，去做會渾身溼透的粗活呢……）

「活動一下身體，感覺爽快多了。」

吉克帶著這麼說的瑪莉艾拉到火邊。雖然她的表情就像還想繼續玩水的小孩子，不過夏天已經要結束了。

「我會去……挖砂子來，請您在這裡……烘乾衣服。」

把砂子攤在爐灶旁邊的平坦石頭上之後，吉克拿著空麻袋再次登上堆積著砂子的地方。

「『乾燥』再『乾燥』。」

瑪莉艾拉烘乾自己和砂子，然後穿上剛才脫掉的外套與鞋子。

瑪莉艾拉從吉克留下的背包裡拿出幾種素材：從賈克藥草店買來的碳羅鈉礦石，還有裝在雜物箱裡，有一半以上都結塊的白色粉末，以及看似金屬的小顆粒——磨成粉的魔石。

白色粉末是拉穆石，因為長期放著不管，已經與空氣中的成分起了反應，無法直接使用。

「鍊成空間，粉碎，加熱。」

瑪莉艾拉把它加熱到遠高於水的沸點，但比蠟燭的火焰低的溫度。

碳羅鈉礦石也要配合拉穆石的比例削下必要的量，同樣進行加熱處理。

接著是砂子。

「鍊成空間，粉碎，生命甘露，固定，混合。」

把烘乾過的砂子打碎，混入「生命甘露」之後，再添加處理過的拉穆石和碳羅鈉礦石、魔石粉末。這樣一來原料就完成了。

準備完畢。接下來的程序需要一氣呵成，所以儘管還有點早，現在就吃午餐吧。

吉克很快就回來了。躍谷羊的背上堆著兩個裝滿了砂子的麻袋。因為在調整原料時他也不間斷地搬運，所以總共將近五袋。份量多到拉穆石可能會不夠用。

午餐是夾著酥炸半獸人肉排的三明治，加了許多芥末醬的醬料既香辣又美味。幸好今天是好天氣，在瀑布旁聽著鳥鳴吃便當，真是愉快的體驗。真希望吃完便當後可以悠閒地睡個午覺，可惜沒辦法。要在傍晚之前把瓶子做好才行。

瑪莉艾拉把吉克挖來的砂子也烘乾，做好調配之前的處理。拉穆石全部都用光了。這麼大量的原料，處理得完嗎？

「接下來我要一直鍊成，你就自由地休息吧。」

吉克這次似乎也要在旁觀摩，跑到遠處看著這裡。明明可以去喝水的，卻連躍谷羊也一起在旁邊看著。

瑪莉艾拉從爐灶的材料添加口把一次份量的原料放進坩堝裡。因為熱氣會集中從這裡排出，所以當然不是徒手，而是利用「鍊成空間」灌入。

爐灶的柴火燃燒得相當旺盛，但這點溫度是無法融化砂子的。雖然有必要再加熱，不過鍊金術技能能加熱的最高溫頂多和蠟燭的火焰差不多，無法達到足以融化砂子的高溫。

瑪莉艾拉拿出取自雜物箱的金屬小顆粒，丟進火中。

「火花。」

瑪莉艾拉把空氣中的氧氣和魔力灌到爐灶裡，靠技能的力量燃燒金屬小顆粒，小顆粒就發出啪嘰啪嘰的聲音，迸出紅色和橘色、綠色等五顏六色的光芒。

「來吧，火精靈。」

瑪莉艾拉把畫著魔法陣的紙片扔進火中。如果有精靈魔法的技能或是借助精靈之力的技能，光靠詠唱也能召喚精靈，可是兩者都不具備的瑪莉艾拉只能以魔法陣和「火焰」與「火花」為供品來吸引精靈。只不過，這麼小的火焰和火花也沒辦法吸引到多厲害的精靈就是了。

火焰搖晃了一下，形成一個小小的蜥蜴形狀。

「火蠑螈？被這麼小的火焰吸引？真稀奇。」

火蠑螈是很有名的火精靈，通常不會寄宿在這麼小的火焰中。祂們有時會和有名的矮人締結契約，或是寄宿在巨大的熔爐中。這麼小的火焰，能引來磷火就很不錯了。

火蠑螈大口大口地吃下火花。

「火花。」

因為祂吃得津津有味，瑪莉艾拉又多加金屬粒燒出更多火花，祂就搖著尾巴大口大口地全部吃光了。

「我說火蠑螈，祢可以把力量借給我嗎？」

瑪莉艾拉很擔心祂不會為了這麼一丁點火花就借出自己的力量，所以即使語言不通還是忍不住這麼問道，可是爐灶的火力卻一口氣變強了。看來祂似乎願意幫忙。

坩堝中的玻璃不斷融化。

「鍊成空間，取出，冷卻，加工—魔藥瓶，冷卻。」

「鍊成空間，材料添加，攪拌。」

「火花。」

瑪莉艾拉把融化的玻璃取出，再加入下一份材料並攪拌，趁著融化的時間把原料加工成魔藥瓶。

（不愧是火蠑螈，好強的火力。我感覺不到熱氣，是祂製造出結界的關係吧？）

多虧有結界，作業過程很舒適；但融化的速度卻比磷火快上許多，瑪莉艾拉根本沒有時間喘口氣。

火蠑螈好像很耗能，必須頻繁地追加火花。火花不足會讓火力下降，火蠑螈的小小尾巴也會用力地上下甩動。製造火花的重點是根據金屬粒數量調整魔力的量，灌注愈多魔力，火蠑螈就會左右搖晃尾巴，更賣力地工作。

「柴火要燒完了！」

看到柴火即將耗盡，瑪莉艾拉慌張了起來，這時吉克幫忙添了柴火。

「謝謝你，吉克。幫了大忙～」

火蠑螈也轉了一圈表示高興。

把低階、中階、高階的各種魔藥瓶做到一定程度後，瑪莉艾拉暫時不做成形的步驟，以一個瓶子的份量冷卻整塊玻璃。因為太忙了，沒辦法做成瓶子的形狀。只是要塑形的話，不需要這麼強的火力；雖然消耗的魔力有點多，還是能光靠鍊金術技能來完成。瓶子運送起來比較礙事，所以可以事後再處理。

添加材料，火花，融解，補足柴火，取出，火花，添加材料，火花，融解，補足柴火，取出，火花，添加材料，火花，融解，火花，取出……

轉眼之間，原料已經全部用完了。

天色還很亮，似乎沒有花多少時間。

「火蠑螈，謝謝祢。」

瑪莉艾拉道謝，對剩下的金屬粒灌注滿滿的魔力，製造火花。

火蠑螈就像在說「已經結束了嗎？」似的歪著頭，然後大口吞下所有的火花。

「祢真厲害，一下子就弄完了。真的幫了我大忙。」

如果這裡是人的領域，或許就能和這隻火蠑螈對話了吧。祂看起來像動物，或許不會說話，可是動作卻相當可愛。可以的話，希望能再和祂一起做玻璃。

叮鈴。

火蠑螈「噗」的一聲從嘴裡吐出某種東西，然後跟現身時一樣搖曳著火光消失。

「……戒指？」

火蠑螈吐出的是一個帶著彩虹色澤的簡約戒指。應該是用迸出火花的金屬粒形成的，不過這種色調究竟是怎麼做出來的呢？真不愧是精靈，總是能做到不可思議的事。戴上這個戒指的話，下次祂也會出現嗎？

戒指剛剛好能戴進瑪莉艾拉的右手中指。看起來非常漂亮。就心懷感激地收下吧。

吉克從冷卻完的東西開始，將凝固後排放在地上的魔藥瓶和玻璃塊裝到麻袋裡。數量非常多。兩個麻袋都裝滿了。全部應該有三百個以上吧。

話說回來，魔力沒怎麼消耗呢。剛才明明對火花灌注了那麼多的魔力。即使是比火蠑螈還要節能許多的磷火，也不曾製造過這麼大量的玻璃。在沉睡的期間，魔力好像增加了不少。下次或許該買張鑑定紙來確認一下。

雖然天色還很亮，行李卻變得比想像中還要多。躍谷羊的背上綁著兩個裝著玻璃的麻袋，還有裝著普拉納苔的麻袋。不管躍谷羊的力氣有多大，要牠再承載兩個人的重量也太可憐了。

瑪莉艾拉決定一邊採集一邊慢慢走回去。

這附近的森林似乎沒什麼人煙，長著許多菇類和藥草、樹木果實等材料。一路上都在採集，躍谷羊的背上就堆滿了用藤蔓綁著的藥草和素材。抵達迷宮都市時，太陽已經快要下山了。北門的衛兵還記得兩人的長相，說道：「大豐收啊！你們回來得晚，我還很擔心哩。」

吉克和瑪莉艾拉在「躍谷羊釣橋亭」附近暫時分頭行動。卸下行李之後，吉克要先去還躍谷羊。瑪莉艾拉則去「賈克藥草店」拿訂購的藥草。

大街上有許多剛從迷宮回來的冒險者，頗為熱鬧。「賈克藥草店」也還在營業，賈克爺爺把剛採到的藥草交給瑪莉艾拉。雖然用袖子遮著，他的手上卻有擦傷。或許是採集時受的傷。

「我下次會帶有效的傷藥來。謝謝你的藥草。」

「普通的藥就好了。」

經過一段簡短的對話後，瑪莉艾拉走出藥草店。

看似冒險者的一群人被飄出美食香氣的餐廳吸引進去。

他們之中應該也有治癒魔法師。雖然街上看不到身負重傷的人，應該也會有像賈克爺爺一樣受了小傷的人，生病的居民等人也會需要「有效的藥」。

（要不要開一間藥店呢？）

內心這麼想著，瑪莉艾拉回到了「躍谷羊鈞橋亭」。

03

瑪莉艾拉比吉克更早回到「躍谷羊鈞橋亭」。採集到的東西都放在房間裡，他歸還完躍谷羊之後應該馬上就會回來了。瑪莉艾拉在餐廳的吧檯等待，這時店裡的女性走了過來。

「小姐，妳是藥師對吧？能不能賣藥給我呢？」

她的年齡大概與瑪莉艾拉同年或稍長。雖然不如安珀小姐，卻也是瑪莉艾拉完全比不上的性感姊姊。

「再過不久就是迷宮遠征的日子了，遠征後我們的生意會很好。所以我想準備一下，可是聽說到處都在缺貨。」

到了忙碌的時期，就會遇到更多因為與魔物戰鬥而情緒激昂的客人，或是用不義之財喝個爛醉然後在店裡鬧事的人。而且他們都是持有武器的冒險者。接待這樣的客人，就很容易發生需要用藥的情況。雖然她們總是表現得很開朗，卻不是自由之身，就算受了一點傷也沒辦法請治癒魔法師。很少有治療院會在冒險者飲酒作樂的深夜營業。這種時候正需要魔藥，在迷宮都市卻無法取得。

因此即使效果不如魔藥，她們也想要先準備好藥；不過在遠征前，藥師會優先製作冒險者需要的傷藥和香、煙霧彈，她們所需要的內服藥等藥品都是其次。

「『躍谷羊釣橋亭』的老闆是個好人，會幫我們付需要的費用。我付得出藥錢，妳就賣一些給我吧。」

瑪莉艾拉感到五味雜陳。不只是對這裡只有低品質藥品的事，還有連這種藥也沒辦法充分供應的事；除此之外，也包括有人連必需品也無法自己購買的事。即使自以為了解，一定也不是真正的了解吧。

「妳們怎麼了？」

瑪莉艾拉陷入沉默，這時安珀小姐走了過來。

「沒有啦，抱歉。我好像太勉強人家了。」

拜託瑪莉艾拉賣藥的小姐向安珀小姐說明原由。

「真是的。她是馬洛先生拜託我們照顧的客人耶。瑪莉艾拉，抱歉喔，她好像為難妳了。妳別放在心上，好嗎？」

「不，我才要道歉。我會做藥的。請告訴我需要哪些藥。」

「真的嗎？那真是太好了。」

「謝謝妳喔，瑪莉艾拉。」

瑪莉艾拉能做的事並不多。自己對社會的了解太少，這甚至已經跟兩百年的時間無關了。即使如此，安珀小姐她們還是很親切地對待瑪莉艾拉，願意向瑪莉艾拉買藥。

（在我會做魔藥的祕密不至於洩漏的範圍內，盡量做些效果好一點的藥吧。）

瑪莉艾拉這麼想。因為找得到工作，就表示自己能在這裡建立容身之處。

「我回來了。」

吉克回來了。他把兩枚大銀幣的押金交給瑪莉艾拉。瑪莉艾拉只收下一枚，另一枚則留在吉克的手裡。

「這些錢你拿著吧，有需要時就拿來用。啊，衣服和日用品等東西我會另外買的。我要後天才能去買，在那之前，你先忍耐一下吧。」

吉克露出了非常困擾的表情。這也難怪。雖然大銀幣能買到的東西有限，卻也不是一筆小錢。就算被允許自由使用，他也不是能隨意花錢的身分。這只是瑪莉艾拉的自我滿足，她自己也很清楚。即使如此，瑪莉艾拉還是很想要給吉克一些可以自由運用的東西。

「拿著吧。」

瑪莉艾拉重複一次，把吉克拿著大銀幣的手闔起來。

吃完晚餐後，瑪莉艾拉留下吉克，先行回到房間。因為要洗澡，瑪莉艾拉請他過了半刻鐘再上樓。

總覺得心情變得很沉重。這種時候就該洗個澡。魔力還剩不少，今天也用加了滿滿的

「生命甘露」的熱水來泡澡吧。

洗完澡的瑪莉艾拉把頭髮烘乾。浴桶裡已經裝了新的洗澡水。

吉克還沒有回到房間，瑪莉艾拉心想不會吧，打開房門後果然看到他站在走廊上等待。

「……可以進來沒關係。」

「是。」

雖然他回答「是」，但明天肯定也會在走廊上等吧，瑪莉艾拉這麼想。

「你也去洗澡吧。洗澡水裡加了『生命甘露』，對身體很好，要好好地泡澡喔。」

說完，把吉克推進浴室的瑪莉艾拉迅速回收了衣服。

（來洗衣服吧～因為吉克沒有換洗衣物嘛。今天在外面走了一整天，都流汗了。要洗乾淨才行！）

因為不知道吉克的尺寸，除了內褲之外都只買了各一件。上衣和褲子都穿了兩天。瑪莉艾拉抱著自己和吉克的髒衣服，衝到後院。瑪莉艾拉把髒衣服丟到取水處的桶子裡，再用生活魔法注水。先用肥皂用力搓洗之後，再換水沖乾淨。

「鍊成空間，離心迴轉——超微弱。」

瑪莉艾拉偷偷使用鍊金術脫水，再重複沖水的步驟。

「乾燥。」

最後用生活魔法烘乾。雖然生活魔法也有「洗衣」和「沖淨」，但兩者都需要大桶子，取水處的桶子有點太小了。製造「鍊成空間」這種不可見的容器需要一定的魔力，消耗的魔力比生活魔法更多。

瑪莉艾拉帶著剛洗好的衣服回到房間時，吉克從浴室探出了頭來。

「來，你的衣服。我洗過了。放在這裡喔。」

瑪莉艾拉把衣服放在吉克搆得到的地方，走回寢室。換好衣服後回到房間的吉克露出了非常過意不去的表情。

「那個，真的很抱歉……」

他果然是不願意把內褲交給別人洗嗎？可是衣服一起洗比較有效率，最重要的是，瑪莉艾拉更不好意思把自己的內褲交給吉克去洗。從下次開始，內褲還是各洗各的吧。

兩個人一起生活會有很多辛苦的地方呢——瑪莉艾拉這麼想。

就寢之前，要處理完今天取得的素材。

首先是阿普力堅果的去澀程序。阿普力堅果是有一層硬殼的樹木果實，殼內的部分是中階魔藥的原料。只不過，它的雜質很多；留下愈多雜質，效力就會愈弱。雖然還有其他素材可以作為中階魔藥的原料，阿普力堅果卻是最便宜的。而且只要花上半天的時間確實去澀，效果就會比其他替代素材更好，所以瑪莉艾拉總是會採用阿普力堅果。

「鍊成空間，粗粒攪碎，風力分離。」

瑪莉艾拉把阿普力堅果攪碎並去除外殼，然後浸泡到加了一撮碳羅鈉礦石的熱水中。因為是新鮮的阿普力堅果，花一個晚上去澀，應該就能變成不錯的成品。

接著是倫多葉柄。這是用來製作高階解毒魔藥的高價素材。在賈克藥草店，一瓶魔藥的量是銅幣六十枚。迷宮都市以外的地方應該要價銀幣一枚。這次瑪莉艾拉購買的藥草之中，這種素材的價格僅次於用來治療吉克腳部缺損的尼奇爾新芽。一株尼奇爾只能取得製作一瓶魔藥的新芽，一株倫多卻能取得製作二十～二十五瓶魔藥的葉柄，所以只要抓到一株就能至少賺到大銀幣。

倫多是棲息在毒沼澤的植物型魔物，葉柄部分具有浮力，會浮在毒沼澤的水面上。倫多本身的戰鬥力很低，卻會利用沼澤的毒性捕捉靠近的獵物，再拖進毒沼澤裡吸收營養。倫多的表皮因為毒沼澤而隨時帶有毒性，葉柄卻具有中和各種毒素的組織。多虧有這種中和組織，倫多才能棲息在各種類型的毒沼澤裡。

瑪莉艾拉問過賈克爺爺，在一碰到就會中毒的沼澤地要怎麼捕捉倫多，他說是用「釣」的。在安全的地點揮釣竿，勾到倫多再釣起來就行了。只要把表面的毒素沖掉，浸泡在淨水裡，倫多本身的中和組織就會把剩下的毒素完全去除。竟然有這種方法，真是太驚人了。

倫多葉柄已經剝除表皮，以只剩內部組織的狀態做好了冷凍處理。因為溫度昇高就會腐壞，所以要保持低溫的狀態進行乾燥。

「鍊成空間，溫度調整，粉碎，減壓。」

只要維持著低溫減壓，水分就會昇華，讓組織漸漸乾燥。

還剩下今天採集到的素材。必須把普拉納苔上面的泥土洗乾淨才行。瑪莉艾拉決定明天再去後院清洗普拉納苔，把在森林採集到的其他素材處理完就休息。

吉克正要關掉照明時，瑪莉艾拉卻說「等我睡著再關吧」，阻止了他。雖然昨天喝了酒就直接睡著了，但如果把房間的燈關掉，說不定又會回想起魔森林氾濫的事。

今天一大早就出遠門，回來後又忙著洗衣服和處理素材。明明應該已經很累了，瑪莉艾拉卻莫名地沒有睡意。

「今天真開心。」

聽到瑪莉艾拉這麼搭話，吉克坐到椅子上答道：「是，那是個……很漂亮的地方。」老實說，「開心」的感受已經在漫長的奴隸生活中失去，吉克還沒有回想起來，卻很努力地陪著看起來有些寂寞的瑪莉艾拉聊天。

躍谷羊跑得好快。苔蘚長得好多。砂子也累積不少，做了很多瓶子。今天又是第一次見到火蠑螈。就像是要確認今天發生的事不是幻覺而是現實，瑪莉艾拉一一細數每一件事。

「我想開一間藥店……」

「我想那正好可以……隱瞞您是與地脈……締結契約的……鍊金術師。」

「吉克也一起……」

在吉克回答之前，瑪莉艾拉就已經進入夢鄉。一覺醒來才發現一切都成了兩百年前的幻影，她的這種感受，吉克根本無法想像。

「我會陪伴著您。」

他把房間的燈光稍微調暗，以免妨礙瑪莉艾拉的睡眠，然後輕聲這麼答道。

04

隔天早上，瑪莉艾拉在一如往常的時間醒來。和兩百年前一樣，相同的時間。

「早安。」

早就已經換好衣服的吉克道了早安，這是兩百年前所沒有的事。

（什麼嘛，我還是睡得著嘛。什麼嘛，什麼嘛……）

瑪莉艾拉用力伸了個懶腰，回應吉克的早安。

「今天要盡情地窩在房裡！卯起來做魔藥嘍～！然後開一家藥店～」

瑪莉艾拉一大早就情緒高昂。才剛吃完早餐，馬上就進入了家裡蹲模式。

「有沒有什麼……我可以幫忙的……」

吉克好像沒有工作就靜不下來，一副坐立不安的樣子。

「嗯～沒什麼特別需要幫忙的，你可以去玩喔～」

昨晚明明才說過「吉克也一起」這種話，瑪莉艾拉卻一到早上就精神飽滿地丟下他不管了。聽到「去玩」這個指令，吉克似乎很不知所措，最後甚至還說「我去洗衣服……」。他已經過了好幾年「聽命行事」的生活，這也怪不了他。

「不，衣服昨天才洗過，還沒髒啦。啊，對了。昨天採集的普拉納苔還沒洗。可以拜託你嗎？不要用生活魔法的水，要用井水把泥土洗乾淨。根部也有營養，洗的時候盡量小心別扯斷。那是很貴重的藥材，細小的碎屑也盡量不要沖掉喔。」

因為真的是很貴重的藥材，瑪莉艾拉本來打算親自處理，不過還是把裝著苔蘚的麻袋和幾樣道具交給吉克，他則以一副戒慎恐懼的態度點了點頭，前往後院。

好了，先從低階魔藥開始做起吧，瑪莉艾拉這麼想著挽起袖子。

瑪莉艾拉使用多吸思藤和布魔敏特草製作除魔魔藥，用庫利克草製作低階魔藥，用吉布齊葉和圓麥製作低階解毒魔藥。低階製作起來很簡單。除了圓麥之外，材料全都是從魔森林小屋的田裡帶來的。圓麥會種植在農田裡，也可以在河邊採集到，可是收成期是在秋天，現在還有點早。因此只好使用在賈克藥草店購買的圓麥。

接著是中階。昨天準備好的阿普力堅果已經完全去澀完畢了。暫時烘乾並磨成粉後，要使用加了「生命甘露」的酒精進行萃取。鬼棗的乾燥粉末也使用酒精來萃取。去除殘渣後，將胡洛花蕾浸泡在裡面，花的顏色溶出之後再去除花蕾。浸泡時間太長就會失敗，所以要好好盯著。庫利克草和凱哥蘭根要使用溶有「生命甘露」的水來萃取。混合這三種藥液再經過濃縮就完成了中階魔藥。

在這三種藥液中添加吉布齊葉、圓麥、菲歐露卡花的萃取液就可以做出中階解毒魔藥。不過三種藥液的比例和混合順序不同，因此要分開完成。

「一次只做一點不同種類的魔藥很花時間又麻煩。大量地做同樣的魔藥比較輕鬆。」

雖然自言自語，瑪莉艾拉的手也沒有停下來。

製作高階魔藥之前，要先完成魔藥瓶的刻印。

瑪莉艾拉從雜物箱裡取出盧米聶石和魔石粉末。另外還需要昨天採集到的史萊姆溶液和吸血藤子株。瑪莉艾拉在塗布了吸血藤黏液的瓶子裡加進一小片盧米聶石和一點點史萊姆溶液，然後搖勻。再加進魔石粉末後就完成了玻璃用墨水。因為這種墨水很危險，所以只能做需要的份量。瑪莉艾拉使用塗布過的玻璃筆在魔藥瓶上繪製「防止變質」的魔法陣。

瑪莉艾拉心情好得甚至開始唱起了自己創作的畫圖歌。不只是走音得很嚴重，有時候還用「哼哼哼哼～」來模糊帶過。明明就是自己創作的，竟然隨便到連歌詞都不記得，卻沒有人吐槽。畢竟現在瑪莉艾拉正處於愉快的單獨作業中。

過了一段時間，墨水部分的玻璃會融解，在凹槽中留下魔石粉末，最後再用鍊金術技能把周圍的玻璃埋進魔法陣的凹槽就完成了。瑪莉艾拉愈做愈有興致，每畫完一個魔法陣就會出聲喊道：「完成～完成～完～成～嘍～」

「最後是～！超棒的那個～！」

瑪莉艾拉開心地回過頭拿器具，就看到吉克站在入口。

「你……你你你你什麼時候來的？」

「應該是哼……哼哼哼哼～的時候吧……」

最丟臉的地方被他看到了。

吉克遞出的大水桶裡裝著仔細清洗過的普拉納苔。他肯定花了不少時間吧，瑪莉艾拉這麼一想才注意到一件事。

時間早就已經過了中午。

「抱歉，吉克，你應該餓了吧？」

瑪莉艾拉太專心做魔藥，都忘了吃午餐。雖然這對瑪莉艾拉來說是常有的事，但被遺忘的人應該比較難受吧。

「沒關係。我以前都……吃不滿三餐。」

吉克說了令人心疼的話。以後你就可以吃得飽飽的了，你的臉頰都還是凹陷的呢——瑪莉艾拉這麼想，望著吉克的臉。

「嗯？你刮了鬍子嗎？」

因為還沒有買小刀，今天早上吉克的鬍子稍微長了一點出來，現在卻又變回了乾淨的樣子。應該說他的表情很清爽。

「奇怪，剛才發生過什麼事嗎？」

「是。我遇到了……林克斯。他說會……暫時把短劍……借給我。」

（哦，抱歉，我不夠細心。也謝謝林克斯。）

瑪莉艾拉本來打算向林克斯道謝，他卻不在餐廳。他似乎只來吃了午餐，又回去工作了。午餐是包了滿滿的三色甜椒和生火腿的歐姆蛋，搭配酥脆的棍子麵包。歐姆蛋的配料很豐富，因此重量相當沉。生火腿的鹹味和蛋的甜味很搭，非常好吃。

吃完有點晚的午餐後，還剩下高階魔藥要做。已經沒有工作可以拜託吉克了。瑪莉艾拉想起上午時沒有工作的吉克那坐立不安的樣子。

「吉克，下午已經沒有工作可以拜託你了。畢竟你的身體還沒有完全恢復，我希望你去休息一下……」

「我的身體……沒問題。我會去做……訓練。如果您需要，我會馬上過來。」

（哇。早上時，明明沒有髒衣服，他還說要「洗衣服」呢。不知道剛才到底發生了什麼事。）

這肯定是好的變化，於是瑪莉艾拉只說了「不要太勉強喔」便回到房間。

（為了回報瑪莉艾拉大人的恩情……）

吉克蒙德緊握林克斯借給自己的短劍。

05

吉克蒙德出生在接近魔森林的某個邊境村莊。父親是老練的獵人，母親則在他懂事前便去世。他的家族中偶爾會有人擁有稱為「精靈眼」的魔眼。「精靈眼」的庇佑包括遠望和增加遠距離攻擊的命中率，以及精靈視。精靈視是只要精靈希望，就連微弱的精靈都能夠看見的附加能力。父親和祖父身上都沒有出現的「精靈眼」就寄宿在吉克蒙德的右眼。

「精靈眼」的遠望能力和遠距離攻擊命中率增加的庇佑非常強大，吉克蒙德也和歷代的「精靈眼」持有者一樣，放出的箭矢必定能命中獵物的要害，年紀輕輕便成為遠近馳名的弓箭手。

「你要成為不辱『精靈眼』的人物。」

吉克蒙德的父親用並不多的收入僱用教師來教育他。多虧如此，吉克蒙德成了村裡少數懂得讀書寫字和算數、交際禮儀的青年，可是「精靈眼」和村民鮮少接受的「特別教育」使吉克蒙德養成了驕傲的性格。

認為自己是「配得上精靈眼的特別之人」。

吉克蒙德的父親沒有注意到他的傲氣，在狩獵時被魔物襲擊而離世，或許正是吉克蒙德那一連串不幸的開端。

不論是什麼時代，對才華洋溢的年輕人來說，什麼都沒有的偏僻村莊簡直是無聊透頂。父親去世後，吉克蒙德離開村子，到大城市當上了冒險者。他與年齡相近的同伴組成一支隊伍，打倒了許多魔物。對擁有「精靈眼」的吉克蒙德來說，初階冒險者挑戰的魔物根本不是對手，他的隊伍階級因此迅速上昇。

每次拉弓，名聲就更加響亮，錢財如雪片般飛來，也受到眾多女人圍繞。

認為自己是配得上「精靈眼」的特別之人的想法，在吉克蒙德的心中漸漸轉變為無可動搖的確信。

「你們以為自己是多虧了誰才能昇上B級？」

事實上，吉克蒙德的確強到沒有任何隊友能夠反駁他的這句話。沒有魔物不會被他的箭矢貫穿。直到昇上B級為止。

吉克蒙德的隊伍中，人際關係並非對等，而是呈現強者（吉克）和僕人的結構。他們成了不只人際關係是如此，連隊員的強弱也是如此的扭曲隊伍。

單看個人戰力，吉克蒙德接近A級，隊友卻只有C級偏低的程度。才能的差距顯而易見，愈是戰鬥，吉克蒙德就愈強，也更加傲慢。面對儼然化身暴君的吉克蒙德，隊友的忍耐力早已超越了極限。

飛龍是尾巴帶有毒性的小型亞龍，雖然會飛行，但只要是B級的冒險者就能戰勝。趁著盾牌戰士吸引其注意力時，由吉克蒙德射穿飛膜，削弱牠的機動力，再來就跟地上爬的蜥蜴沒有兩樣。只要保持距離攻擊，就能輕易打倒牠。吉克蒙德是這麼想的。

實力只有C級偏低的持盾隊友臨陣退縮，拖不住飛龍。其他隊員也像一盤散沙，甚至妨礙到射箭。最後飛龍盯上了裝備最輕便的吉克蒙德。

「咿……咿咿……」

飛龍的皮膚很厚，吉克蒙德的箭沒辦法對逼近的飛龍造成致命傷。吉克蒙德之所以能打倒飛龍，只是箭矢碰巧射進了正要咬死自己而張開的血盆大口中。

不知這究竟是福是禍。吉克蒙德付出了失去「精靈眼」的代價。

對於失去「精靈眼」的吉克蒙德，沒有人願意伸出援手。即使是多虧了他才享受到昇上B級的好處的隊友也都離開了吉克蒙德身邊。

名聲轉變成昔日隊友散播的惡評，沒有女人願意親近無力謀生的吉克蒙德。過著享樂生活的吉克蒙德根本沒有充足的積蓄，帶著賣掉飛龍素材所得的一些錢，吉克蒙德前往了帝都。

去了帝都就能取得治療部位缺損的魔藥。

吉克蒙德付了一筆錢給情報販子，找上了一名可以做出治療眼球缺損的特化型特級魔藥的鍊金術師。預付款總共是金幣十枚。就算把弓和防具都拿去典當也遠遠不夠。可是只要取回「精靈眼」，這並不是賺不到的數字。吉克蒙德靠著借錢籌到了這筆魔藥費。

留著白色鬍子的高齡鍊金術師接過了錢，然後與徒弟一起當著吉克蒙德的面製作魔藥。徒弟操作著吉克蒙德第一次見到的，看起來相當複雜又高價的魔導具，進行好幾道鍊成步驟。高齡鍊金術師下達一個一個指示，混合徒弟完成的藥品，並施放完成魔藥的魔法。

吉克蒙德收下完成的魔藥。這樣一來終於能夠取回「精靈眼」了。雖然會暫時被債務追著跑，但也只要再忍耐一陣子就行了。對自己來說，這只是小事一樁。

吉克蒙德喝乾了魔藥。

但「精靈眼」並沒有恢復。

「你騙了我嗎！」

因震怒而顫抖，企圖撲上去的吉克蒙德被警衛壓制住。高齡鍊金術師露出不解的表情看著吉克蒙德失去的右眼，然後問道：「難道你那隻眼睛是魔眼？」

「『精靈眼』正如其名，是精靈給予的魔眼。除非使用該精靈寄宿的地脈所做的魔藥，否則是不可能治好的。你連這種事情都不知道嗎？」

「我可是被『精靈眼』選上的B級冒險者啊，你竟敢對我做出這種事！」

「呵呵。你知道帝都這兒有多少B級冒險者嗎？不下百人吶。順便告訴你，S級有三人，A級好像是十二人吧。你知道嗎？做得出特級魔藥的鍊金術師包括我在內，帝都就只有三個人。在場這些能做出高階魔藥的鍊金術師大約是十人左右。正好和S級、A級冒險者是相同的人數。而你這個B級冒險者在這兒說什麼大話？」

面對大聲高喊「把錢還給我」的吉克蒙德，高齡鍊金術師語帶嘲諷地說道。他被同樣是B級的警衛帶出屋子時，高齡鍊金術師這麼說了：

「天生擁有名為『精靈眼』的稀有庇佑，竟只能昇上B級，實在愚蠢啊。」

吉克蒙德出生在魔森林旁邊的村莊。自從安妲爾吉亞王國在兩百年前滅亡以來，這個地脈就再也沒有新的鍊金術師誕生。

已經失去的「精靈眼」永遠無法恢復原狀。

沉浸在酒肉和女色中，最後因為欠債而墮落為「債務奴隸」之後，吉克蒙德才終於理解了這一點。

買下吉克蒙德的人是靠著惡劣的手段發財的商人。該商人有著殘忍的性格，也是個喜歡虐待像吉克蒙德這樣的驕傲年輕人並使其屈服的異常之人。

吉克蒙德的扭曲自尊心不到半年的時間便蕩然無存。在嚴酷的勞動和不間斷的暴力、屈辱與飢餓中維繫生命就耗盡了他的所有精力。只要任期結束就能存活下來——心中只剩這個念頭的日子快要結束時，那件事發生了。

「我要去迷宮都市作生意。」

應該是聽聞了這幾年打響名號的黑鐵運輸隊的傳聞吧，商人的兒子提議穿越魔森林。他不顧父親的反對，只帶著稍微堅固一點的馬車和沒有足夠武器的奴隸便前往了魔森林。

不過幾個小時就被成群的黑狼襲擊，或許反而算是好運。吉克蒙德拖著沉重的腳步走在隊伍的最後方。只有一把老舊的短劍，究竟要如何與魔物對峙？

吉克蒙德隱約覺得有人正在呼喚自己，抬起頭便看見某種帶著淡淡光芒的東西。

（那是森林精靈嗎……？）

吉克蒙德曾聽父親說過。與魔物不同，精靈會愛護人類、幫助人類。自己小時候明明可以看見森林裡到處都有精靈，卻似乎很久沒有再見到了。

森林精靈看似正在對吉克招手。他忍不住脫隊，順著森林精靈的呼喚踏進森林。事情就發生在這個時候。一群黑狼襲擊了商隊。

沒有經過戰鬥訓練的奴隸在魔物面前連肉盾都算不上。奴隸轉眼間就被咬斷脖子，遭到黑狼啃食。馬車被破壞，商人的兒子也被黑狼拖了出來。因為只有他穿著厚重的裝備，所以避開了致命傷；但纏人的攻擊使得手腳的防具都扭曲脫落，流出血來。他大叫著奮力掙扎，但恐怕撐不了多久。

我得快逃。吉克蒙德環顧四周。多虧順從森林精靈的引導而脫離隊伍，自己才能逃過黑狼的第一波攻擊。那群黑狼正忙著啃咬死去的奴隸和商人的兒子，但奴隸骨瘦如柴，牠們馬上就會吃完，然後發現還有別的獵物吧。

森林精靈迅速舉起手指著一個方向。祂所指的方向有一隻傷口還不深，卻被繫在馬車上所以無法逃離的奔龍。吉克蒙德衝過去用短劍切斷車軛，騎到奔龍背上，還在擦身而過時把商人的兒子拉了上來。

吉克蒙德一個人回去恐怕也小命不保。但如果救了商人的兒子一命——他之所以救了商人的兒子就是出於這種打算。

被搶走獵物的黑狼追了上來。吉克蒙德緊抓著沒有鞍座和韁繩的奔龍，駕著牠往魔森林的出口衝刺。雖然揮舞短劍攻擊黑狼，但吉克蒙德並不懂得用劍，更處於不穩定的騎乘狀態。別說是砍到目標了，還被反咬了一口。

吉克蒙德勉強用左手抓住差點弄掉的短劍，刺中咬著右手的黑狼。

「嘎嗚！」

雖然甩掉了一隻，後頭卻還跟著好幾隻。奔龍嘴裡吐著白沫，拚命奔跑。被咬傷的右手使不上力。吉克蒙德使用全身的力量攀在奔龍背上。往向後飛逝的景色一看，可以發現淡淡的光芒指向了偏離道路的右邊方向。

吉克蒙德決定聽天由命，駕著奔龍往森林精靈指示的方向前進。

黑狼距離愈來愈近，從左方逼近的黑狼咬住了吉克蒙德的左腳小腿。吉克蒙德想要甩掉牠，就這麼被咬去了一塊肉。

「唔啊啊！」

灼燒般的痛楚令他差點失去意識。從傷口滴落的鮮血讓黑狼更加瘋狂。根本沒有空止血。

「火焰！」

吉克蒙德燒了自己的腳。他平常就連魔法也被禁止自由使用。這是為了確保奴隸的魔力全都用在商人的利益上。燒灼肌肉的氣味和劇烈的痛楚使得吉克蒙德眼前一片空白。

黑狼再次飛撲上來。就在吉克蒙德快要放棄時，和黑狼之間的距離突然拉開了。

（聖樹？）

一株幼小的樹苗生長在和它不相襯的魔森林中。

聖樹是魔物不敢靠近的神聖樹木，據說也是存在於世界某處的世界樹樹苗。它的成長速度比其他樹木更慢，經由人工種植的話就會枯萎。雖然沒有人知道聖樹是怎麼散布的，但有時候也會隱密地生長在魔森林這類瘴氣濃厚的地方。在這種樹下休息就不會被魔物攻擊，讓旅人得以獲得片刻安寧。

黑狼與樹苗保持著距離追上來。再三浮現的森林精靈指向了別的地方。不會錯的，祂所指的是能活命的道路。吉克蒙德駕著奔龍，一心朝向精靈所指的方向前進。黑狼的低吼聲時近時遠。不知道究竟過了多久的時間。

載著吉克蒙德和商人兒子的奔龍跑出了魔森林。

雖然吉克蒙德救了商人的兒子，勉強存活下來，卻只接受了為治療商人兒子而來的回復術師施予表面的簡易治癒魔法，就被扔進了比馬廄還要骯髒的奴隸小屋。黑狼的獠牙帶有瘴氣毒素。即使治癒魔法讓表皮癒合，皮下的傷口也無法復原，持續化膿的傷口仍然疼痛。痛楚和高燒使得意識模糊不清。

吉克蒙德一醒來才發現，自己所在的地方不是商人的奴隸小屋（以前所待的地方）。有人會拿水和食物過來。雖然是像家畜飼料般的冰冷雜糧，但為了活下來，什麼都得吃。發著高燒的虛弱身體沒辦法接受食物，吉克蒙德吐了又吃，吃了又吐。

「真是卑賤。」

一名衣著整齊的陌生男子用看著垃圾般的眼神看著吉克蒙德。

「我聽回復術師說有個債務奴隸受到虐待才來安置你，結果竟然是個比野狗還不如的傢伙。雖然你大概聽不懂人話，不過我畢竟有告知義務。聽好了，髒狗。你的前主人告了你，他說你沒有保護好他的兒子，丟下受傷的他逃走。基於這項罪行，你現在是犯罪奴隸了。」

高燒讓吉克蒙德無法思考，完全聽不懂對方在說什麼。吉克蒙德那一片空白的腦袋只知道，雖然自己還活著，但並沒有得救。

「不想死的話，就表現出**正常**的樣子。」

聽從看似奴隸商人的男人命令，吉克蒙德勉強站著。

一名高大的男人正在和商人對話，買下了包含吉克蒙德在內的好幾名奴隸。奴隸換上纏腰布，雙手被綁在前方，男女分開被塞進貼滿了鐵板的馬車裡。有人說：「是黑鐵運輸隊。我們要被帶到迷宮都市了。」

離開了帝都，剛開始的四天還能每天從馬車中出來一次。這個時候可以去上廁所，接受水魔法的洗淨，然後喝躍谷羊奶果腹。躍谷羊奶裡放了磨碎的豆子和穀物，雖然味道並不好，卻能讓吉克蒙德稍微恢復一點體力。

馬車似乎是在第五天進入魔森林的。裝甲馬車激烈地搖晃著。魔物不分晝夜地發動攻擊。大概是只排除掉妨礙行駛的魔物吧。馬車不停地奔馳著，只在每天一次的短暫時間內停下來，讓奴隸喝裝在皮革袋子裡的躍谷羊奶。就連上廁所的時間都沒有。裝甲馬車的底部有等間隔的縫隙，所有人都是隨地大小便。因為激烈的搖晃和酸臭的氣味，不斷有人嘔吐；累積在縫隙下方的東西也會在馬車晃動時飛濺起來，往頭上噴灑。

一片漆黑的馬車中隨時都能聽到魔物的聲音，恐怕是遭遇到戰鬥的馬車搖晃著，魔物的獠牙和利爪刺中裝甲馬車而帶來衝擊。在恐懼和極度惡劣的環境中，吉克蒙德的意識因傷勢和高燒而朦朧。每次快要發瘋時，他都會想起森林精靈的模樣。雖說是模樣，卻只是有著模糊輪廓的淡淡光芒。那道光讓吉克蒙德勉強維持著理智。

車廂的門打開了。聽到「出來」的命令，吉克蒙德走下馬車。已經三天沒有走出馬車的奴隸來到的是被石造圍牆圍繞著，看似監牢的地方。

奴隸排成一列，被澆了水，然後接收到「洗乾淨」的命令。水量很少，沒辦法洗去髒汙，頂多能抑制臭味，但這樣也已經很好了。接著走過來的男人開始確認奴隸的狀態。吉克蒙德被棍棒戳弄腳部，難忍劇痛而往前傾倒。他轉頭一看，發現被黑狼咬到之後經過灼燒止血的左腳已經轉變成黑色，腫脹成將近兩倍的大小。

另一個男人拉扯著沒有體力反抗的吉克蒙德的頭髮，用棍棒戳弄他全身的傷口和傷痕，一一確認。強烈的疼痛讓吉克蒙德只能呻吟。

確認結束後過了一陣子，高大的男人和小腹凸出的男人開始對話。肉盾、礦工、賞玩奴隸，男人說吉克蒙德連這些工作也無法勝任。

（我不想死……我不想死我不想死我不想死。）

吉克蒙德的身體不斷顫抖。

（經歷了這麼痛的事，經歷了這麼苦的事，經歷了這麼可怕的事，我都撐過來了，我還不想死。我不要死。）

從這股恐懼、混亂、深不見底的絕望中把吉克蒙德救出來的人，是一名少女。

吉克蒙德被押上隸屬烙印後便歸少女所有，再次搭上馬車移動。

「到了，下車。」

放吉克蒙德下馬車的男人說「這是你主人的東西」，遞出一束乾草，然後指著取水處說「你去那邊把身體洗乾淨」。

吉克蒙德乖乖前往取水處。這裡似乎能汲取乾淨的井水。吉克蒙德喝下大量的井水直到填滿肚子。就算是泥水，也得趁能喝的時候盡量喝，否則下次不知道什麼時候能喝到水。吉克蒙德用桶子裝水，往頭上澆下。自己不知道有幾天沒洗澡了。因為發燒的關係，身體感到寒冷，手腳的傷口卻帶著灼熱感。吉克蒙德忍著疼痛，趕緊清洗身體。

吉克蒙德聽到腳步聲和談話聲，從取水處的暗處窺視，看見了成為自己的「主人」的少女。吉克蒙德慌慌張張地用纏腰布擦拭身體，拿著乾草趕過去。

以前的「主人」——商人只要稍微等久一點就會勃然大怒，不斷揮舞鞭子。雖然吉克蒙德只是聽從指示清洗身體，甚至擅自喝了水，但這並非出於少女的命令。吉克蒙德還以為自己會因為擅自行動而挨罵，少女卻什麼都沒有說，只是叫他跟著走。

吉克蒙德與少女一同走進建築物裡。這裡似乎是一間旅館。少女直接帶著吉克蒙德來到房間。每走一步，左腳就會竄起撕裂肌肉般的疼痛。或許是因為發燒，吉克蒙德感到呼吸困難，意識模糊，左腳的痛楚反而能讓他保持清醒。

（不行，還不行，我不能倒下。我得讓主人覺得我沒問題，我能派上用場。他們說我只值兩枚大銀幣。兩枚大銀幣連個像樣的武器都買不到。這種東西如果壞了，也不會有人要修理，而是直接丟掉吧。）

吉克蒙德強忍著痛苦保持清醒，拚命假裝平靜，跟著少女走。

一進到房間裡，少女便叫吉克蒙德坐下，但腫脹的左腳沒辦法好好坐著。如果是那個商人，一定會說「你連坐都不會嗎？」並鞭打吉克蒙德；不過這名少女什麼都沒有說，耐心等著他勉強坐好。

「我的名字叫作瑪莉艾拉。我可以叫你吉克嗎？因為有隸屬契約，你無法違背我的命令。我說得對嗎？」

新的「主人」似乎名叫「瑪莉艾拉」大人。

「是的。您想怎麼叫我都沒問題，主人。我絕對不會忘記您收留我這個愚蠢之人的大恩大德。不論是什麼命令，我都不會違抗。請您儘管吩咐。」

吉克蒙德說出以前的「主人」——商人要求他說過好幾次的話，用額頭抵著地板。

「笨狗」、「蠢豬」、「垃圾」、「人渣」。不管被怎麼叫都要回答「是」，然後補上一句「您想怎麼叫我都沒問題，主人」。

每次拿到比家畜還要糟糕的一點點食物（飼料），都要重複說出「感謝您收留我這個少了一隻眼睛的廢物」、「我絕對不會忘記您的大恩大德」。

面對直到累倒，應該說累倒之後也會繼續下達的命令，要說「不論是什麼命令，我都不會違抗。請您儘管吩咐」且**欣然**接受。

不可以抬起頭。要用額頭抵著地面，直到「主人」離去之前都不能亂動。除非想要被鞭打到連站都站不起來。這些都是吉克蒙德在商人手下被迫學會的自保之道。可是——

「叫我瑪莉艾拉就好。把頭抬起來，讓我仔細看看。」

新的「主人（瑪莉艾拉）」說把頭抬起來。吉克蒙德戰戰兢兢地抬起頭。頭髮都貼在臉上了。這個樣子會遮住臉，於是吉克蒙德趕緊把頭髮往上撥。

「主人」舉起了手。以為要挨揍了，吉克蒙德反射性地繃緊身體。至今為止，舉高的手從來不曾輕輕放下。可是她的手非常慢地，真的非常慢地移動著，然後溫柔地觸碰吉克蒙德的臉龐。

（好柔軟。感覺涼涼的，好舒服……）

她觸碰原本有「精靈眼」的右眼，沿著留下的傷痕撫摸。

那雙手接觸了到現在還在發熱且感到陣陣疼痛的右手。她問這是被什麼咬到的傷口，吉克蒙德回答是黑狼。話說回來，不管是觸碰傷口，還是問吉克蒙德受傷的原因，「主人」都是第一個。她連變色腫脹的醜陋左腳都仔細地檢視過，然後說：「首先，我要幫你清洗傷口。」

「主人」所做出的水帶著淡淡的光芒，每次沖洗持續抽痛的傷口，痛楚和灼熱感都會漸漸緩解。手跟腳都一樣。曾經那麼強烈的劇痛就像幻覺似的消失。吉克蒙德曾見過這種不可思議的水所散發的光芒。

她是應該已經不再存在於迷宮都市的「與地脈締結契約的鍊金術師」。

安妲爾吉亞王國滅亡的故事就像是一則傳說一樣，被人們口耳相傳。那是曾經繁華一時的王國被魔物大舉入侵，英雄勇敢起身對抗的悲劇故事。據說魔物吃光了奮戰的勇者和王國的國民，然後同類相殘，最後剩下的一隻魔物吞噬了地脈精靈，迷宮於是誕生。逃離王國的人雖然再次聚集到安妲爾吉亞，卻再也無法在這片土地上聽見精靈的聲音。

自從最後的鍊金術師死亡，已經過了約百年，這片土地上再也沒有出現新的鍊金術師。

除了她（瑪莉艾拉）以外。

這簡直就是奇蹟一般的故事，吉克蒙德這麼想。而對他來說，瑪莉艾拉就是奇蹟。

她親手潔淨了一直以來都被輕蔑，受到穢物般對待的身體，更使用魔藥消毒傷口。她提供熱騰騰的食物，溫柔地擁抱感動得哭泣的吉克蒙德。她打理了原本像頭野獸的外表，讓吉克蒙德穿得像個人類。她用奇蹟之藥（魔藥）治癒了被啃食的腳以及渾身累積的舊傷。

自己雖失去一切，卻又得到了一位了不起的主人。她是慈悲為懷的奇蹟化身。

（我太散漫了，竟然連洗衣服都讓她去做。打雜應該是我的工作才對。可是她非但不生氣，還願意把工作交給我。她說這是很貴重的素材。我一定要謹慎地洗乾淨。）

「嗨～吉克。一天沒見了。」

「林克斯……大人。」

林克斯出現在清洗普拉納苔的吉克蒙德面前。吉克蒙德連他是什麼時候靠近的都沒有發現。

「叫我林克斯就好啦。我不習慣被尊稱。話說回來，你的腳傷好啦？恭喜你啊。」

林克斯那雙細線般的眼睛一下子睜開，繼續說道：

「特化型的高階魔藥。」

「什……！」

瑪莉艾拉大人和黑鐵運輸隊進行商談時，林克斯並不在。交易的內容應該只有迪克隊長和馬洛副隊長才知道。為什麼林克斯會知道？

「吉克，你到底在幹什麼？」

看著神情緊張的吉克蒙德，林克斯投射出銳利的視線。

「我是在套你話，白痴。剛才也是，你傻傻地在這邊洗什麼東西？現在誰都可以輕鬆擄走瑪莉艾拉吧。」

「啊……」

吉克蒙德慌慌張張地抬頭望向瑪莉艾拉所在的二樓角落的房間，使用探測魔法尋找瑪莉艾拉的魔力。沒事，她還在，周圍也沒有什麼可疑的反應。

「有心還是做得到嘛。你能戰鬥吧？」

「眼睛……我眼睛瞎了，所以弓……」

吉克蒙德吞吞吐吐地找藉口。林克斯先嘆了一大口氣，然後揪住吉克蒙德的衣領，連珠炮似的痛罵：

「你以為你是誰？雖然瑪莉艾拉好像會用什麼奇怪的法術，但對你來說，那傢伙看起來就那麼特別嗎？根本渾身都是破綻吧。明明帶著那種東西（魔藥），未免太沒危機感了吧？我都替她捏一把冷汗了，連你也給我鬆懈成這副德性。是怎樣？在你眼裡，她該不會是女神吧？還是救你一命的救世主啊？用你那只剩一顆的眼珠子給我看清楚了。不就只是個笨手笨腳的女生嗎？我只不過隨便套個話，這麼容易就說溜嘴。明明洩漏祕密就會惹上麻煩，要是被盯上怎麼辦？救世主（瑪莉艾拉）還會來救你嗎？不對吧。這是你的工作。什麼叫只剩一隻眼睛所以沒辦法用弓？蠢貨。弓箭根本就不適合護衛。你是不會用別的武器嗎？你的右手已經會動了吧。你到底知不知道她在你身上用了多貴重的東西？」

林克斯的拳頭咚的一聲打在吉克蒙德的胸膛上。他的手裡握著一把短劍。

「這個就借給你。別跟我說你不會用。給我練習到會為止。你知道這座城市有多少人因為沒有魔藥而死嗎？連那些人的份一起，就算練到吐血也要給我學會。別想偷懶！」

林克斯把短劍硬塞給吉克蒙德之後，便從後門離開。

（我……我又差一點犯下錯誤……）

吉克蒙德認為瑪莉艾拉是個了不起的主人，是奇蹟的化身，想要把她當成「特別的主人」。不對，是想要把自己當成「遇見特別主人的特別之人」。瑪莉艾拉的確擁有特別的力量，卻也是一名平凡的少女。

明明因為自己的愚蠢而付出了那麼大的代價，卻還是一點長進也沒有。

（可是我現在知道了。林克斯教會了我。）

吉克蒙德緊緊握住林克斯所借出的短劍。這次絕對不能再走錯路。吉克蒙德的一切都是瑪莉艾拉給的，因此想要保護她的心意沒有一絲虛假。

吉克蒙德終於往前邁出步伐。

The Survived Alchemist with a dream of quiet town life.

01

book one

第五章

心靈寄託

Chapter 5

✲ 01

「完成～！」

瑪莉艾拉用力伸了個懶腰。吃過午餐之後，瑪莉艾拉做了高階魔藥和高階解毒魔藥、幾瓶自己要用的魔藥和試作品，還有刻了密閉和防止變質的魔法陣的印章。因為做到了興頭上，瑪莉艾拉又做了魔藥種類的標籤用印章，現在才剛把所有的標籤都貼完。容易太過忘我是瑪莉艾拉的壞習慣。做到約定時間都快到了。

「累的時候就來一瓶！改良型！好喝的魔藥！」

瑪莉艾拉把只是在低階魔藥裡加入甜味劑做成的東西一口氣喝乾。

「唔嗯……咳咳……咳咳！好難喝！」

瑪莉艾拉本來打算製作又甜又好喝的魔藥，在裡面添加了從攤販買來的杏桃乾，還有昨天到森林裡採集到的甜味很重的果實打成的果泥；可是在清爽的果汁甜味消失之後，果實類的澀味和藥草的苦味便在嘴裡擴散，緊黏著喉嚨不放。味道簡直難喝得超越了魔藥的回復量。

「請用。」

不知道什麼時候回來的吉克遞出一杯茶。茶就很好喝了。這次的「好喝的魔藥」失敗了，下次一定要成功。學不乖的瑪莉艾拉正在慢慢啜飲茶水時，吉克把魔藥收進從老闆那裡要來的葡萄酒箱，也幫忙收拾了材料和器材等雜物。

聽說馬洛副隊長他們已經抵達，吉克搬起裝著魔藥的葡萄酒箱，和瑪莉艾拉一起前往馬洛副隊長的房間。迪克隊長和馬洛副隊長已經在房間裡等待，兩人交出裝著魔藥的箱子，他們便拿出鑑定魔藥用的魔導具，開始確認內容物。

因為魔藥會隨著時間變質，所以販售魔藥的道具店等地方經常會準備這類鑑定用的魔導具。因為只能簡易地測出大致上的種類和變質程度，所以並不算是很昂貴的道具。

「真是了不起。簡直就像是剛做好一樣，一點也沒有變質。」

馬洛副隊長表示讚嘆。

（那當然了。因為我才剛完成嘛。）

確認完所有的魔藥之後，馬洛副隊長拿著一個放著貨款和幾張文件的托盤走了過來。

「這是中階以下的貨款，還有收據以及高階的保管證明書。」

中階以下的貨款總共是十二枚金幣和六枚大銀幣。這對瑪莉艾拉來說可是一筆不得了的巨款。瑪莉艾拉在文件上標出的地方簽名。話說回來，這類文件不是該由瑪莉艾拉來準備嗎？因為不懂正確的交易流程，所以就算對方要求，瑪莉艾拉也不知道該怎麼做。既然他們都說「請別放在心上」，那就心懷感激地交給他們處理吧。

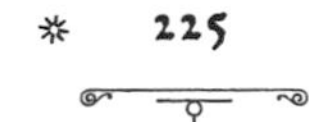

「我們向買主收取高階的貨款之後就會交給妳。話說回來，妳真的願意便宜賣出嗎？」

馬洛副隊長再次確認。中階以下的價格就這麼高了，如果是已經十年沒出現在市場上的高階魔藥，根據買主和銷售方式，金額應該非常驚人吧。

「只要買主會好好使用就夠了。請幫我告訴他們，歡迎他們再次購買。」

對瑪莉艾拉來說，就算價格和中階相同也沒有任何問題。賣得太貴會有種良心不安的感覺。以稍微偏高一點的價格，對方願意多買一些就太好了。

「再次購買，是嗎？妳願意賣多少呢？」

我會做個不停！瑪莉艾拉差點這麼回答，卻又裝出一副聰明的樣子笑著說「很多」。不，這個樣子看起來還是滿笨的。

雖然瓶子做起來很麻煩，魔藥的材料卻很容易取得。瑪莉艾拉也想擁有一間像賈克藥草店一樣架子上擺滿各式材料的工房，沉浸在鍊成之中。雖然不能公開經營魔藥店，卻也能用今天收到的金幣當作資金開藥店，打造一間工房。光是想像就令人興奮不已。

被馬洛副隊長問到今後的安排，瑪莉艾拉回答「我想開間藥店」。

「既然如此，我建議妳去一趟商人公會。只要以藥師的身分完成居民登錄，他們就會幫忙介紹店面或住宅。」

真是個不錯的情報。明天就馬上過去看看吧。

「真是愉快的交易。我們馬上來乾……」

「等一下還要去送魔藥呢。」

「……那就下次吧！」

（迪克隊長好不容易開口，竟然是說這種話。）

身材高大的迪克隊長抱起裝著魔藥的箱子，垂頭喪氣地跟在馬洛副隊長身後走出房間。

02

兩人在晚餐之前回到房間放錢。是金幣。而且還有十二枚。

「欸，吉克。有了這些錢，就可以開店了吧？」

「是的。以資金來說，應該已經……很夠了。」

聽完吉克的回應，瑪莉艾拉把金幣藏到裝著藥草的箱子裡的隱密處，邀請吉克一起在晚餐前去散散步。

「我從早上開始就窩在房間裡，身體都變得好僵硬喔～」

兩人沿著大街往市中心走去。雖然太陽已經開始西沉，卻還不到黃昏的時間。大街上有馬車正在配送今天最後的貨物，有買完晚餐食材的主婦，還有抱著從迷宮採到的素材趕著回家的孩子們。

傍晚的城市氛圍就像兩百年前一樣令人懷念，可是從街道和人們的服裝等景象卻能看得出來，這裡是某個不熟悉的城市。

「帝都也流行這種服裝嗎？啊，只有這個城市有？而且也不流行？」

「馬車的車輪怎麼那麼小？咦？到處都是這種尺寸？」

「有股好香的味道喔。啊，帶容器過去就可以外帶啊。」

瑪莉艾拉一一說著自己看到的新奇事物，然後向吉克確認。她的模樣就像是在填補兩百年的時間。

「啊，是葛萊布果。有在賣果汁呢。」

這種酸甜均衡的果實具有消除疲勞的效果，雖然一杯果汁要五枚銅幣是有點偏高的價格，卻很受冒險者歡迎。應該是要賣給即將從迷宮歸來的冒險者吧。瑪莉艾拉在迷宮附近的攤販買了兩杯葛萊布果的現打果汁後，直接穿越迷宮的外牆。

「果然什麼都不剩了。」

過去矗立著安妲爾吉亞城堡的地方已經沒有任何瑪莉艾拉記憶中的事物。只不過，瑪莉艾拉當然只能從王都的外牆外側窺見城堡，沒有進入過。第一次踏入的城牆中只堆積著石塊般的厚重石材，以便隨時封鎖迷宮入口，並沒有其他房屋之類的建築物。寬廣的城牆內部種植著有除魔效果的布魔敏特草，其他地方則像是廣場，有小販和搬運工正在向從迷宮中歸來的冒險者拉生意，似乎也有些人像瑪莉艾拉和吉克一樣是來散步的。

瑪莉艾拉走到邊緣以免擋到冒險者，隨便找個石頭坐下來，和吉克兩個人一起喝了一口葛萊布果汁。味道比想像中還要酸。小販和搬運工可能是看得出瑪莉艾拉和吉克並不是客人，只是看了他們一眼，沒有靠過來。

「在別人眼裡，不知道我們是什麼樣子。」

瑪莉艾拉低聲這麼說道。剛好走出迷宮的一群冒險者帶著幾名衣衫襤褸且扛著大量行李的奴隸。

迷宮都市是被高聳山脈和魔森林隔絕的陸上孤島。一般人的往來非常稀少。為了防魔物暴動，這裡必須定期清除魔物，每次都會有不少人喪命。

即使是奴隸也被鼓勵生育，出生的孩子會以一般市民的身分在孤兒院長大，可是沒有後盾的他們，成年後幾乎都會以冒險者或士兵為業。不論選擇何者，都是防止魔森林或迷宮發生魔物暴動的重要武力。

除了管轄迷宮都市的邊境伯爵會派遣軍隊，帝國的冒險者公會也會強制派遣高階冒險者前來；但即使加上這些人力，要壓制迷宮和魔森林，戰鬥人員的數量還是不夠。

糧食的確保也很重要，牆內無法生產所需的量，所以有魔物出沒的牆外也有一片穀倉地帶。雖然衛兵會定期巡邏，驅除魔物，卻沒有一般市民會想要在那麼危險的地方務農。

為了解決人手不足的問題，全帝國都會送奴隸來到迷宮都市。萬一迷宮或魔森林再度引發魔物暴動，帝國和周圍各國也都會受到很大的傷害，所以不只是帝國，其他國家也都很積極提供犯罪奴隸和終身奴隸。迷宮都市的奴隸所占的人口比例在帝國內，應該說在附近國家的任何城市之中都是最高的，死亡率也極高，所以大部分的奴隸都是犯罪奴隸或終身奴隸等「沒有人權」的人。

他們的自律能力和品德當然都很差，一般市民無法好好掌控。他們幾乎都會統一在擅長管理監督的「專門職業（技能持有者）」的指揮之下，到直屬於邊境伯爵的「糧食生產局」或「討伐軍」、「礦山」等公營機關任職。

極少數可能洗心革面的「優良」奴隸會在民間市場被「交易」，但即使不需要勞煩「專門職業」，也需要有人監督；因此大部分的僱用者都是需要多數勞動力的大商店、提供「夜晚陪伴服務」的店家、以「娛樂」為目的來蒐集奴隸的貴族；中小規模的店家則會僱用沒有人監視也會正常工作的一般市民；會以個人名義擁有奴隸的只有高階冒險者，或是像剛才那群組織化的冒險者團體一樣僱奴隸來當搬運工，所以並不常見。

像瑪莉艾拉這樣隨處可見的普通女孩通常不會帶著奴隸。

瑪莉艾拉曾經旁敲側擊地問過知道吉克身分的安珀小姐，她說：「光是妳一個女孩子從迷宮都市外跑來就很稀奇了，吉克又是個帥哥。妳身旁有這種男人服侍，兩個人一起生活，會讓人很好奇你們是什麼關係呢。」

瑪莉艾拉做得出魔藥就已經是個天大的祕密了。往後也需要想辦法避人耳目吧。

「我們看起來像不像兄妹？」

「兄妹……可是我跟您……並不像吧？」

「嗚……情……情同兄妹的青梅竹馬之類的？都要開店了，你也不要再對我說敬語了，用普通一點的方式說話嘛。」

「可是……以護衛的身分……不可以嗎……」

瑪莉艾拉的要求讓吉克面有難色。對長期過著奴隸生活的吉克來說，「主人」是不容違抗的對象，而瑪莉艾拉又是自己的救命恩人，也是掌握自己的生死的人。就算要他表現得「普通一點」，他也不知道該如何是好吧。

看到困擾得陷入沉默的吉克，瑪莉艾拉又喝了一口葛萊布果汁。

「這是我第一次喝葛萊布果汁。」

「因為是……南方的水果。應該是在迷宮……採到的吧。」

吉克這麼回答改變話題的瑪莉艾拉。因為葛萊布果是南國的水果，所以他認為迷宮尚未出現的兩百年前應該沒有。

「不，以前也有賣。價格也跟現在差不多。是我當時買不起。畢竟有五枚銅幣就可以買到五個麵包了。我一直很好奇它是什麼味道。」

瑪莉艾拉注視著吉克，繼續說道：

「這裡以前有一座很漂亮的城堡。我只有遠遠地看過，不過城堡看起來閃閃發亮的。師父說是因為有精靈的祝福才會發光。可是，現在什麼都不剩了。我以前住的小屋也一點痕跡都不留，我沒有地方可以回去。」

那一天的天空灰濛濛的，還以為冬天終於要過去了，卻又馬上來臨。瑪莉艾拉的小屋已經徹底毀壞，兩百年後的這個世界對她來說就像是人生地不熟的異國。

「可是啊，安珀小姐她們說願意跟我買藥。開家店好好工作的話，我一定也能在這裡繼續生活下去。」

吉克非常專心地傾聽著瑪莉艾拉想說的話、想表達的意念。

「我以前連葛萊布果汁都買不起喔。你用大人來稱呼我，又跟我說敬語，我會覺得很不自在呢。」

（啊，原來如此。）

吉克突然理解她為何買下自己，為何要在睡覺時間依然點著明亮的燈光，繼續漫無目的地聊天。瑪莉艾拉在兩百年後的這個世界感覺到強烈的孤獨，她想要一個「容身之處」。不是單純可供居住的有形房屋，而是能作為心靈寄託的一個位置。

「我明白……了。我會……試試看。」

既然這是主人的期望，奴隸就有義務加以回應。

因為吉克出生在魔森林旁的偏僻村莊，兩人決定謊稱瑪莉艾拉也是來自同一個村莊，而且是在帝都與地脈締結契約的鍊金術師。

「竟然追著因為學壞而墮落為奴隸的青梅竹馬來到迷宮都市，我瑪莉艾拉真是個大好人！感覺好像故事的主角喔！展開一段冒險什麼的！雖然我不會戰鬥。」

兩人這麼聊著，回到「躍谷羊釣橋亭」。瑪莉艾拉對這個設定很滿意，滿臉笑容。吉克也跟著她露出笑容，可是卻注意到一件事。

（如果是手頭上的錢買得到的奴隸，就算不是我也無所謂。）

無意中浮現的這個想法，使得已經對任何惡言都不為所動的心感覺到一陣沉重的痛楚。

03

「早安，瑪莉艾拉大……大太陽曬屁股……嘍……？」

「噗哈，你在說什麼啊！早安，吉克。」

自然的（？）招呼宣告了一天的開始。

兩人下樓，拜託艾蜜莉準備早餐。今天的艾蜜莉把頭髮綁成了兩束高馬尾。應該是自己綁的吧，她的頭髮很亂，左右兩邊的髮圈高度也有點不一致。瑪莉艾拉幫她重新綁頭髮，她就說：「謝謝大姊姊～！我幫妳多裝一點早餐！」

她的爸爸（旅館老闆）會一直醒著直到安珀小姐等人工作結束的天亮前，所以艾蜜莉會一個人早起，準備房客的早餐。

「因為有些壞客人，所以爸爸說大家下班之前他都會一直醒著。大家都說多虧有爸爸在，感覺很安心！所以艾蜜莉也會努力工作！」

雖然我還不太會綁頭髮。艾蜜莉這麼說著，跑回了廚房。

瑪莉艾拉很佩服她才十歲就這麼懂事，這時林克斯起床了。他的頭髮在睡覺時壓得亂七八糟的。

「艾蜜莉，我也要吃飯～特大份的～」

林克斯對廚房這麼喊道，然後在瑪莉艾拉與吉克的桌子邊坐下。他打了個大呵欠，搔搔肚子。

「林克斯，你都長這麼大了，應該表現得得體一點嘛。」

「我昨天去陪隊長他們，很晚才回來啦～」

應該是在運送魔藥的過程擔任護衛吧。

吃早餐時，瑪莉艾拉試著問問黑鐵運輸隊在迷宮都市的期間都在做些什麼。

抵達的隔天大多是假日，可以修理裝甲馬車或是養精蓄銳，第二、第三天會分成兩組採購要運送到帝都的商品，並與客戶討論下次要載來的物品。第四天也就是今天要採買糧食等物資，準備出發，於明天的早晨再度啟程前往帝都。

花三天穿越魔森林後，還要跑四天才會抵達帝都。在帝都同樣會花四天休息與進貨，然後再穿越魔森林回到迷宮都市。下次回來大概是十八天後的傍晚時分。

「你們真辛苦。要平安回來喔。」

「嗯。可是啊，這次我們有『祕密武器』，順利的話，十六天後的傍晚就能回來了。」

為了避免被其他人聽到，林克斯小聲這麼說。瑪莉艾拉說自己打算開一間「藥店」，他便說：「回來後我再去找你們玩。等我喔。」

林克斯的臉上帶著笑容。

分開時，不知道為什麼，林克斯「咚」的一聲把拳頭打在吉克的胸膛上。吉克看著林克斯，點了點頭。

（什麼～？什麼意思？這就是安珀小姐說的那種「會讓人很好奇是什麼關係」的感覺嗎？）

瑪莉艾拉不解地歪起頭。

04

「又是無照藥師引發的糾紛嗎？」

在商人公會的藥草部長室，愛爾梅拉・席爾嘆了口氣。她是個把棕色頭髮全部往後盤起，戴著一副細框眼鏡的三十歲出頭的女性。她穿著一件完整包覆到脖子的深藍色長洋裝，稍微露出的腳也用長靴遮了起來。手上還戴著手套，全身只露出了臉部。

妝容只有簡單地擦個口紅，頭髮和服裝的色調都很沉穩，因此從她身上感受不到亮麗的女性特質。

看似嚴肅又優秀的氣質以及年紀輕輕便成為藥草部長的實力，讓許多人對她敬而遠之。甚至有人在背地裡說因為她是在迷宮都市交易藥草的大商會「席爾家」的長女，所以「沒有人願意迎娶的她才能坐上一定的地位（藥草部長）」。

「考試真的太難了啦～愛爾梅拉小姐。先把難度調低，增加藥師的數量嘛～」

「你在說什麼呀，里安卓先生。迷宮都市都已經沒有魔藥了，怎麼可以再增加更多拙劣的藥師？如果不提昇藥的品質，死亡率是不會下降的。再說，這些試題只要是做得出中階魔藥的鍊金術師就能合格了。」

「中階換算成冒險者階級的話不就是B級了嗎～冒險者會從F級開始耶。竟然要有B級的知識才能當上藥師，太嚴格了啦～雖然這裡沒有與地脈締結契約的鍊金術師，還是有人持有鍊金術技能的。妳也知道就算等級低，還是能使用乾燥和粉碎的功能吧～就讓那些人當上藥師，再請他們慢慢學習不就好了嗎～」

「就算不是藥師也能學習。商人公會的圖書室可以免費閱覽《藥草藥效大辭典》等我們藥草部傾注全力編輯的藥草相關書籍。為了以藥師為目標的年輕人，我們也會定期舉辦講習；如果需要工作，也可以到商人公會認可的藥草店當學徒，一邊學習藥草的知識一邊工作。」

「《藥草藥效大辭典》是把藥草的特徵和藥效、萃取法之類的知識用超小的字寫得整頁密密麻麻的書吧。看那種書，三分鐘就會睡著了啦。順帶一提，我的最短紀錄是三十秒。用隨興的態度想著『去當當看藥師好了～』的年輕人怎麼可能去讀那種書？又不是所有人都跟妳一樣聰明～我們就慢慢地培養人才嘛～」

名叫里安卓的三十五歲以上男性是愛爾梅拉的其中一個部下。雖然有個比自己還要年輕的女性上司，包括他在內的藥草部職員卻對愛爾梅拉都沒有什麼不滿。因為他們都知道，愛爾梅拉的實力是貨真價實的。

雖然禮貌的言行和典型的精明外表給人一種難以接近的印象，但試著相處就會發現，她是個爽朗又好相處的人。即使有些太過認真的地方，她也能率直地發表想法，且有著傾聽他人意見的寬宏肚量。能讓人想要共同努力的上司並不多見。

「首先請你獨當一面吧。要不然我就永遠無法辭職了。竟然不能在孩子最可愛的時候陪伴他們……」

雖然愛爾梅拉在背地裡被別人說是「嫁不出去的女人」，但其實她已經有丈夫和兩個兒子了。以結婚為由，她曾表示想辭去商人公會的工作，卻被全部門的職員慰留了。因為愛爾梅拉不在就會無法運作，所以職員希望她能等到部下比較能獨當一面時再走。

「妳就覺悟吧，愛爾梅拉小姐～我們沒辦法代替妳啦～」

沒有特定人物就沒辦法運作的部門是個不合格的組織，這一點里安卓也很清楚。部下也有進步，萬一愛爾梅拉辭職，只要增加十人左右的人力，應該還是能正常運作。不過，和努力想要改善迷宮都市的藥品現狀，致力於解決問題的愛爾梅拉一起工作，是一件很有成就感又有趣的事。

「不管怎麼樣，有必要提昇藥師的水準呢～來規劃講習吧。像是『傷藥的做法』之類的簡單課程。講師就是愛爾梅拉小姐，拜託妳嘍～」

「啊，和孩子玩的時間又要減少了～」

愛爾梅拉的背脊無力地垂下。平常明明都像是裝了一根棍子一樣直挺挺的。

給她太多負擔就太可憐了。把愛爾梅拉的幾份工作分配給別人吧。行程表要怎麼安排呢？里安卓正在思考這個問題時，有人敲響了藥草部長室的門。

「有人表示想登記為藥師。她說可以馬上接受考試。我是來拿試題的。」

「我來負責監考。請帶考生到一樓的會議室。」

面對來拿試題的櫃檯小姐，打起精神的愛爾梅拉迅速站了起來，下達指示。

（唔哇～那個人運氣真差。這種時候的愛爾梅拉小姐剛好沒有地方可以宣洩熱情。）

這下有必要幫忙說幾句話了。里安卓這麼想，追上了愛爾梅拉。

「我是瑪莉艾拉，請多多指教。」

瑪莉艾拉和吉克聽從馬洛副隊長的建議來到商人公會，感到驚嘆。公會是一棟很大的建築物，在一進門就能看到的櫃檯表示「想要以藥師的身分登記為居民」，兩人就被帶到了叫作「藥草部」的單位。想成為藥師似乎必須接受考試。雖然瑪莉艾拉是第一次考試，但就算沒考上，好像也可以不斷報考。職員說可以馬上開始考試，於是瑪莉艾拉決定先考考看。

過了一陣子，瑪莉艾拉就被帶到深處的房間內。才進來不久，就有個看起來很精明的女人和一個態度悠閒的男人走進了房間。

「我是監考官，愛爾梅拉．席爾。」

「我是里安卓．卡法。就算沒考上也有講習可以參加，放輕鬆吧～」

因為桌上放著筆墨，瑪莉艾拉還以為要寫在紙上，不過似乎只要回答愛爾梅拉小姐的問題就行了。

「愛爾梅拉小姐，這些考題的難度根本沒有降低嘛。反而還提高了。」

雖然里安卓用困擾的表情這麼說，愛爾梅拉依然自顧自地開始提問：

「請答出阿普力堅果的處理方法與藥效。」

「剝殼之後用加了碳羅鈉礦石粉末的熱水去澀。碳羅鈉礦石的份量是………」

其他的問題是鞭丹花、吉布齊葉、圓麥、鬼棗、胡洛花蕾等常見藥草的藥效和處理方法，全都是瑪莉艾拉很熟悉的內容。流暢地回答一陣子後，問題的等級從途中開始變成月光魔草的萃取方法、亞勞妮草的根和葉片的去毒方法、寄生水蛭的毒腺處理方法等高階素材相關的較難內容；但瑪莉艾拉並沒有特別放在心上，繼續回答。

聊聊自己的專業領域是一件開心的事。愛爾梅拉專心地聆聽著，所以瑪莉艾拉也忍不住說明到忘我。

「太了不起了……！妳是向誰拜師的呢？不，我不該問太過私人的問題。妳合格了！」

看來瑪莉艾拉順利當上了藥師。考題那麼簡單沒關係嗎？雖然題目也包括高階素材，內容卻都很基礎。

「那個，這問這樣就能以藥師的身分賣藥了嗎？會不會有什麼藥師階級，能做的種類有限？」

「沒有喔。迷宮都市內並沒有任何限制。妳有什麼疑問嗎？」

「因為問題的內容都很基礎。」

「哎呀！你聽到了嗎？里安卓先生！果然還是有認真學習的人的！」

瑪莉艾拉乖乖說出自己的疑問，愛爾梅拉就興奮了起來。被搭話的里安卓露出困擾的表情。

（這女孩(瑪莉艾拉)也跟愛爾梅拉小姐是同類。她們根本感覺不到難度啦～）

再這樣下去，藥師考試就會變得愈來愈困難，於是里安卓開始進行勸說。明明就是為了防止愛爾梅拉太為難考生而來的，要提醒的對象似乎又增加了。

「唉……妳是叫作瑪莉艾拉小姐對吧？妳才這個年紀，竟然已經學了那麼多東西。偶爾會有在帝都和地脈締結契約的鍊金術師來這裡，但也沒辦法回答得這麼完整呢～」

「咦？既然是帝都的地脈契約者，那就有在外面做過魔藥吧？」

「與地脈締結契約的鍊金術師不是能閱覽『書庫』嗎？那些鍊金術師幾乎都只靠『書庫』，而不用自己的頭腦記憶。」

所謂的「書庫」就是從鍊成素材的處理方法到各種魔藥的製作方法等，鍊金術技能所能創造的全部情報都可以登錄在內並供人閱覽的資料庫。因為一旦離開訂下契約的地脈就無法閱覽，所以據說其情報是保存在地脈之中。與地脈連接起脈線之後就能開啟「書庫」，但能閱覽的資料僅限於同一個「流派」。

鍊金術師的「流派」並沒有明確的定義，瑪莉艾拉認為大概是師父和師兄姊等師徒關係相近的人。

「『書庫』不是要完全記住才能閱覽更多的資料嗎？」

「一般人根本不會作那種『設定』吧……」

就像是想說「真是了不起的師父！」的愛爾梅拉帶著閃閃發光的眼神，里安卓則相反，表情很無力。

「書庫」的資訊開放條件可以由身為師父的人進行「設定」。以魔藥的製作配方來舉例，有些人是達到可以製作的等級就會開放，也有些人是從一開始就能看到還無法製作的階級。相反地，危險的配方或是想要獨占的配方等資料，也可以設定為「除繼承人以外禁止閱覽」。

素材的藥效和調整方法則是因為多不勝數，所以據說幾乎所有人都是打從一開始就全部開放。

（臭師父，小氣師父，壞師父。）

瑪莉艾拉直到可閱覽的所有魔藥都能不使用道具，只用鍊金術技能做出來為止，都沒辦法閱覽新的魔藥配方；素材情報也要等到能夠完美地記住並處理之後才能看到新的資料。雖然里安卓沒有深入詢問，但從他的反應來看，這似乎是相當嚴苛的條件。

瑪莉艾拉一直以為事情本來就是這個樣子，所以都沒有放在心上，全部記憶在腦中；可是仔細想想，像是「應用鍊金術技能來烹調的美味食譜」或「讓生活更方便的鍊成品」、「主婦鍊金術師的家事技巧」等等和魔藥沒有關係的資料卻打從一開始就可以盡情閱覽。雖然瑪莉艾拉心想「登錄這種資料的到底是誰啊」，卻還是全部都看完了。

其中的「食譜」特別有用。畢竟師父根本不會做菜，所以加工師父拿回來的食材也是瑪莉艾拉從小的工作。用鍊金術照著「食譜」做出的料理非常美味，師父和瑪莉艾拉都吃得十分滿足。因為受到食物引誘，瑪莉艾拉以前一點也不覺得只能閱覽這種配方是件奇怪的事。

「瑪莉艾拉小姐，妳要在迷宮都市開藥店對吧。妳打算在哪裡開店呢？如果要拿到冒險者公會內的店販售，我可以幫妳介紹喔。」

「那個，我還沒有決定好要住在哪裡。我聽說完成居民登記就可以請公會的人幫忙介紹能開店的房子，所以才過來這裡。」

一講到關於師父的事情，思緒馬上就會脫離軌道。聽到愛爾梅拉的問題，瑪莉艾拉才想起原本的目的。

「哎呀！里安卓先生，快帶她到住宅管理部。記得叮嚀職員為她介紹一個好物件喔。也別忘了辦理藥師證照和居民登記的手續。瑪莉艾拉小姐，等妳安頓好之後，請一定要帶做好的藥來。對了對了，這本書就送妳當作合格的紀念。雖然可能都是妳已經知道的內容，不過書名叫作《藥草藥效大辭典》，裡面統整了在迷宮都市可以找到的藥草。」

愛爾梅拉小姐或許和外表不同，是個很熱血的人。她非常歡迎瑪莉艾拉。

道別時拿到的《藥草藥效大辭典》是一本裝訂精美的厚書，看起來價格高昂。瑪莉艾拉問自己是否真的可以收下這麼高價的東西，她則說「這是配屬到藥草部的新人做的抄本，請儘管收下！」。打開書頁可以看到紙上有幾處滲著眼淚的痕跡。里安卓說「這個有施過淨化魔法，一點也不髒」，所以這可能不是眼淚，而是口水吧。

《藥草藥效大辭典》上也記載著瑪莉艾拉不知道的藥草，就連已知的藥草也會標示出能在迷宮採到的樓層或季節等採集情報，非常有用。真是了不起的辭典，令人感激。

瑪莉艾拉對愛爾梅拉道謝並走出房間。她帶著滿臉的笑容目送瑪莉艾拉離開。

和站在走廊上等待的吉克會合後，瑪莉艾拉跟著里安卓先生前往住宅管理部。

「妳真厲害……」

和愛爾梅拉小姐分開後，里安卓先生表示佩服。

（為什麼呢……）

聽到他這麼說的吉克露出了得意的表情。

（為什麼呢……）

瑪莉艾拉一個人疑惑地歪起了頭。

05

瑪莉艾拉跟著里安卓來到了住宅管理部。住宅管理部是接受邊境伯爵的委託，負責居民登記和迷宮都市內的住宅管理、仲介等公營業務的部門。

「這位不是里安卓副部長嗎？您還特地親自過來啊。」

負責仲介住宅的職員很有禮貌地向里安卓打招呼。

（原來這個人的職位很高啊。）

「愛爾梅拉部長有交代，請你們幫這位瑪莉艾拉小姐介紹一個『好物件』。」

（原來愛爾梅拉小姐的職位更高。我還以為她是個藥草痴呢。）

瑪莉艾拉想著有點失禮的事。聽到職員詢問對物件的要求，瑪莉艾拉表示「我想找有庭院能當作藥草園，又有空間能開店的房子」。聽完，負責住宅仲介的職員露出傷腦筋的表情說：「藥草園嗎……」然後翻閱以區域進行分類的「空屋資料」。

「空店面應該有很多吧？」里安卓先生說道。

「空店面是有，但藥草園就有點……有農地面積的住宅都已經有人住了。可以安全生產糧食的物件很受歡迎。雖然有幾個路段好的店面，但庭院都很小，而且又是鋪了石磚的馬車停車場。」

里安卓先生和住宅仲介員一起低頭翻閱著資料。

「呃，那我在迷宮都市外弄藥草園好了……」

瑪莉艾拉這麼提出妥協方案，他們卻說「千萬不可以！」、「那怎麼行，太危險了！」表示反對。瑪莉艾拉喝著住宅管理部的大姊姊端來的茶，看著尋找物件的兩人遲遲沒有結論的樣子。

（啊，這種茶真好喝。商人公會的店有在賣嗎？買一些回去吧。）

「這裡怎麼樣！」

瑪莉艾拉正在品茶時，里安卓先生似乎是找到了，出聲這麼喊道。可是，住宅仲介員面有難色。

「那棟房子的正中央長著一棵樹，收穫量好像很少。聽說那棵樹申請不到砍伐許可。而且店面空間的擴建手法很粗糙，所以老化得很嚴重。」

「啊～是那裡啊。該怎麼說呢？一棟不上不下的前宅邸。」

「是啊。經過區域整頓和居民的增建和改建，那棟房子變得很特殊。因為面積大，所以價格也不低，可是使用起來又不太方便，所以才一直是空屋。」

瑪莉艾拉好奇地閱讀文件。上面記載著物件的地圖和平面圖、概要等資訊。地點在西北區的北門大道偏深處，接近迷宮都市中心的地點。西北區是居住著許多一般市民的區域，買到瑪莉艾拉和吉克的衣服的服飾店和雜貨店也在那裡；由於接近迷宮，也能吸引冒險者來消費。要以個人名義開店，地段相當不錯。

（嗯？這個地方不是精靈公園嗎？）

「精靈公園」正如其名，是生長了好幾棵聖樹，有許多精靈存在的公園，也是瑪莉艾拉和地脈連接脈線時跟著師父一起去的地方。

「妳去玩吧。如果交到願意告訴妳名字的朋友，就帶祂過來。」

瑪莉艾拉聽從師父的指示，在公園內到處玩耍，跟著當時結識的精靈的引導，成功與地脈連接起「脈線」。難得當上朋友，瑪莉艾拉卻再也沒有去過「精靈公園」，因此也沒有再見到那個精靈。當時還約好要再一起玩呢。瑪莉艾拉很想再見祂一面，向師父詢問過地點，所以肯定不會錯。

「請讓我看看那棟房子。」

雖然已經過了兩百年，瑪莉艾拉還是想去看看「精靈公園」。

向里安卓先生道謝後，瑪莉艾拉決定和仲介員一起到現場看房子。

根據仲介員的情報，西北區是魔森林氾濫中受災最嚴重的區域，幾乎被夷為平地，所以重建初期就是從這附近開始建造住宅的。這棟房子也是其中之一，原本似乎是小規模的貴族宅邸。房屋的外牆是堅固的石牆，即使是在過了百年以上的現在，依然符合迷宮都市的建築規範。

隨著復興的進行，東南區的貴族街也已經重建，這裡的屋主便搬遷到貴族街的適當住宅。留下的住宅被轉讓到民間，可是圍牆的位置隨著迷宮都市的區域整頓而改變，後院被縮小了約三分之一，正面反而因此多了一塊庭院。

迷宮都市的住宅通常沒有前院，就算有也只是用來採光的狹小空間，後院的面積較為寬敞。由於庭院的作用不是觀賞，而是設置馬車停車場與騎獸小屋，或是種植農作物等實際的用途，所以把面積統一規劃在不容易被看到的屋子後方比較合理。

這棟住宅由於區域整頓，正面空出了十公尺左右的庭院；對迷宮都市的居民來說，這種面積分配似乎很尷尬。

不只如此，為了不妨礙緊鄰住宅的樹木生長，房子的一部分，也就是原本的廚房被拆除了。這種情況下通常會把樹砍掉，卻申請不到砍伐許可，上頭指示以改建一部分房屋的做法來因應，仲介員看著文件這麼說明。

上一個屋主是三代同堂經營餐廳的家庭，為了取代拆除的廚房，在住宅與圍牆之間的前院以架起屋頂的方式增建了廚房與餐廳。雖說是增建，但預算似乎並不多，因此完整的建築物只有廚房部分，店面部分好像只有架著遮雨棚。建築物內的客廳和架著遮雨棚的室外座好像讓那家餐廳變得很有情調，不過……

「冬天坐在室外會很冷呢。而且占地面積很大，所以租金比較貴。」

租金是一年三枚金幣。店舖面積和地段差不多相同的物件約是兩枚金幣，所以等於是要多付一枚金幣，冬天時還會生意冷清。上一個屋主等到別的店面空下來，馬上就搬走了。

聽著這些說明，瑪莉艾拉等人來到了現場。

「是聖樹。」

「是聖樹。」

瑪莉艾拉和吉克異口同聲地說道。土地的中央稍偏東的位置矗立著一棵大樹。樹比兩層樓的屋頂還要高，從正面玄關仰望也可以看到樹梢超過前方建築物的樣子。

難怪申請不到砍伐許可。聖樹是能保護人類不受魔物傷害的神聖樹木，本來就連在聖樹旁蓋房子都是不可能的事。據說如果把聖樹圍起來據為己有，聖樹就有可能枯萎。正所謂「聖樹的精靈移動到其他的樹木」。

這個地方在兩百年前曾是「精靈公園」，現在卻已經完全變了樣。應該是真的被夷為平地了吧。從這棵聖樹的大小來看，應該是以前生長在「精靈公園」的聖樹樹苗或種子長大的樣子。

和瑪莉艾拉成為朋友的精靈去了哪裡呢？當時曾出現那麼多的精靈完全不見蹤影，聖樹也只有這一棵。

瑪莉艾拉繞過房子，靠近聖樹。周圍的土地很乾燥。似乎沒有什麼人在管理。

「注水。」

瑪莉艾拉灌注比平常更多的魔力，在聖樹周圍灑水。引導瑪莉艾拉前往地脈的精靈也很高興地說過灌注了魔力的水很好喝，這棵聖樹一定也會喜歡的。

瑪莉艾拉輕輕觸碰樹幹。

「祢好，我是瑪莉艾拉。我可以住在這裡嗎？」

據說聖樹裡寄宿著精靈。這棵樹也有精靈嗎？就算有，祂應該也聽不懂吧。

一片聖樹的葉子翩然飄落在瑪莉艾拉的掌心。聖樹的扁平葉子和瑪莉艾拉的手掌差不多大，也是珍貴的魔藥素材。雖然聖樹的外觀類似落葉樹，但就算到了冬天也不會落葉。強摘的葉子會從邊緣漸漸枯萎，所以需要時只能**拜託聖樹分一些給自己**。

（意思是我可以住在這裡嗎？）

吉克也模仿瑪莉艾拉為聖樹澆水，拿到了葉子。不知道為什麼，他拿到了十片左右。

（吉克也太受歡迎了吧。萬人迷？）

聖樹似乎沒什麼問題。庭院的土壤雖然也很貧瘠，卻有充足的面積可以當作藥草園使用。而且長寬約二十公尺的庭院都自暴自棄似的長滿了茂盛的布魔敏特草。想做多少除魔魔藥都可以。

就算土壤貧瘠，藥草只要魔素夠濃就能順利成長。變成魔物領域的迷宮都市有很濃的魔素，所以不必擔心。

仲介員帶著兩人在建築物內四處參觀。迷宮都市有一定的建築規範，概要是必須具備魔物湧到街上時可以供人躲藏在室內的建築強度。

首先，土地的外圍必須有比人高的石牆；石牆的厚度也有規定，必須是與人的肩寬差不多厚的堅硬牆壁。住宅外牆也同樣是厚重的石牆，一樓的窗戶必須裝設能防止魔物入侵的鐵窗；另外還有地下室。這是為了做好在屋裡躲藏一個星期左右的準備，以防萬一。

雖然沒有明確記載在建築規範中，但為了不被魔物察覺到，圍牆和建築物上都會攀爬著多吸思藤，避免屋裡的人類魔力洩漏到屋外。花壇沒有五顏六色的花朵，取而代之的是有著紫紅色葉片，外表詭異的布魔敏特草，散發著魔物討厭的氣味。

為了緩和監獄般沉重的氣氛，民宅的鐵窗有藤蔓或花朵紋樣的精緻造型，屋頂到圍牆也像遮雨棚一樣掛著色彩繽紛的布，圍牆上還掛著大塊布幕兼作店家的招牌。充滿異國情調的街道和裝飾厚重石牆的生活氣息合而為一，讓瑪莉艾拉覺得這種城市也不壞。

這棟建築以前是一棟宅邸，所以構造堅固，強度上似乎沒什麼問題。一樓有寬敞的客廳，深處應該是雪茄房吧，有個客廳的三分之一左右的小房間。餐廳所使用的一些桌椅就保留在深處的小房間裡。

隔著走廊的客廳對面有廁所和浴室、置物間。這個置物間位在面對聖樹的牆邊，牆壁的材質比較新，應該是原本的廚房。後門也配合新的牆面設置在深處。從後門一走進來就可以看到階梯，階梯會通往二樓和地下室。地下室好像也分成了幾個房間，有十足的空間可供兩個人使用。

二樓除了置物間之外有四個房間。為了避開聖樹而錯開的牆面有個小小的陽臺，還有通往屋頂的階梯。這附近的住宅都是在屋頂晾衣服，所以才會有階梯吧。

這棟房子只要請專家來確認一下排水功能，再打掃一下就可以馬上入住了。雖然要看預算決定，換個壁紙或加上地毯與窗簾，打造一個舒適的空間也不錯。

建築物的南邊，正門與玄關之間深度約十公尺的庭院空間利用了建築物的牆壁與圍牆，增設了廚房與餐廳的用餐區。話雖如此，有鋪屋頂的地方只有廚房部分，用餐區只有墊高的地面加上遮雨棚。圍牆並沒有採光用的窗戶，所以可能是考量到採光問題才會做成遮雨棚，不過遮雨棚卻因為多年的老化而破損，經過風吹雨打的加高地板也有毀壞。內壁可能是想要強調像在屋內的樣子，有用淡色壁材進行塗裝，卻到處都有剝落的痕跡，看起來頗淒涼。靠近建築物的地方有固定的吧檯，勉強維持著店面的氣氛。

（要當作店面的地方應該是這裡，可是這下要來個大整修了。）

瑪莉艾拉這麼想著，在店面空間裡到處看看。

「建築物可以整修對吧？可以請你們幫我介紹建築工嗎？」

瑪莉艾拉這麼一問，仲介員就露出了有點驚訝的表情。

「只要有合乎建築規範，當然沒有問題，我們會介紹了解規範的建築工給妳。只不過既然房子是這種狀態，我想應該會需要一定程度的金額。」

仲介員開始說明迷宮都市的住宅現狀。首先，土地的所有權全都屬於邊境伯爵，土地全部採租賃制。從建物面積和總面積、區域的單價計算出來的租金會兼作稅金，每年課徵。迷宮都市的居民不知道何時會死亡，住宅也有可能因為魔物湧現而毀壞。每年徵收租金不只是可以確認居民是否生存，萬一住宅用地有毀損，也可以依邊境伯爵之命進行重建。因為土地是歸邊境伯爵所有，所以不會發生地主不明而無法重建的問題。

「明明住得好好的卻沒辦法續租，或是突然被房東趕走的情形都不會發生，請放心。詳情請參照迷宮都市特別法的住宅管理規定云云……」仲介員開始這麼說起，於是瑪莉艾拉要求進一步的說明。

「簡單來說，就是透過住宅用地的租約來統一進行居民登記和生存確認、稅金徵收，還有緊急狀況的因應啦。」

建物部分有購買和租賃這兩種形式，這棟房子似乎屬於購買的形式。留在屋內的物品和庭院的植物都可以隨意處置。只不過，這類特殊的物件有時候會附帶「不得砍伐聖樹」等額外的條件。

「關於這個物件的建物價格，老舊的主建築已經折舊，增建部分的老化也很嚴重，所以總共是三枚金幣。土地的租金也是一年三枚金幣。因為今年已經過了三分之二左右，所以今年的份大約是一枚金幣。我回去之後會詳細計算，簽約時需準備四枚金幣，從下一年度開始也要每年支付三枚金幣。而且主建築內沒有廚房，增建部分的廚房也是這副模樣。既然店面部分也要修繕，我想應該會是一筆不小的數字。」

原來如此，這的確是一個不上不下的物件。對庶民來說太貴，就算有農業技能，收穫量也少得不敷成本。大商人住起來會嫌住宅面積太少，離貴族街也很遠。

「我想租這裡，請幫我安排簽約的事。」

可是對鍊金術師來說卻是夢寐以求的物件。庭院裡就有聖樹，實在是太棒了。只要魔藥賣得出去，租金也沒有問題。

瑪莉艾拉當天便回到商人公會簽約，支付四枚金幣。收下契約書和鑰匙就讓人有種終於得到一個理想天地的真實感，使瑪莉艾拉藏不住笑意。

「我會幫妳安排好建築工。能讓我們直接挑選可以馬上施工的人嗎？因為是愛爾梅拉部長的介紹，我們會派遣技術高超的建築工過去。關於修繕計畫和費用，請直接找建築工商量。我會交代對方在明天的中午過後到現場集合。」

事情很順利地全部安排好了。根據仲介員的說法，從今天開始入住也沒有問題；不過一般人通常會請清潔業者來打掃，或是等改裝完再搬進新家。聽說建築工也會幫忙安排這部分的事情。如果屋內有行李，不只是會妨礙工程的進行，也有可能遭竊。

話說回來，真是令人興奮。二樓的房間有四個。要把工房設在哪裡呢？店面又要弄成什麼風格呢？也得確認一下需要哪些家具才行。

瑪莉艾拉在商業公會的販賣處買了麵包和瓶裝飲料，也沒有忘了買在事務所喝到的茶葉，和吉克一起返回那棟房子。等一下要在聖樹下吃午餐，討論要怎麼改裝房子。

06

「從這裡開始擺上一整排架子，然後在這附近放工作桌！很棒的工房吧？」

「不錯……呢。寢室呢？」

「工作桌旁邊！這樣累了就可以馬上睡覺了！」

「瑪莉艾拉的……寢室就……決定是工房……旁邊的房間。」

「咦~我懶得移動啦。」

「沒關係。我會……把妳移……過去。」

「我又不是行李。吉克的房間呢？」

「我想要……在妳的……隔壁……」

「上樓梯後的第一個房間比較大耶。」

「那裡可以當……客房。因為可以放……兩張床，適合當客房。」

兩人這麼聊著，分配每個房間的用途。

二樓的房間分配很快就決定了。東側最深處的大房間當作工房，工房西側是瑪莉艾拉的寢室、吉克的寢室、客房。

關於一樓的客廳和深處的雪茄房則沒有什麼好點子。客廳從房門看過去是寬六公尺×深十四公尺的狹長空間，底部有個暖爐。聽說貴族會在這種房間擺上細長的桌子，坐成一整排用餐；但瑪莉艾拉與吉克只有兩個人，不需要這麼大的客廳。

只不過，瑪莉艾拉覺得有暖爐很棒。到了冬天，真想窩在暖爐前喝杯甜甜的熱可可。

「空間這麼大，就算在暖爐生火也暖不起來吧。」

「或許可以……隔成……幾個房間。」

「隔出來的房間要用來做什麼？」

「客房？」

「二樓不是也有客房嗎？到底有誰會來啦……」

兩人都想不出什麼好點子。廚房和店面對以前住在小屋裡的瑪莉艾拉來說實在太過遙遠，所以沒有什麼概念。吉克似乎也差不多。雖然有很多需要買的東西，卻多到讓人不知道要從哪裡開始著手，也不知道要去哪裡取得。

「去找建築工商量好了。」

兩人一開始就打算全部丟給別人處理。

總而言之，瑪莉艾拉決定去逛逛各種商店，購買最近幾天需要的東西。

吉克需要換洗衣物和外套，瑪莉艾拉的長版上衣和褲子也只有各一件。鞋子和包包都破破爛爛的了，到艾魯巴鞋店買新的吧。還有採集和調理時需要的小刀與裁縫道具，有許多需要的東西。

兩人在新家附近的商店到處看看。買東西的途中，瑪莉艾拉看到一塊寫著「梅露露香料店」的招牌。

梅露露是老闆女兒的名字嗎？瑪莉艾拉想像和「躍谷羊鈞橋亭」的艾蜜莉一樣可愛的女孩子，看了看店內。看來這裡似乎是一家販售香料和茶葉的店。店裡大量擺放著瑪莉艾拉從來沒有見過的香料。

「哇啊，好稀奇喔！」

「哎呀，生面孔呢。妳是從外地來的人嗎？」

一名體型如木桶般的和藹中年女性走過來招呼客人。這裡的商品好像大多是從迷宮採集而來。藥草也一樣，因為迷宮的每個樓層氣候都不同，所以能取得全世界的植物。這類藥效低的香料似乎會生長在較淺的樓層，剛好可以讓菜鳥冒險者連同藥草一起採集，當作賺外快的方式。多虧如此，迷宮都市有香料的流通，攤販賣的串燒也會撒上胡椒鹽，非常好吃。

「砂糖有點貴呢……」

「因為加工甜蕪菁很費工嘛。要拿來做菜的話，用這種『粗製糖』就很夠了。雖然我連泡茶都用粗製糖。」

「甜蕪菁」是在這附近栽培的農作物，熬煮出來的汁液可以拿來製作砂糖。煮過的甜蕪菁殘渣能當作家畜的飼料，汁液則能精鍊出少量的砂糖和「粗製糖」。因為處理技術尚未發達，砂糖的精製量少，價格也高。粗製糖中包含雜質和糖分，有特殊的味道，所以只能用在做菜等有限的用途上，卻是庶民很熟悉的便宜調味料。現在的砂糖精製技術似乎比兩百年前進步，不過粗製糖所含的糖分還是很多。

順帶一提，半獸人很喜歡吃甜蕪菁，會在收成期被氣味吸引過來。田地周圍當然會設置陷阱，由衛兵和冒險者去狩獵半獸人。甜蕪菁的收成期會有大量的半獸人肉出現在市場上，為迷宮都市供應冬天的儲備糧食。

「阿姨，妳吃太多粗製糖了啦，所以身材才會變得像半獸人一樣啦。」

看似店員的少年這麼挖苦木桶體型的中年女性。

「少囉嗦。在店裡要叫我梅露露姊。好了，你快去送貨啦。」

木桶體型的女性就是梅露露。歲月的流逝是殘酷的。

瑪莉艾拉買了兩公斤左右的粗製糖，離開店舖。

回到「躍谷羊釣橋亭」之前，兩人去了一趟「賈克藥草店」。店明明開著，卻一個人也沒有。瑪莉艾拉雖然心想「也太沒有戒心了吧」，還是大聲呼喚了賈克爺爺。

「不好意思～請問賈克爺爺在嗎～」

「我在～在後院這裡～繞過來吧～」

明明才來第三次，就被叫到後院了。一到後院就可以看到吊起來的巨大豆莢下面有一鍋煮沸的熱水。旁邊還堆放著五個相同的豆莢。

「這不是吸血藤的種子嗎！」

「是啊，很多吧。迷宮遠征馬上就要到了。為了要跟著去的冒險者，我採了一些來。」

吸血藤是長著藤蔓的吸血植物型魔物，藤蔓內部的黏液可以做出稱為吸血藤橡膠的高級橡膠。用弱小又便宜的子株做成的吸血藤橡膠是消耗品，會廣泛流通在迷宮都市。

這些豆莢裡就塞滿了成熟的吸血藤結出的種子。吸血藤的種子有非常高的藥效和營養價值。不只是可以用來製作使原本的回復力大幅提昇且發揮持續性回復效果的「再生藥」，也是直接食用一顆就能攝取到一餐營養的完整營養品。

然而，狩獵成熟得足以結出種子的吸血藤比從親株身上取得黏液還要難上許多，這是因為結出種子的吸血藤具有智慧。明明就只是植物。吸血藤為了播種到遠處，會從豆莢射出種子。種子會從豆莢前端像小石子一樣發出「噠噠噠噠噠」的聲音射出。吸血藤親株會用種子當作遠距離武器來射擊獵物。雖然每粒種子的攻擊力都和飛來的小石子差不多，豆莢裡卻裝有一百～兩百顆種子，被掃射可不是開玩笑的。先用種子掃射來進行誘導，然後用藤蔓抓住並用毒刺麻痺獵物，最後吸食血液——吸血藤會用如此惡魔般的連續技來招呼敵人。

「到底要怎麼樣才能拿到這麼多……」

「有種子的吸血藤不是腦筋轉得很快嗎？所以也醉得很快。」

方法好像是在根部潑灑混了安眠藥的酒，趁吸血藤呼呼大睡時，連同豆莢一起把它切下來。

「竟然還有這種方法！」

瑪莉艾拉有種醍醐灌頂的感覺。世界上還有許多自己所不知道的事。過去在吸血藤的棲息地附近默默撿拾地上的種子簡直是浪費時間。

「痛痛痛……這次有點失算了。受不了，只不過是株草，竟然還有酒量那麼好的傢伙。」

應該是中彈的痕跡吧，賈克爺爺的左手臂的防具接合處附近有紅黑色的內出血。雖然只能從露出衣服的地方看到一點點，但他的身體肯定到處都中彈了。

「真糟糕！要快點治療才行！魔……抹藥……抹藥。」

「這點小傷沒什麼啦。只是一點瘀青而已。我有藥，不必擔心。現在把種子弄乾比較重要。」

「說這是什麼話！治療比較重要吧！乾燥讓我來做就好了！」

看到瑪莉艾拉緊張的樣子，「哦，是嗎？」賈克爺爺改變了主意。沒想到他很容易被積極的態度說動。

「要連豆莢一起用潮溼的空氣烘乾，免得種子裂開。幫我看著，別讓水燒乾了。」

說完，賈克爺爺走進了屋裡。

瑪莉艾拉和吉克乖乖按照指示看著鍋子一段時間，不過……

（這樣太慢了。等待時，其他的豆莢也會繼續變質。好浪費。）

「吉克，附近有其他人在看嗎？」

「沒有。可是……」

「鍊成空間，溼度調整六十％，溫度調整四十度，乾燥。」

吉克還來不及說「別這麼做比較好」的時候，瑪莉艾拉就對旁邊的五個豆莢使用了鍊金術技能。看到漸漸乾燥的豆莢，吉克抱頭苦惱。

「唉，妳到底在……做什麼啊……」

「我又沒有用到『生命甘露』。這點小事，外頭來的鍊金術師也辦得到嘛。」

瑪莉艾拉烘乾了五個豆莢，正在猶豫是否要把吊在鍋子上的豆莢也烘乾的時候，賈克爺爺回來了。看到乾燥的豆莢連一個種子都沒有裂開，被徹底烘乾到內部的樣子，賈克爺爺低聲說：「這麼短的時間內，妳到底做了什麼……」

「我幫你烘乾完了。」

賈克爺爺一拳揍了傻笑著帶過的瑪莉艾拉。

「好痛喔～」

瑪莉艾拉眼泛淚光。

「蠢蛋，絕對不准在別人面前做這種事。有時候可不是痛一下就能了事的。聽懂了沒？喂，那邊那個小哥，給我好好看著這個笨蛋！」

看到賈克爺爺怒火中燒，瑪莉艾拉沮喪地垂下頭。

「對……對不起……」

因為太得意忘形，挨了一頓臭罵。吉克應該也很傻眼吧。

無精打采的瑪莉艾拉正要離開時，賈克爺爺塞了一個乾燥的豆莢過來。

「拿去，給妳的工資。收著吧。那個，怎麼說呢……妳幫了個忙，下次再來吧。」

他用冷淡的語氣這麼說道。

「挨賈克爺爺的罵了呢。」

在回去的路上，瑪莉艾拉對吉克這麼說道。

「我也……生氣了。那樣太……不小心了。」

「嗯，抱歉。謝謝你替我擔心。」

明明挨了一拳，卻讓人有點高興。乾燥豆莢中的大量種子隨著輕快的腳步彈跳，發出鈴鐺般的清亮聲音。

07

「妳回來得正好，瑪莉艾拉小姐。」

馬洛副隊長叫住了回到「躍谷羊釣橋亭」且正要走回自己房間的瑪莉艾拉。對了，馬洛副隊長的房間就在隔壁。他在迷宮都市明明就有自己的房子，卻一直占用著那個房間。應該是當作事務所使用吧。

瑪莉艾拉暫時回房間放東西，然後和吉克兩個人一起前往馬洛副隊長的房間。房間裡的長椅上一如往常地坐著迪克隊長。

「抱歉。」

總是等到最後才說話的迪克隊長這次卻一開口就道歉。馬洛副隊長也露出帶著歉意的表情，端著一個放著一堆金幣和文件的托盤走了過來。到底發生什麼事了呢？

「這是給迷宮討伐軍的收據複本。」

瑪莉艾拉驚訝地問自己能不能看這種東西，馬洛副隊長則說請看，於是瑪莉艾拉接過他遞出的收據，讀了起來。三種低階魔藥各十瓶似乎是黑鐵運輸隊買下的，上頭寫著其他的明細和瓶數。金額統整在下方：以上，合計　金幣七十枚整。

「因為遠征也有預算上的考量。雖然我們也努力持續交涉過，但將軍甚至動用了個人資產，表示無法再出價更多。」

「都怪我天真地說出『可以多少給些折扣』之類的話。」

迪克隊長生性糊塗也不是現在才知道的事了，他們的意思是「被低價收購了，對不起」嗎？瑪莉艾拉明明曾說過便宜賣也沒關係的。

「我看看喔，扣除中階以下的簽約價格之後，高階魔藥是十五瓶共金幣五十二枚，一瓶大概是金幣三枚半左右嗎？」

瑪莉艾拉這麼一問，迪克隊長就再說了一次「抱歉」，馬洛副隊長則接著說明：

「我們本來還考慮暫時取消這筆生意，將軍卻說要採取強硬手段，因此我們也只好讓步。他原本不是那樣的人……」

就連馬洛副隊長也連聲道歉。

「沒關係的。請把頭抬起來吧。」

迪克隊長用「咦？可以嗎？」的表情抬起頭，馬洛副隊長則露出「妳到底在打什麼主意？」的表情。

「將軍大人不惜自掏腰包也買了下來對吧。因為遠征需要魔藥。下次我會準備更多的。」

在防衛都市，高階魔藥的店面價格是大銀幣十枚。這麼比較起來，這個價格是三十倍以上。售價已經非常高了，如果對方需要到甚至願意付出私人財產，調降到店面價格也沒關係的。這麼想的瑪莉艾拉坦白說出了自己的想法。

「瑪莉艾拉小姐，妳說這話是認真的嗎？妳知道那些魔藥究竟有多少價值嗎？」

馬洛副隊長的眼神中閃現嚴肅的光芒。這或許是瑪莉艾拉第一次看到他露出認真的表情。

「魔藥是消耗品，不應該少量高價地販賣。如果需要錢，多賣一些就好了。」

這也是瑪莉艾拉的原則。師父曾對瑪莉艾拉說過「妳要盡量多做一些魔藥」。雖然瑪莉艾拉並不了解師父的真意。兩百年前的魔藥是隨處可見的東西，瑪莉艾拉的魔藥總是被別人用差點賠本的低價收購。自從獨立之後，瑪莉艾拉每天都一個人在魔森林做魔藥，再拿到防衛都市兜售。偶爾聽到使用魔藥而痊癒的客人表達的感謝之意一直是支撐著瑪莉艾拉的動力。「需要多少錢就多做一些魔藥」對瑪莉艾拉來說是理所當然的事，自己的魔藥可以幫助他人就是她的行為動機。

「魔藥是資產，也可以傳給子孫。」

馬洛副隊長的語氣很嚴厲，話也說得很簡短。

（雖然不知道她是偶然發現還是正式繼承的，看來她擁有相當大量的魔藥。即使如此，魔藥依然是數量有限的貴重品。認為只要能把庫存銷出去就好的想法並不偉大，因為與迷宮都市的地脈締結契約的鍊金術師已經不存在了。）

馬洛副隊長看著瑪莉艾拉的眼睛，想揣測她的真意，瑪莉艾拉卻對他的誤會渾然不覺。

「要為剩下的人保留足夠的資產，用房子或金錢不就夠了嗎？」

在沒有釐清重點的情況下，瑪莉艾拉這麼回答。

（嗯～說得也是。要是我有什麼萬一，吉克就要流落街頭了。今天簽約的房子，加上這些高階魔藥的銷售額也只能住個十年左右。可是我現在只賣了一百瓶左右的魔藥。不管要做幾萬瓶，再賣就好了。）

一派輕鬆的瑪莉艾拉和馬洛副隊長雖然認知不同，對話依然成立了。馬洛副隊長帶著一臉無法苟同的表情，低聲說道：「真是個無慾無求的人。」

瑪莉艾拉從五十二枚金幣中收取自己應得的三十一枚金幣和兩枚大銀幣，並在文件上簽名。這麼一來，這次的交易就完成了。林克斯今天早上也說過，黑鐵運輸隊會在明天的早晨往帝都出發，預計十六天後的傍晚才會再回來。

馬洛副隊長說會確保兩人能繼續住在「躍谷羊釣橋亭」的房間直到那個時候，瑪莉艾拉則表示自己已經找到了住處。

「這樣啊。那麼如果我們平安回來，我會派林克斯去一趟。」

雖然距離下次的交易有足足十六天的時間，卻還得忙著搬家和改建新家。恐怕沒辦法大量生產魔藥。關於下次的交易量，瑪莉艾拉只有口頭答應會盡量準備至少比這次更多的量。至於種類，馬洛副隊長瞄了吉克一眼，表示希望下次能夠以這次為基礎，也收購特化型的高階魔藥。

事情快談完時，一直很安靜的迪克隊長可能是懂得看氣氛了，直到最後都沒有說出「乾杯」這種話。

瑪莉艾拉和吉克兩人下樓來到餐廳時，林克斯和尤利凱、其他黑鐵運輸隊的成員都已經在吃飯了。今天的菜色似乎是紅肉魚，有「魚排」和「炸魚」可以選擇。兩種餐點都會附上用同樣的魚肉醃製後做成的沙拉。

因為兩種都想吃吃看，吉克點了魚排，瑪莉艾拉點了炸魚。兩人接受邀請，和其他人坐在同一桌用餐。魚排沒有腥味，油脂豐富得不像是魚肉。柑橘類的果汁和香辣風味的香料調配而成的清爽醬汁讓吃完之後的嘴裡不會留下油膩感。炸魚上淋著混有大塊番茄果肉的醬汁。麵衣鎖住了魚肉的油脂，味道香濃。

料理明明這麼美味，黑鐵運輸隊的成員卻都只是默默地吃著。因為從明天開始又要穿越魔森林，他們或許是在繃緊神經吧。雖然瑪莉艾拉不了解，但那肯定是很危險的旅程。瑪莉艾拉用嚴肅的心情品嚐著餐點。

安靜地吃完飯後，飯後的茶水端了過來。

「瑪莉艾拉、吉克，你們全部都吃完了吧？」

林克斯突然開口說道。

「你們知道今天的魚是什麼魚嗎？」

「咦？不是河魚嗎？雖然很少有紅肉的河魚。」

「是海水魚……嗎？」

「答案是～半魚人～！」

瑪莉艾拉差點把茶噴出來。

（有一點茶跑到鼻子裡了！）

瑪莉艾拉按著刺痛的鼻子，一臉哀怨地瞪著林克斯。

「吃不出來吧～我想也是～因為很好吃，忍不住就吃光了嘛～」

「高級魚？送行？老闆特地幫你們送行？」

「對啊，聽說好像滿有營養的！話說回來～那東西實在不會讓人想拿來吃。」

半魚人是用雙足步行的魚類。牠們看起來很噁心，好像會開口說「魚～」一樣。因為體型和人類差不多大，所以瑪莉艾拉不會想吃半魚人，應該說從來不曾把牠們當作食物看待。

（雖然是很好吃，很好吃沒錯！）

看到瑪莉艾拉皺著一張臉哀號的反應，林克斯等人滿足地大笑。

「哈～笑死我了～我們明天還要早起，今天要早點睡覺。拜啦，瑪莉艾拉。下次見。」

林克斯定睛注視瑪莉艾拉的臉，然後回到了房間。

08

回到房間的瑪莉艾拉整理著行李，回想起林克斯等人那捨不得分別又不斷製造歡笑的樣子。

「我一開始還有點戒心，可是黑鐵運輸隊的大家都是好人呢。他們會平安回來吧？」

「黑鐵運輸隊……很強，他們還有……魔藥。沒問題。」

穿越了魔森林的吉克都這麼說了，應該沒問題吧。即使如此還是令人有點擔心。和林克斯等人一起度過的五天都非常愉快，從魔森林氾濫中獨自生還的瑪莉艾拉之所以能找到在迷宮都市生活的方式，也是多虧有他們的諸多照顧。

（他們對我這麼好。我能不能幫上什麼忙呢？）

瑪莉艾拉撫摸著厚厚的《藥草藥效大辭典》。對了，今天有提到關於「書庫」的事情。

「連結書庫。」

為了找找看沒有閱覽限制的資料中有沒有什麼好點子，瑪莉艾拉久違地連結到書庫，尋找可自由閱覽的便利情報一覽表。

「應用鍊金術技能來烹調的美味食譜」、「讓生活更方便的鍊成品」、「主婦鍊金術師的家事技巧」……這些以前都讀過了。「鍊金術點心」——這個項目讓人有點悲傷。因為瑪莉艾拉以前根本沒有錢製作需要添加許多高價砂糖的點心。

（啊，我今天有買「粗製糖」耶。）

現在或許就做得出來了，於是瑪莉艾拉開始閱覽。雖然前言寫得非常拐彎抹角，但這些食譜似乎是具有魔藥效果的點心。

（太厲害了吧。啊，可是上面寫說效果會降低到一成左右。嗯～不怎麼樣呢。可是能把苦苦的魔藥做成小孩子也敢吃的可口點心，說不定是件好事。）

瑪莉艾拉也會努力改良魔藥的口味，曾經做過好幾次「好喝的魔藥」又失敗。總有一天開發出藥效不變但味道好的魔藥，再登錄到書庫就是瑪莉艾拉的目標。

瑪莉艾拉翻閱幾篇食譜。上頭寫著「持續力超群，再生糖果」和「襲擊到黎明，野獸之夜的狂戰士巧克力」等令人一頭霧水的食譜名稱，以及更令人一頭霧水的說明文。

看到瑪莉艾拉一臉疑惑，吉克問「怎麼了？」，瑪莉艾拉便提到關於食譜的事，他卻錯愕地反問「妳要做嗎？」。名稱果然很奇怪吧。

「讓生病的虛弱小孩能持續恢復體力的糖果是不錯；如果遇到被魔物包圍的狀況，狂戰士巧克力也能補充營養，讓人扭轉局勢；雖然我覺得這些點子都很好，但為什麼要加上這種奇怪的說明文呢？」瑪莉艾拉這麼一說，吉克就尷尬地別開了眼神。

「啊，這個……」

『「讓人湧現活力的開始餅乾」獻給還沒有開始的你／妳。趁著答謝和打招呼的機會送出這種餅乾當作禮物吧。就算在地脈之外也效果絕佳！湧現活力的對方一定會開始在意你／妳。做好萬全的準備，為了逮到獵物，要耐心地收網喔！』

（收網？這個食譜的作者是蜘蛛什麼的嗎？非人的師兄姊……怎麼可能嘛。）

雖然看不太懂說明文，但從材料和食譜來推測，這似乎是混入吸血藤種子的餅乾，並以術者的魔力代替「生命甘露」來提高藥效。吸血藤種子的藥效是消除疲勞。因為種子本身的營養價值也很高，直接吃一顆就能補充到一餐的營養。把種子磨成粉再添加到餅乾裡就會變成有點特殊的味道，但另外還搭配了碾碎的茶葉來增添香氣。茶葉具有輕微的提神作用，應該很適合拿來在嚴酷的旅程中補充營養。由於不會用到「生命甘露」，效果應該只比普通的點心還要高一點點，但在地脈之外也不會失效。

「嗯，做做看這個吧。」

瑪莉艾拉也想分一些給賈克爺爺和安珀小姐等人。吉克當然也有份。瑪莉艾拉按照人數把吸血藤的種子磨成粉。茶葉可以使用在商人公會的販賣處買的產品。另外還需要麵粉和蛋、奶油。砂糖已經從粗製糖裡分離出來了。

瑪莉艾拉下樓到餐廳詢問老闆能不能賣一些食材給自己。老闆很爽快地答應，甚至還問「要借用廚房嗎？」，但瑪莉艾拉很慎重地拒絕了。「鍊金術點心」明明沒有多少魔藥元素，卻對鍊金術技能特別堅持，所有步驟都不使用道具或烤箱，而是用鍊金術技能來完成。

（說真的，這個作者到底是誰？真是個怪人～算了，無所謂。鍊成？開始～）

雖然對有著奇怪堅持的師兄姊感到疑惑，瑪莉艾拉依然開始進行鍊成。

「鍊成空間，溫度控制，奶油融解，魔力混拌，砂糖添加，魔力混拌，溫度控制，蛋液添加，魔力強混拌，麵粉、種子粉末、茶葉粉末分散添加，魔力混拌，成形，壓力控制，過熱，保持，冷卻。」

瑪莉艾拉照著食譜的步驟製作。真簡單。溫度控制只有與滾水或氣溫差不多等寬鬆的限制，只要每次添加食材時加入魔力混拌就行了。途中的壓力控制好像是為了靠急速減壓來使麵糰中的氣泡膨脹，製造出酥脆的口感。雖然成形的步驟寫著「建議做成心形」，但瑪莉艾拉覺得那種填充率差的形狀做起來很沒有效率，所以全部都做成了正方形。

跟吉克提到關於形狀的事時，他就說「我想吃……心形」，所以瑪莉艾拉把其中一個餅乾做成了心形。有點難做。左右的形狀不對稱，變得好像多吸思藤的葉子。因為有點好玩，瑪莉艾拉也試著做了奔龍的形狀。

「半魚人？」

「才不是呢，吉克。這是奔龍啦……嗯，的確有點像半魚人。這塊就送給林克斯吧。」

瑪莉艾拉把所有餅乾排列在「鍊成空間」中，一口氣烤熟。到了食譜所寫的時間，餅乾烤成了淡淡的黃褐色。冷卻後就大功告成。餅乾一拿出「鍊成空間」就散發出奶油的香氣。

「吃吃看一塊吧。試吃，試吃。」

吉克拿起多吸思藤……不，心形的餅乾，瑪莉艾拉則拿起四角形的餅乾咬了一口。

喀滋。

奶油香在嘴裡擴散，接著有茶葉的氣味飄過鼻腔。吸血藤種子的特殊風味和茶葉與蛋搭配在一起，成了很獨特的味道。

「好吃。」

「哇～好好吃！」

吉克的評價似乎也很好。他小口小口地咬著餅乾，於是瑪莉艾拉邀請他再吃一塊，他卻說自己已經吃過飯，今天這樣就夠了。

（真是個乖寶寶。這樣我不就不好意思繼續吃了嗎？）

瑪莉艾拉切下今天買的布，把餅乾包起來。半魚人餅乾容易破掉，要另外放。

「為了趁他們明天早上出發前拿去送，今天早點睡吧。如果我睡過頭，要叫醒我喔。」

這麼拜託吉克之後，瑪莉艾拉正要在睡前去上廁所時，被吉克制止了。他指著窗外的後院，那裡有兩個人影。

是迪克隊長和安珀小姐。

兩人在月光下緊緊相擁，然後互相注視了一段時間，最後依依不捨地分別回到旅館裡。

瑪莉艾拉下樓走到餐廳，看到安珀小姐一如往常地接待客人，迪克隊長好像是回房間了，到處都看不到他的身影。

結果這天晚上，瑪莉艾拉根本睡不著。

但願這是「讓人湧現活力的開始餅乾」的效果。

天亮以前，瑪莉艾拉跑向正要搭上裝甲馬車的林克斯。雖然在那之後還是睡不著，卻也趕上送行的時間了。

「瑪莉艾拉，天都還沒亮耶。繼續睡啦～」

林克斯用一如往常的語氣這麼說。

「這是我做的。可以補充活力，跟大家一起分著吃吧。啊，這一塊是給你吃的。」

瑪莉艾拉把包好的普通餅乾和半魚人餅乾交給林克斯。

「不會吧，真的假的？我太高興了。這包可以打開嗎？」

雖然天色暗，看不清楚表情，他卻好像很開心。林克斯打開包著半魚人餅乾的布。

「……這是什麼？」

「你猜猜看。」

「奔龍？」

「答案是～半魚人～！」

「真、的、假、的？」

（其實是奔龍啦。你竟然猜對了，真厲害。）

林克斯咬了一口半魚人餅乾。

「哦，真好吃。謝啦。我會買伴手禮回來的。」

林克斯說完，跟著黑鐵運輸隊往帝都出發。

「他們走了呢。」

目送黑鐵運輸隊離開後，現在只剩下瑪莉艾拉和吉克兩個人。

「時間……還早，回去睡吧。」

瑪莉艾拉在昏暗的朝霧中凝視著裝甲馬車走過的道路，而吉克催促她回房間。瑪莉艾拉乖乖躺回床上後，吉克幫忙把棉被蓋到她的脖子處。

「你不睡嗎？」

「我就……不用了。」

吉克遲疑地伸出手，輕輕撫摸一臉寂寞的瑪莉艾拉的頭。

「快睡吧，瑪莉艾拉。」

說完，吉克蒙德走出了房間。

「我會陪在……妳的身邊。」

吉克關上門，輕聲這麼說道。

The Survived Alchemist with a dream of quiet town life.

book one

第六章

思緒的迷宮

Chapter 6

✲ 01

「早安，瑪莉艾拉。」

聽到吉克的呼喚，瑪莉艾拉醒了過來。

「要喝茶嗎？」

瑪莉艾拉從床上坐起身，坐在床緣的吉克遞出一杯茶。

瑪莉艾拉被溫柔地喚醒，在床上享用睡醒的一杯茶。吉克的臉上掛著柔和的笑容。

（這是什麼情況？就好像……）

瑪莉艾拉揉了揉眼睛，疑惑地接過杯子。

「模仿貴族？」

吉克的嘴角迅速上揚。瑪莉艾拉沒有發現，用嘴巴吹涼熱茶後喝下。吉克不氣餒，繼續搭話：

「好喝嗎？」

「嗯。謝謝你。」

「從明天開始，我會……每天泡茶。」

「嗯～我是很高興，可是不用了。」

瑪莉艾拉婉轉地拒絕了吉克的提議。

「兩個人一起喝，比較好喝嘛。」

說完，瑪莉艾拉抬起頭。不知道為什麼，吉克別開了眼神。他側著的臉似乎隱約泛著紅暈。

瑪莉艾拉還以為自己睡太久了，卻只比平常晚了一刻鐘的時間。吉克好像也還沒有吃早餐，於是兩人一起前往餐廳。

「早安～今天是**玉叔叔**煮成的湯喔。艾蜜莉最喜歡了！」

是旅館的活招牌——艾蜜莉。瑪莉艾拉今天也幫她綁了頭髮，把昨天做的餅乾送給她。

「哇～是餅乾耶。」

就算很懂事，她還是個十歲的孩子。一打開包裝，她整張臉都亮了起來。艾蜜莉馬上就高高興興地吃起了餅乾。

「好好吃喔～！」

「這種餅乾很有營養，能補充活力，適合在很累的時候吃喔。」

瑪莉艾拉這麼說明，艾蜜莉想要拿取第二塊餅乾的手就馬上停了下來。

她緊抿嘴唇，伸出來的手陣陣顫抖著，然後下定決心把餅乾重新包起來。

「爸爸很辛苦，很累。所以我要把這些留給爸爸吃。」

艾蜜莉明明想吃得不得了，卻拚命忍住，說要把餅乾拿給爸爸（旅館老闆）吃。她的臉上彷彿寫著「忍耐」兩個字。

（超可愛！艾蜜莉！實在太乖了！）

瑪莉艾拉在心中吶喊。

「我還準備了爸爸（老闆）的份，妳可以自己吃掉那一包喔。」

說完，瑪莉艾拉又遞出另一包餅乾。

艾蜜莉露出喜出望外的表情。瑪莉艾拉大飽眼福。

「我拿去給爸爸！瑪莉姊姊，謝謝妳！」

艾蜜莉帶著滿臉的笑容，用雙手捧著餅乾跑去找爸爸。

因為想要看看艾蜜莉的反應而故意晚一點拿出老闆的份的事情可要保密。瑪莉姊姊是個壞姊姊。

因為安珀小姐等人還在睡，瑪莉艾拉打算回來再送餅乾給她們。還得記得做她們委託的藥才行。另外還有想要的素材。既然昨天吃到了半魚人的料理，應該找得到。

吃完早餐，兩人一起前往賈克藥草店。賈克爺爺今天好像乖乖地待在店裡。

「賈克爺爺，這是我用你昨天給我的吸血藤種子做的點心，分給你吃。」

「妳這傢伙真是學不乖……」

賈克爺爺用傻眼的表情看著瑪莉艾拉。瑪莉艾拉一點也不在意，說「別這麼說嘛，請吃吧。雖然不知道對瘀青有沒有用，但應該可以恢復體力」，催促他吃餅乾。

賈克爺爺細細品嚐一塊餅乾，然後確認身體的狀態，再從店內深處拿出某種魔導具。他把瑪莉艾拉的餅乾放到魔導具上測試。

「這是食物耶。」

「妳混了魔力進去，提昇吸血藤種子的效果啊。妳該不會是要把這東西拿去賣吧？」

瑪莉艾拉氣得鼓起來的雙頰經過賈克爺爺一瞪，發出「噗咻」的聲音凹陷下去。

（人家送餅乾是出於善意耶，太過分了。）

瑪莉艾拉說自己正在分送餅乾給照顧過自己的人，賈克爺爺卻連送禮的對象都問了。

「好吧，只有送給那些人應該無所謂。聽好了，妳可不要拿來賣。要是賣起這種東西，妳就會每天做到魔力被榨乾為止。受不了，真是個人不可貌相的誇張丫頭。妳也稍微自重一點吧。」

「連這樣也不行，那我到底能賣什麼藥啊～」

瑪莉艾拉垂頭喪氣。

「妳到底打算做什麼東西啊……聽好了，做好的藥要在開賣之前拿來給我看。我會幫妳測試。喂，小哥，記得要帶她過來。一定要！」

「我明白了。」

吉克乖巧地點點頭。好吧，賈克爺爺願意在開賣前幫忙檢查也算是幫了大忙。瑪莉艾拉知道自己是個菜鳥藥師，於是點點頭往好的方面想。

「啊，對了，賈克爺爺，你這裡有沒有賣幽靈貝或咬人貝？」

「妳到底有沒有聽到我剛才說的話……？」

賈克爺爺感到頭痛，瑪莉艾拉則說「我不是要拿去賣啦，沒事沒事別擔心～」來安撫他。賈克爺爺的視線很銳利。他差不多要出手揍人了。

「那類的魔物食材可以在冒險者公會旁的批發市場買到。」

「那裡也買得到萊納斯麥嗎？我還想要脂尼亞果油和軟膏罐。」

「終於有個正常的問題了。這附近找得到的食材都有，應該也有賣萊納斯麥。還要脂尼亞果油和軟膏罐啊。少量的話，商人公會的販賣處有在賣。因為是『席爾商會』在生產，要大量購買就去商會一趟吧。只要說是我介紹的，他們應該也會通融一點。」

賈克爺爺雖然嘴巴壞，卻很照顧人。

「謝謝你！賈克爺爺。我下次會帶藥來的！」

瑪莉艾拉這麼說著揮手道別，賈克爺爺則說：

「去商人公會的圖書館多學學！」

然後不耐煩似的甩甩手。他用另一隻手抓了塊餅乾丟進嘴裡，瑪莉艾拉可沒有看漏。

兩人前往賈克爺爺所說的批發市場。

冒險者公會就位在迷宮圍牆的東北出口外附近，批發市場位於冒險者公會隔壁，面向迷宮的位置。

冒險者會把取自迷宮的素材帶到冒險者公會或專賣店。批發市場是食材專賣店的商店街，店家會收購並肢解冒險者帶來的食材，有些食材也會經過熟成或加工再販售。

集合了迷宮產食材的這座市場也有迷宮都市所生產的蔬菜和穀物、從附近的森林狩獵到的獸肉，可以說是迷宮都市的廚房。

批發市場的高大外牆之內擠滿了中小規模的店家，有賣魔物肉和魚蝦類的店、賣從附近取得的獸肉的店、賣香腸和火腿等加工食品的店、賣乾貨的店、賣穀物和蔬菜的店、賣乳製品的店等等，各式各樣的食品店緊鄰著排列。

現在是冒險者還在迷宮裡的時間，熱鬧的市場裡有許多前來採購食材的市民。也有些商家會把店裡的食材做成料理來賣，飄散出誘人的香氣。

「哇～好多喔！」

「今天的推薦商品是雞蛇！看看這些腿肉！跟年輕小姐一樣彈性十足！串燒的油脂多到都要滴下來了！」

「蘋果～現採的蘋果喔～從迷宮二樓新鮮直送～另外還有鳳梨喔，一片只要兩枚銅幣。」

「便宜賣，便宜賣。今天半獸人和米諾陶洛斯的混合絞肉特價喔～」

「要不要來一份現烤的半獸人香腸～外皮香脆有彈性喔。另外也有賣熱狗喔！」

聽著充滿活力的叫賣聲，瑪莉艾拉興奮地到處看著。她的雙手拿著插在細籤上的鳳梨、串燒和一包熱狗，不顧形象地邊吃邊逛。

兩人花了不少時間才終於抵達原本要去的乾貨店。這家乾貨店似乎是以海鮮為主，到處都擺滿了一餐就能吃完的小型魚乾、海草、干貝等商品。這裡好像沒有半魚人之類的大型魚乾。幸好沒有。

「歡迎光臨，要買些什麼？」

「請問有幽靈貝或咬人貝的干貝嗎？」

「要找咬人貝的話在這裡。可以熬出很棒的湯頭喔。需要多少？」

和拳頭差不多大的大干貝就堆放在籃子裡。因為魔森林裡沒有海，所以這是瑪莉艾拉第一次見到。

（一個應該能練習十次左右。）

因為是第一次處理的素材，所以還沒有學會萃取方法。瑪莉艾拉的「書庫」在閱覽過新的素材調整方法之後，除非完全記住或是「重置」也不會忘記，否則無法閱覽新的素材調整方法。從素材看來，應該不是很費工的方法。萃取一百次應該就能學會了吧。瑪莉艾拉買了十個，支付兩枚銀幣。

接下來要去賣穀物的店。那家店位在市場的最深處，靠近北側大街的位置。瑪莉艾拉詢問是否有賣萊納斯麥。

「今年萊納斯麥賣得很好。很抱歉，庫存只剩這些了。再過一個月就會有新的收成了，妳就等到那個時候吧。」

河川流經迷宮都市的穀倉地帶所形成的沙洲附近會有溼地，萊納斯麥就生長在那種地方，營養價值極高。它是一種很適合病人食用的穀物。除此之外還有其他類似的植物，比如說從糖楓老樹採集到的樹汁、經過研磨就會產生黏性的薯類塊根，而脂尼亞果油的主要用途雖然不是食用，但也包括在內。

這些素材不只是營養價值高，同時也「滋味豐富」。簡單來說就是富含「生命甘露」的食材。「生命甘露」是在地脈中流動的大地恩惠，只要是生存在該片土地上的所有生物，不只是植物或動物、人類，就連魔物也都含有微量的「生命甘露」。就像不同的藥草會含有不同的成分一樣，也有些植物含有比較多的「生命甘露」，瑪莉艾拉正在尋找的萊納斯麥和脂尼亞果油也是其中之一。

「有爆發過什麼流行病嗎？」

萊納斯麥的庫存只剩兩公斤左右。雖然這樣的量已經夠用了，瑪莉艾拉還是很好奇以前是不是發生過什麼災難導致缺貨。

「沒有啦，只是都被亞格維納斯家買走了。」

令人意外的名字出現了。他們在兩百年前的安妲爾吉亞王國是首席鍊金術師的家族，現在仍然掌握著迷宮都市的魔藥流通。明明是鍊金術師家族，難道有病人大量出現嗎？

穀物店店員似乎不清楚詳細情形，所以瑪莉艾拉買下庫存的兩公斤萊納斯麥就離開了。

「瑪莉艾拉，差不多了。」

只買到干貝和萊納斯麥就已經中午了。再過一刻鐘就是與建築工約好的時間。因為感到新奇，不小心逛太久了。

「吉克，你的午餐怎麼辦？」

「我回家……再吃。」

瑪莉艾拉買東西吃時也買了吉克的份。吉克不是當場吃完就是請店家包起來再放進背包，讓雙手空出來。雖然市場裡並沒有可疑人物，但他還是維持著警戒狀態以防萬一。

（竟然沒有邊走邊吃，真有規矩。）

瑪莉艾拉對此渾然不知，缺乏緊張感地這麼想。

兩人離開批發市場，前往新家。新家距離批發市場偏北側大街的出口很近，不到半刻鐘就抵達了。這裡的地段果然很好。吉克吃完午餐時，比約定時間稍早的時候，兩個看似建築工的男人來了。

「妳就是瑪莉艾拉小姐嗎？俺是高登。看也知道，俺是個矮人。」

「我是建築師，名叫約翰，是矮人和人類的混血兒。」

高登的外貌是很典型的矮人，鬍子和眉毛、體型都又粗又短。

相較之下，約翰的體型雖然也是矮小又粗壯，身高卻比高登要來得高；他剃掉了鬍子，不只是頭髮，連眉毛都整理得很乾淨，給人很體面的印象。

「什麼建築師啊。是建築工的兒子就該更專心磨鍊技術。」

「我認為為客戶提供舒適的住宅是今後的建築所需的精神，老爸。」

看來這兩個人是父子。瑪莉艾拉還以為他們一見面就要吵架，但這種事對他們來說似乎就像是在打招呼。他們異口同聲地問：「那麼，請問你們想要改建成什麼樣子？」時機完全相同。真有默契。

瑪莉艾拉表示想把店面空間修好，開一間藥店；家具也要修繕，供兩個人生活；而細節則還沒有決定，想要向建築工請教各種事；對方聽了之後說想要先看看房子的情況。瑪莉艾拉說「請進」，高登便開始觀察建築物，約翰則去檢視增建的部分。

「這棟建築物沒問題，管線也沒有老化。要住是沒問題，可是地面和牆壁都有損傷。雖然要看預算，洗過……啊～俺是指請人來打掃啦，洗過之後最好可以打磨一下地板和石牆。約翰，你估計一下家具和內裝需要哪些東西。」

「廚房的魔導具只是沒有魔石了，還能使用。建築物本身也沒有問題，但屋頂需要處理一下。整體的油汙問題很嚴重，木牆還是換新比較好。店面部分的狀態很糟呢。地板和柱子都腐朽了。如果把這裡當作店面，重蓋比較省錢。吧檯桌和固定的櫃子只有表面受損，打磨一下就可以重複使用了。問題在於採光吧。老爸，你就朝重建的方向去估價吧。要包含廚房的屋頂在內。」

瑪莉艾拉和吉克目瞪口呆地看著兩人你一言我一語地建立起修繕方案。

不到一刻鐘的時間，高登和約翰父子倆就完成了改建方案。

住宅部分經過清掃之後要把牆壁和地板的石頭稍微打磨一下，把傷痕和凹洞撫平。因為迷宮都市附近的建材很珍貴，所以似乎只有貴族的宅邸可以在地上鋪設木板或磁磚，或是張貼壁紙。

許多人搬家時都會把大型家具賣掉或留下，留在這棟房子裡的家具好像都是不值得支付搬運費的老舊物品，不過父子倆似乎願意負責修理木材沒有腐朽的家具。他們還能順便製作需要的櫃子或桌子等裝飾性低的物品，瑪莉艾拉也請他們修理固定櫃的鬆脫鉸鏈，以及開關不順的門等老化的門窗。

他們說一樓的過大客廳好像本來就是兩個房間，只是後來打通，當作餐廳的用餐區。在原本的位置重做牆壁好像比較方便使用。放在客廳的家具會被客人看到，所以他們建議買些比較好看的家具來擺。

迷宮遠征結束後約過兩個月，就會有二手的好家具出現在市場上。遠征時取得的素材會由躍谷羊商隊搬運，以兩個月左右的往返時間從帝都運送商品過來。父子倆說因為商隊會帶來迷宮都市沒有生產的高級家具零件和地毯等東西，換了新家具的貴族宅邸就會把舊家具售出。

已經沾染油臭味的舊廚房會交由技能持有者進行清潔，然後打磨石材，重貼牆板。屋頂的幾塊破裂瓦片也會更換掉。

因為以上的部分使用的建材不多，估價是一枚金幣和七枚大銀幣。

問題是店面的部分，幾乎都要重新建造，要價五枚金幣。以前是以遮雨棚代替屋頂，但現在要改成木造的房屋和屋頂。牆壁就像以前一樣使用圍牆，不做新的牆壁。

因為圍牆很高，就算在內側做了新的牆壁，從窗戶看出去也只有一面牆。那麼做不只是會縮減店面空間，也會增添多餘的建材費用，這似乎就是迷宮都市人對擴建的想法。

「總共要將近七枚金幣，要省掉哪些地方？」他們這麼問。因為住宅部分的購買價格是三枚金幣，這個金額是兩倍以上。因為不是一筆小錢，約翰甚至仔細說明了每個項目的金額。不會強迫推銷的態度讓人很有好感。

瑪莉艾拉說自己很在意店面部分的採光。櫃檯後的藥櫃是該放在陰涼處，但如果用圍牆當作牆壁，就會變成一個窗戶也沒有的店。恐怕會陰暗得讓人喘不過氣吧。

「要是能拿到大型的板狀玻璃就好了～」約翰說道。

「難不成要從迷宮都市外運來？不可能吧。」高登說道。

（要板狀玻璃的話，我會做耶……）

想要窗戶的瑪莉艾拉問「如果有板狀玻璃的話，可以做成什麼樣的店面呢？」，假裝自己只是單純感到好奇。

「如果有足夠的玻璃，我會把天花板的一半都裝上玻璃窗。當然了，因為強度要夠，我會切出四角形的窗格，像這樣斜斜地裝上正方形的玻璃。」

「建築師大人還真是沒創意啊。要是俺就會連接正三角形的玻璃，弄出曲線來。」

「你說什麼？老爸…………那不是很棒嗎！」

兩人熱烈地討論起玻璃天窗的構想，瑪莉艾拉則若無其事地詢問玻璃的邊長要多長、厚度和數量大約是如何。

「店面的部分可以請你們再等兩三天的時間嗎？麻煩你們先從住宅的部分開始動工。請問大概會花幾天的時間呢？」

就趁這段時間準備好板狀玻璃吧。也得想個像樣的理由才行。包含今晚，還能住在「躍谷羊釣橋亭」五天的時間，最好能先問問可以入住的日期。

「有五天的時間，住宅部分肯定來得及。俺有個提議，可不可以把清洗工作交給貧民窟的人？價錢就跟找技能持有者一樣。當然，咱們會好好監督，讓他們把工作做好。雖然會多花點時間，妳願意給他們工作機會嗎？」

高登這麼問道。所謂的貧民窟就是位在迷宮都市的西南門，面向魔森林的區域，將安妲爾吉亞的半毀建築物修修補補所形成的一個角落。瑪莉艾拉剛到迷宮都市時，林克斯說過「這一帶治安不好」。

「貧民窟有很多因為受傷或生病而沒辦法繼續當冒險者的人。也有很多認真的人。可以拜託妳嗎？」

約翰這麼說明。

「他們……有沒有可能……事後來……闖空門？」

到目前為止都交給瑪莉艾拉決定的吉克加入談話了。

「我們會挑選帶來的人。雖然是零工，我們也會確實簽訂『不得私自使用工作期間所得的情報』的魔法契約。」

吉克似乎是在擔心僱用貧民窟的居民會讓他們趁著工作的機會打探這棟屋子，事後來行竊。

（我沒想到這個可能性……話說回來，他們就算要簽魔法契約，也想僱用貧民窟的居民啊。）

「他們不全是些壞傢伙，你們願意給他們一次機會嗎？」

高登握著自己的左手腕，這麼說道。他的左手有明顯的傷痕。

「高登先生，你的左手……」

「這是俺以前當冒險者時受的傷。雖然沒辦法繼續當冒險者，俺還是能靠著當建築工生活到現在。」

對於瑪莉艾拉的問題，高登這麼答道。高登當年得到了機會。所以，他才會想要回饋後進吧。

「我明白了。那就麻煩你們安排了。」

吉克似乎還有什麼話想說。瑪莉艾拉也覺得自己或許太輕率了一點。可是，瑪莉艾拉隱約認為「本來就該這麼做」。瑪莉艾拉想起在兩百年前的防衛都市廣場餓著肚子賣魔藥時，有人分出一半的午餐給自己的往事。

（如果能回報別人分給我的那份午餐，就太好了。）

瑪莉艾拉下意識地這麼想。

事前支付的訂金是金幣一枚。明天會在簽約後才開始工作，所以父子倆說最好可以一早就來。備用鑰匙也可以等簽約後再交出。

高登說「要不要一起來選木材？」，不過瑪莉艾拉交給他決定。瑪莉艾拉根本不懂木材的好壞，也無法想像成果會是什麼樣子。

聽到「舒適的感覺」這個條件，高登與約翰父子倆點頭說道：「沒問題。」

03

距離傍晚還有兩刻鐘的時間。商人公會的愛爾梅拉藥草部長說過冒險者公會的販賣處有在賣藥，所以瑪莉艾拉決定去做個市場調查。

兩人逆著來時路穿越批發市場，前往迷宮東北出口旁的冒險者公會。如果要做板狀玻璃，有幾樣東西需要準備。其他東西的採購也能順便解決。

（冒險者公會感覺有點可怕呢。可能一進去就會有恐怖的大叔凶狠地說「這裡不是小孩子該來的地方」。）

瑪莉艾拉這麼想著，戰戰兢兢地走進公會。這裡的大廳比商人公會還要寬敞，排列著好幾個櫃檯。四處都掛著大型看板，以「↑素材收購處」、「→委託櫃檯」、「告示板←」、「販賣處↓」等文字搭配圖示指引訪客，設計得很貼心。

應該是還沒有從迷宮中歸來吧，看似冒險者的人影稀稀落落的，不是坐在牆邊的椅子上閒聊，就是在看告示板。根本沒有人注意瑪莉艾拉與吉克。

瑪莉艾拉正慶幸沒有被怪人糾纏的時候，有個看似冒險者的中年男性走了過來。

「怎麼了，小姐，要提出委託的話走這邊嘿！」

他咧嘴一笑，露出潔白的牙齒。那顆光滑的頭也一起閃閃發光。

（說得也是～我看起來比較像是提出委託的人嘛～）

自以為會被誤認成菜鳥冒險者真是太厚臉皮了。不管怎麼看都是「客人（委託人）」嘛。瑪莉艾拉說「我是來逛販賣處的」，他便說「要找販賣處的話在那裡啦！」，使勁伸手一指。看來他只是個熱心的大叔。向他道謝後，兩人前往販賣處。

販賣處擺放著適合初學者的武器和防具、繩子和提燈、攜帶糧食等用品。藥也陳列了約三個展示櫃的量，上方寫著大致上的分類，同樣畫著圖示。「傷藥」、「止血藥」、「內服藥、其他」。分類非常簡略。

瑪莉艾拉還以為光是傷藥就有好幾種，但似乎只是製作者不同。上面沒有寫出成分，製作者不同，材料和效果也會不同嗎？傷藥和止血藥好像幾乎都是軟膏，會裝在軟膏罐裡販售。

內服藥有解毒藥和甦醒藥、退燒藥、止瀉藥等等，也有看似一般家庭常備藥的商品。像魔藥一樣的液體藥很少，大多是藥丸。瑪莉艾拉確認了藥的種類和價格範圍。

「請問要找些什麼呢？」

販賣處的店員前來攀談。對方是個看起來很溫柔的漂亮大姊姊。剛才不經意地瞄到的櫃檯小姐之中也有很多美女。因為當冒險者的人有很多都是血氣方剛的男性，所以為了順利溝通，才會找來外表好看的女性嗎？仔細一看會發現，一定的距離之外有壯碩的男性職員正在待命。如果發生什麼糾紛，他們就會出面幫忙吧。

「請問哪種傷藥最有效呢？」

「這些是最受歡迎的商品。」

店員推薦的是包裝看起來很高級，在傷藥之中單價較高的商品。也有可能是靠著「好像很貴又高級」的印象才賣得好吧。價格是銅幣五十枚。以兩百年前的防衛都市物價來說，這是十瓶低階魔藥的價格。薄擦軟膏似乎可塗滿十隻手掌的面積，所以這個價格或許很合理。

瑪莉艾拉買了一罐傷藥，走出販賣處。

經過告示板前時，吉克注視著一張傳單。

「技術講習的報名指南」。

這似乎是有課程之分的講習，列舉出來的課程有：迷宮淺層的探索採集以及魔物相關知識的課程、依照武器種類進行訓練的課程、初階魔法的課程、探索者之常見技能的相關課程。每種課程似乎都會有冒險者公會指定的教練進行一對一的技術指導。

期間會隔日舉辦共五次的半天課程，價格全都是大銀幣一枚。既然是由專家一對一指導，學費應該算是頗便宜。

「我可以用……妳給我的……大銀幣……去上這個課程……嗎？」

吉克似乎想要學習用劍的方式。

「我只會……用弓。可是現在……已經……」

吉克的右眼已經瞎了。現在的瑪莉艾拉沒有辦法治好他。沒有「慣用眼」，只剩單邊眼睛就無法好好瞄準，難以掌握距離感。

所以，瑪莉艾拉沒有理由反對吉克學習新的戰鬥方式。

瑪莉艾拉跟著吉克一起去櫃檯報名。就算有什麼需要的東西，吉克也很有可能因為客氣而不說出口。瑪莉艾拉想要一起聆聽詳細內容。

看到在櫃檯表示想報名技術講習的吉克，剛才指引兩人前往販賣處的中年男性主動搭話：

「哦，要報名參加技術講習嗎！我就是擔任講師的光蓋啦！」

他的光頭被夕陽照射得十分刺眼。有著光蓋這個好記名字的男人似乎是冒險者公會的職員。一提到可以上課的時間……

「很可惜，遠征開始前的時間都額滿了。四天後就有時間啦！我們這邊會準備武器，記得穿方便活動的衣服來嘿！」他露出潔白的牙齒這麼回答。

「要去遠征的不是迷宮討伐軍嗎？」

為什麼在遠征前，冒險者要參加技術講習呢？

「當然是為了趁這段時間多賺錢啊！因為會走到比平常更深的樓層，很多人都會想要鍛鍊一下啦！」

迷宮討伐軍會朝著迷宮的最深處進行遠征。為了迎戰迷宮討伐軍，最深處湧現的魔物會增加，淺層的魔物則相對減少。據說因為被成群魔物襲擊的風險會降低，所以冒險者會前往比平常更深的樓層。就算是沒有戰鬥力的生產者，也會僱用冒險者，進入迷宮採集。

如果有太多人類集中在同一處，偶爾就會出現比平常還要強的魔物，因此冒險者公會會派遣高階冒險者去處理。

這時候有很多機會能觀摩到高階冒險者活躍的樣子，所以也是菜鳥和低階冒險者很期待的時刻。

聽說遠征期間的迷宮都市會瀰漫著類似祭典的熱鬧氛圍。

「四天後的早上，迷宮討伐軍會在東北大道上往迷宮遊行，你可以先去看過再來接受訓練嘿！」

光蓋咧嘴一笑，這麼說道。

04

兩人在太陽快要下山時才抵達商人公會，加快腳步前往販賣處。

商人公會的販賣處有商人和工匠需要的物品，藥師專區有瑪莉艾拉正在找的脂尼亞果油的零售罐，雖說是零售卻有五個杯子的份量，另外還有用來裝藥的兩種尺寸的軟膏罐。藥瓶和包裝紙的種類也比賈克藥草店更豐富，還有標籤用紙等物品，於是瑪莉艾拉也買了一些。

店裡擺著從磨缽等常見器具到瑪莉艾拉從來沒有見過的機械都有的產品型錄。上面有圖文並茂的說明，介紹著壓縮粉末以製造藥錠的手動機械，還有製造藥丸的圓盤狀迴轉式魔導具。瑪莉艾拉是第一次見到這些東西。從中能感受到技術的進步，很容易讓人看到忘了時間。

不行不行。販賣處的大哥擺出很想打烊的表情，不斷往這裡瞄過來。

瑪莉艾拉趕緊走向鐵匠專區。希望客人趕快買完東西的販賣處大哥走了過來，於是瑪莉艾拉向他購買了五公斤的碳羅鈉礦石、十公斤的拉穆石、三公斤的金屬小顆粒。

「金屬的小顆粒嗎？會在精鍊或鍛造過程中噴火花？後面不知道有沒有。」

販賣處大哥走進店內深處把東西找了出來，說「這是放很久的滯銷品，可以算妳便宜一點」。

結帳完後，兩人離開商人公會。拉穆石總共需要三百公斤左右，這些份量完全不足；但是如果瑪莉艾拉猜想得沒錯，應該能在當地取得。相反地，如果猜錯，就只好放棄裝設玻璃天窗了。

畢竟要實現高登與約翰父子倆所說的玻璃天窗，需要多達兩千公斤的玻璃。那是二十頭躍谷羊才載得動的份量。又不是貴族大人的豪宅，瑪莉艾拉並不想做那種引人注目的東西。

瑪莉艾拉打算謊稱「偶然找到」，交給他們一半或四分之一的板狀玻璃。就算減少份量，用做魔藥瓶時的那種小坩堝也不可能做得完。明天到目的地看看，如果期望落空，就改裝幾個小窗戶吧。

回到「躍谷羊釣橋亭」的瑪莉艾拉趁著太陽才剛下山，客人還不多時，把餅乾送給了安珀小姐。安珀小姐的精神看起來好像比平常差。

「這就是艾蜜莉說的餅乾吧。聽說吃了會變得很有精神呢。」

餅乾很受「躍谷羊釣橋亭」的小姐歡迎，轉眼間就被吃個精光。雖然安珀小姐也很高興，但瑪莉艾拉認為她需要的活力應該不是來自體力的恢復。

聽到大家一起吃餅乾的歡笑聲，艾蜜莉快步跑了過來。

「瑪莉艾拉姊姊，吉克哥哥，歡迎回來！我跟你們說喔，爸爸吃了餅乾之後變得好有精神喔。我們還一起去批發市場喔！爸爸怕我迷路，還讓我坐在他肩膀上，好高好高喔！」

艾蜜莉紅著臉，很興奮地說著。有爸爸的陪伴，她似乎非常開心。

「艾蜜莉，妳該去洗澡睡覺了。」

旅館老闆從廚房走了出來，催促艾蜜莉回房間。

「人家還不睏啦～」

艾蜜莉噘起嘴巴。

「妳明天也要請瑪莉艾拉姊姊幫妳綁頭髮吧？睡過頭怎麼辦？」

旅館老闆用溫柔的口氣這麼勸女兒。

「對喔！我明天也要乖乖早起，幫大家準備早餐。大姊姊明天也要幫我綁頭髮喔！」

艾蜜莉這麼說，回到房間。真是個聽話的好孩子。明天的髮型就幫她弄成可愛的編髮吧。

「謝謝妳的餅乾，讓我有更多時間陪艾蜜莉。」

旅館老闆這麼說，端著裝有兩種料理的托盤走了過來。這似乎是可以吃到今天的所有菜色的特製盤餐。應該是老闆表達的謝意吧。

兩人津津有味地吃完餐點，趁著夜晚時刻開始前回到了房間。

05

「好的。我今天要來製作『將軍油』。製作者是本人瑪莉艾拉，以及擔任助手的吉克蒙德先生～」

「……請多多……指教？」

（哦，吉克配合了。）

吉克接續了瑪莉艾拉突然拋來的話題。就好像和吉克的感情變好了，瑪莉艾拉有點高興。

兩人隔著桌子面對面坐著，把材料和道具排放到桌上。

有磨缽和磨杵、半獸人的脂肪和半獸人王的脂肪。半獸人王的肉非常美味且昂貴，但份量比肉還要多很多的脂肪卻很便宜，拳頭大的份量只要幾枚銅幣就買得到。半獸人的脂肪是附加的贈品。這兩樣素材都很新鮮，還殘留著些微的魔物魔力。

瑪莉艾拉在自己的磨缽裡放進一個拳頭量的半獸人脂肪，在吉克的磨缽裡放進兩個拳頭量的半獸人王脂肪。

「好了，請開始攪拌脂肪～對了，不要灌注魔力喔。」

攪啊攪啊攪啊攪。

攪啊攪啊攪啊攪。

把脂肪均勻攪成泥狀之後，要少量多次地添加含有「生命甘露」的水，繼續攪拌。

製作「將軍油」需要殘留在脂肪裡的半獸人與半獸人王的魔力，所以必須手工製作。除了一定要加的「生命甘露」以外都不能使用技能或魔法。因為一旦使用技能或魔力，使用者的魔力就會暫時轉移到素材上，消除掉素材中殘留的微弱魔力。

攪啊攪啊攪啊攪啊攪啊攪啊攪啊攪。

攪啊攪啊攪啊攪啊攪啊攪啊攪。

「欸，吉克，你是在魔森林附近的村莊出生的對吧？村民果然不是用魔藥，而是用普通的藥嗎？有哪些藥可以用？」

「我的村子……沒有魔藥。有個……藥師婆婆……會做藥。」

瑪莉艾拉一邊攪拌脂肪，一邊詢問關於藥的問題。

再怎麼小的村莊都會有幾名治癒魔法師，有人受傷時大多是用治癒魔法來治療。不需要動用治癒魔法的小傷或是請治癒魔法師診療之前的急救階段，一般人似乎都會使用傷藥或止血藥等藥品。

對病人使用治癒魔法的話，有時候會「連病魔都恢復原狀」，所以經常用到藥。特別是如果患者是體力虛弱的小孩子，那麼做有可能反而讓小孩子無法戰勝復原的病魔而死，所以有很多治癒魔法師都不願意施術。

在帝都能夠取得魔藥，所以人們會使用低階魔藥而不是藥，吉克是這麼說明的。

「帝都的哪裡有在賣魔藥？大概多少錢？」

瑪莉艾拉很慶幸話題轉向了帝都。因為那裡是吉克**被採購**的地點，令人難以啟齒。

「中階以下的魔藥……雜貨店……也有賣。高階的話，要到魔藥的……專賣店去買。」

魔藥專賣店是由做得出高階以上魔藥的鍊金術師經營。帝都做得出高階魔藥的鍊金術師是十二人，如果是特級魔藥，就只有三個人。至於魔藥的價格，吉克蒙德在自己所知的範圍內作了詳細的說明。

「會做高階的只有十二個人！」

「兩百年前……更多……嗎？」

被吉克這麼一問，瑪莉艾拉才發現一件事。

雖然兩百年前擁有鍊金術技能的人比麵包師傅還要多，瑪莉艾拉卻不知道做得出特級和高階魔藥的鍊金術師有多少人。

「防衛都市也一樣，只有專賣店有在賣高階魔藥。我是不知道王國內有多少專賣店，可是防衛都市只有三家……」

瑪莉艾拉學會製作高階魔藥時，曾到處拜託店家把自己的魔藥放到架上販售。可是每家店都說「少騙人了」，讓她吃了閉門羹。瑪莉艾拉還以為是因為擁有鍊金術技能的人隨處可見，也有很多做得出高階魔藥的鍊金術師，所以才會因為競爭激烈而被店家趕走，難道不是這樣嗎？

（糟糕，我的手停下來了。）

攪拌脂肪的手無意中停了下來。瑪莉艾拉添加含有「生命甘露」的水，重新開始攪拌。脂肪中的油分經過乳化，變成富含氣泡的白色乳霜浮在上層。

攪啊攪啊攪啊攪啊攪啊攪啊攪啊攪啊攪。

攪啊攪啊攪啊攪啊攪啊攪啊攪啊攪啊攪啊攪啊攪啊攪。

低階、中階魔藥的價格和兩百年前的防衛都市行情差不多。果然只有迷宮都市的價格高得異常。

「從外人的眼裡看來，迷宮都市是個什麼樣的地方？」

「類似迷宮中的……安全地帶，也就是一個休息站……的感覺吧。包括魔森林和……迷宮在內，是個有魔物徘徊，像迷宮一樣……的地方；而這裡就像是其中……可以過夜的安全地點。沒有人把這裡當作……可以安居的地方。我以前是B級冒險者，原本打算在昇上A級時……過來這裡。」

瑪莉艾拉沒有想到吉克願意提到自己的過去。

（原來他以前是B級冒險者……）

據說冒險者的階級好像要將規定難度的委託達成一定的件數才能夠昇級。要從B級昇上A級，需要達成的委託似乎遠多於B級以下，而大部分的委託都集中在迷宮都市。在迷宮都市承接委託比較能有效率地昇上A級。

因為迷宮都市非常需要高階級的冒險者，甚至還有由隸屬於迷宮都市的A級冒險者將想要前往迷宮都市的B級冒險者帶領到迷宮都市的服務。順帶一提，想離開必須靠自己的力量，沒有人會護送。

能夠獨自穿越魔森林的實力大約相當於A級。

如果是B級，只要有A級的帶領就能通過；C級以下或是行李偏多的情況下，就必須搭乘黑鐵運輸隊這種有能力防禦魔物攻擊的裝甲馬車，不眠不休地穿越魔森林。

來到迷宮都市的B級冒險者想離開的話，就只能練就A級的實力後獨自穿越魔森林；或是與躍谷羊商隊同行，花上一個月的時間翻越山脈；又或者是付錢給黑鐵運輸隊這類的私人組織，以行李的形式搭車離開。

吉克一邊攪拌著脂肪，一邊對瑪莉艾拉說著這些事。

攪啊攪啊攪啊攪啊攪啊攪啊攪啊攪啊攪啊攪啊攪啊攪啊攪啊攪啊攪啊攪啊攪啊攪。

攪啊攪啊攪啊攪啊攪啊攪啊攪啊攪啊攪啊攪啊攪啊攪啊攪啊攪啊攪啊攪啊攪啊攪。脂肪不斷乳化，變得像打發的鮮奶油一樣輕盈蓬鬆。

「嗯，感覺很不錯。」

瑪莉艾拉撈起上面三分之二的半獸人乳霜，移到新的磨缽裡。下方的部分混著油脂以外的雜質，所以不能使用。瑪莉艾拉接過吉克攪拌的半獸人王乳霜，撈起約一半的半獸人乳霜，放進剛才裝半獸人乳霜的磨缽，交給吉克。

「來，攪吧。」

攪啊攪啊攪啊攪啊攪啊攪啊攪啊攪啊攪啊攪啊攪啊攪啊攪啊攪啊攪啊攪啊攪啊攪。

瑪莉艾拉少量多次地在吉克正在攪拌的乳霜裡加入半獸人王乳霜。這時候的份量不好抓。半獸人王乳霜太少會讓效果減弱，太多又會分離。

攪啊攪啊攪啊攪啊攪啊攪啊攪啊攪啊攪啊攪啊攪啊攪啊攪啊攪啊攪啊攪啊攪啊攪。

「應該差不多了吧～？好～現在開始要隔水加熱～」

將半獸人乳霜和大約兩倍的半獸人王乳霜均勻混合以後，要將整個磨缽放進裝了熱水的較大容器裡，慢慢攪拌。

過了一段時間，乳霜融化，開始油水分離。本來不會互相融合的半獸人與半獸人王的油脂均勻地混合成同一層油。這些油脂就是所謂的「將軍油」。

這是收錄在瑪莉艾拉的「書庫」裡的，「讓生活更方便的鍊成品」之中的高階配方。

「將軍油完成了～接下來我要用將軍油來做半獸人皮革的保養油～」

瑪莉艾拉在別的磨缽裡放進從商人公會的販賣處買來的「脂尼亞果油」，約三個拳頭的量。

「來，吉克，攪拌攪拌。」

吉克露出「還要攪拌嗎？」的表情。

「擔任助手的吉克先生，請加油。」

聽著瑪莉艾拉的聲援，吉克沒有一句怨言，開始努力攪拌脂尼亞果油。

攪啊攪啊攪啊攪啊攪啊攪啊攪啊攪。

（嗯，有助手真方便。要是一個人攪，明天手臂都要痛得舉不起來了。）

脂尼亞果油是從「脂尼亞果」這種果實的種子提煉出來的植物性油脂，常溫之下是固體，接觸到體溫就會融化，被皮膚吸收。它是富含「生命甘露」的天然素材，外用能提高組織的癒合能力，早在瑪莉艾拉出生的很久以前就經常被直接用來保養粗糙或乾燥的皮膚，或是作為軟膏的基底或肥皂的原料。

脂尼亞果的種子很大，果肉只有薄薄一層，卻是營養價值很高的食品。果肉的味道很特殊，有明顯的澀味，不會讓人想要大量食用；不過只要剁碎或磨成泥狀，和火腿一起夾在麵包裡或是拌進沙拉中，就會變成很香醇的味道。其實脂尼亞果油本身也可以食用，但並不好吃，所以不被當成食品看待。

或許是喜歡脂尼亞果的特殊風味，哥布林很愛吃成熟後掉落的脂尼亞果。脂尼亞樹長在迷宮或魔森林的淺層，有護衛隨行的話，一般市民也能前往採集。脂尼亞果油的罐子標籤上會搭配著圖畫，介紹任職於席爾商會的女性在天亮前與護衛一同前往迷宮撿拾落果，然後加工成脂尼亞果油的流程。標籤上描繪的女性是中年婦女或老婦人，所以這或許是輔助女性就業的事業。

脂尼亞果油的品質很好，不需要再用鍊金術處理。今後也打算繼續活用這項素材的瑪莉艾拉在吉克正在攪拌的脂尼亞果油裡，少量多次地添加剛做好的「將軍油」。

攪啊攪啊攪啊攪啊攪啊攪啊攪啊攪。

脂尼亞果油中沒有添加水分，所以沒有變成蓬鬆的霜狀，而是滑順的奶油狀。脂尼亞果油與將軍油混合均勻後就完成了。

「吉克，辛苦你了。這樣就完成半獸人皮革的保養油了。用這種保養油來擦拭昨天買的半獸人皮褲和夾克吧。鞋子和包包也要。這個過了一刻鐘就會分離，要快點使用。」

瑪莉艾拉也用布塊沾取保養油，擦拭新買的鞋子和包包、採集用的皮革服裝。

「這種保養油究竟是……」

吉克很驚訝。用保養油擦拭過的半獸人皮革的質感在轉眼間提昇。明明很柔軟，卻又很堅韌。原本的半獸人皮革頂多只能擋住哥布林的一擊，可是現在……

「是不是變得很像半獸人將軍的皮革啊～」

通常皮革的保養油會用同一種魔物的脂肪來調配。藉由補充同種油脂，可以多少修復一些組織，延長皮革製品的使用期限。

當然了，將半獸人王的油脂塗抹在半獸人皮革上也不會增加強度。就算同樣屬於半獸人一族，階級也不同，所以無法修復組織，效果只和單純塗抹脂尼亞果油差不多。

瑪莉艾拉製作的保養油是用「生命甘露」融合半獸人和半獸人王的油脂，藉此對半獸人皮革發揮半獸人王皮革的修復效果。雖然沒辦法提昇到半獸人王皮革的等級，卻能將皮革強化成相當於半獸人將軍的程度。

保養油本身過了一刻鐘左右就會分離，無法再使用；但強化過的半獸人皮革會維持原本的外觀，唯獨性能會固定為將軍的等級。

「用這種油擦過，半獸人皮製品就可以用很久了～」

瑪莉艾拉很悠閒地說明著將軍油的效果。

半獸人的防禦力來自厚厚的脂肪，皮革本身的素材價值很低。

就算是半獸人將軍，也只是E級冒險者會用的稍好一點的皮製品，不要說是飛龍了，連米諾陶洛斯的皮製品都比不上。

「可是，這不是很驚人嗎？如果能把飛龍的皮革強化成將近龍皮的程度……」

「啊～那是不可能的。這招僅限於半獸人。配方上寫說『半獸人的精髓在於肉和脂肪！』。好像只有半獸人的脂肪才能這麼做。」

瑪莉艾拉也有用其他的素材試過，卻都沒有成功。

順帶一提，使用在半獸人肉上才能發揮「將軍油」真正的價值。

「用將軍油來烤半獸人肉的話，就會變成半獸人王肉的味道喔！」

瑪莉艾拉露出今天最得意的笑容。

而且還不忘說「不是半獸人將軍，而是半獸人王的肉喔！」來反覆強調。

這種半獸人皮革的保養油是將軍油的應用配方。

將軍油記載在「讓生活更方便的鍊成品」之中，是學會製作高階魔藥時偷偷增加的隱藏配方。

配方的說明文中寫著「獻給學會做高階魔藥後還是吃不到半獸人王肉的可憐後進（※禁止販售。請視為禁術）」。

瑪莉艾拉第一次用將軍油烤半獸人肉來吃時覺得實在太美味，甚至忍不住流下淚水。那個味道讓人連不斷攪拌脂肪造成的手臂痠痛都能遺忘。瑪莉艾拉打從心底感謝開發出這份配方的前輩。

吉克吃燉飯時也感動得哭了，瑪莉艾拉認為他應該也會對半獸人王肉有興趣，於是很熱情地說明著，但吉克卻瞇起眼睛看著瑪莉艾拉。

「雖然我有……很多話想說……瑪莉艾拉，妳有吃過半獸人王的肉嗎？除了用這種油烤的以外。」

「沒有耶。」

「既然這樣，味道應該會變成半獸人將軍的肉吧？名字不是叫作將軍油嗎？」

「！」

的確，配方裡寫著「獻給吃不到半獸人王肉的可憐後輩」，卻沒有寫「會變成半獸人王肉的味道」。

「……算了，既然是將軍等級，也算是品質好的半獸人皮製品。」

說著，吉克一個接著一個擦拭半獸人皮製品。容易磨損的下襬和關節部分塗抹得特別仔細，瑪莉艾拉也模仿他的手法擦拭皮革。

一刻鐘很快就過去了，好不容易全部擦拭完時，將軍油和保養油都已經分離，無法再使用了。

就算是半獸人將軍的味道，那也是非常美味的肉。要是有時間的話，瑪莉艾拉也很想烤肉來吃。

看著一臉遺憾地收拾油脂的瑪莉艾拉，吉克說：「下次再去吃真正的半獸人王肉吧。現在的妳不是買得起了嗎？」

「對啊，畢竟魔藥賣到了很好的價錢。我也買得起半獸人王肉了……呢。呃……等一下，我是不是也買得起半獸人將軍或半獸人王的皮製品了？其實根本沒有必要做將軍油嗎？」

「……應該買得起吧。妳不是為了打扮得低調一點，才特地選擇半獸人皮革的嗎……」

吉克用看著可憐小孩的表情這麼說。

瑪莉艾拉發出「嗚～啊～」的怪聲，倒在床上。

「結果根本沒必要那麼努力攪拌嘛～」

「不過，也不是沒有意義吧。畢竟便宜的半獸人皮製品比較不會引人注目。」

吉克這麼安慰瑪莉艾拉。

（也對，沒有白白攪拌。因為吉克現在已經可以正常說話了嘛。）

兩人在不斷攪拌的過程中聊了很多，吉克現在已經不會口吃了。他原本說話斷斷續續的，卻已經在不知不覺間變得能夠順暢地表達。

「吉克～幫我這個可憐人收拾善後吧～」

「真拿妳沒辦法。妳就去洗澡吧。」

對話也愈來愈自然了。那段努力攪拌的時間果然沒有白費。
（雖然幾乎都是吉克在攪。）
穿上擦得亮晶晶的鞋子，瑪莉艾拉走向浴室。

06

兩人隔天一大早便前往新家。高登&約翰父子倆已經在玄關前等待了。瑪莉艾拉說很抱歉讓他們等待，他們便異口同聲地說「菜鳥就是起得早」、「老人就是起得早」，就連說「你說什麼！」的時機也是同時。
在這種情況下還能馬上開始談工作，真是不可思議。
瑪莉艾拉接過住宅部分的施工契約書和與貧民窟居民簽訂的僱用契約書，與吉克兩個人一起確認。店面部分似乎要等方案確定後再簽約。
雖然比和黑鐵運輸隊所簽的契約書簡單，卻也是正式的魔法契約書，上面寫著「不得洩漏於本契約施工期間所得之所有機密情報」等內容。
「會不會太誇張了？」瑪莉艾拉忍不住出聲這麼說。
「這是當然的。而且那不是聖樹嗎？根據俺長年培養的直覺，不論是好是壞，長著那種樹的地方就是容易出事。像這樣簽魔法契約來防止洩漏祕密，如果有什麼萬一，咱們也比較安全啦。」

原來如此啊，瑪莉艾拉感到佩服。不只是為了防止屋內的房間配置洩漏出去，也是為了避免讓高登&約翰父子倆被威脅交出情報，才要確實簽訂魔法契約。

確認契約內容沒有問題後，瑪莉艾拉在施工契約書上簽名。交出備用鑰匙後，他們說今天就會馬上開始施工。尾款似乎可以等施工結束後再支付。

「關於店面部分的計畫，請在這兩三天內決定好。」

對於約翰的這個要求，瑪莉艾拉回應「我知道了」，然後和吉克一起離開了新家。

為了漂亮的店面，要努力做出玻璃才行。

為此，兩人今天穿上剛擦亮的半獸人皮製採集用服裝，也帶了便當出門。

瑪莉艾拉與吉克兩個人一起前往三天前租躍谷羊的店家。

瑪莉艾拉說今天要租兩頭，老闆便牽來上次那隻躍谷羊和另一隻比較乖巧的躍谷羊。躍谷羊的群體中有很明確的階級關係，地位較低的躍谷羊有追隨地位較高者的習性。這種習性可以利用在帶著躍谷羊列隊翻越山脈的時候。

瑪莉艾拉駕著比較乖巧的躍谷羊前進，可是……

「唔哇……等……好快，太快了啦～我要掉下去了～」

瑪莉艾拉的躍谷羊快步追上載著吉克輕快奔跑的躍谷羊。瑪莉艾拉不要說是好好騎著了，光是緊緊攀在羊背上就費盡全力。

結果這次還是像上次一樣與吉克共乘一隻躍谷羊，後面的躍谷羊則負責載行李。

「難得租了兩頭……」

瑪莉艾拉感到不甘心，但這麼前進比較快，所以也沒辦法。

兩人與兩頭羊沿著三天前採集砂子的河川，往與上次反方向的下游前進。

河邊的穀倉地帶已經完成大致上的小麥播種工作，可以看到一片耕耘得整整齊齊的田地。負責耕種的農奴應該是已經前往還沒完成播種的遠方田地，或是正在準備迎接迷宮遠征吧。這附近沒有什麼人煙。

河邊有野生的圓麥，再過一週就可以收成了。圓麥可以用來製作中階以下的解毒魔藥。上次是從賈克藥草店購買，可以的話最好能採集一點。不過這裡是穀倉地帶，之後再向賈克爺爺問問看能不能擅自採集吧。騎著躍谷羊的瑪莉艾拉這麼想著，就來到了穀倉地帶的盡頭。這裡打著不規則的木樁，種植著有除魔效果的多吸思藤和布魔敏特草。

這裡就是人們開拓並取回的穀倉地帶的終點，木樁的對面就是魔森林。不規則的木樁從穀倉地帶往魔森林擴展，在穀倉地帶與魔森林的界線之間不斷延伸。這份寬闊感彷彿展現了人們畏懼魔森林的心理，瑪莉艾拉雖然有使用除魔魔藥，卻還是感到有些害怕。

魔森林現在的面積比瑪莉艾拉的記憶中還要大上許多。就算知道這裡是開拓魔森林後取回的土地，還是讓人不禁陷入魔森林正在逐步逼近的感覺。

再度使用除魔魔藥以防萬一後，瑪莉艾拉與吉克進入了魔森林。

兩人沿著河川在魔森林內前進。

愈接近下游，河川的幅度就愈寬，但水量也愈少，變成有著大量砂石與涓涓細流的地形。這一帶有厚厚的砂質土壤，河川會流入地下水脈；繼續往下游前進，河川就會完全埋沒到地底下，消失不見。

被水流沖刷而來的河砂會堆積在這附近，形成一個優良的採砂場。

可以漸漸開始看到幾棟石造建築物的遺址了。

這裡就是今天的目的地——兩百年前有玻璃工房林立的地方。

瑪莉艾拉和吉克兩個人一起查看沒有倒塌的工房。躍谷羊也理所當然似的跟了過來。牠們或許是把吉克當成老大看待了吧。

第一棟只剩下一邊牆壁。

第二棟，建築物殘留了一半左右，裡頭卻長滿了吸血藤。不只是地面，牆上也有。或許是因為過於密集而缺乏營養，這裡全都只有子株，但一大群吸血藤擠在一起蠕動的樣子實在非常噁心。瑪莉艾拉決定假裝沒有看見。

兩人又查看了第三棟、第四棟，卻都是這種狀態，並沒有設備還能使用的建築物。這一帶鄰近水源，生長著許多吸血藤。所幸都是還沒長大的子株，穿著半獸人皮製的長靴就不必擔心被毒針刺到，而且用腳就能踩死它們。

吉克帶頭踩出一條路，瑪莉艾拉跟在他的後面。走在瑪莉艾拉左右兩側的兩頭躍谷羊也用嗟嗟嗟的輕快腳步踩扁企圖纏到腳上的吸血藤。牠們明明是草食動物，卻很可靠。

兩人遠離河川，往工房遺址的深處前進，卻只能偶爾找到廢墟。瑪莉艾拉正打算打道回府時，看到了熟悉的植物。

多吸思藤和布魔敏特草。

這裡應該是以前的錬金術師所開設的工房吧。這棟廢墟沒有天花板，牆壁也崩塌了一半，卻有多吸思藤攀附在牆上，還有布魔敏特草防止工房被樹木埋沒。

這裡說不定會有，瑪莉艾拉抱著這樣的期待往屋裡探頭的瞬間，被吉克用力拉了一下。

嗟嗟嗟嗟嗟！

有小石頭從瑪莉艾拉剛才窺探的地方飛了出來。仔細一看會發現那不是石頭，而是曾經見過的種子。

「嗚哇～是吸血藤的親株～」

而且還有種子。它是具備智慧的麻煩種類。

雖然因為有多吸思藤和布魔敏特草而避免了吸血藤叢生的情況，卻奇蹟似的有一株吸血藤成長茁壯了。

往裡面一瞄可以看到深處留有類似火爐的設備，在這裡應該能製作玻璃。

「怎麼辦？」

吉克向瑪莉艾拉這麼問道。就算兩人的裝備已經強化成半獸人將軍的等級，但終究只是皮革服裝，沒辦法擋住吸血藤那石塊般的種子攻擊。

話說回來，賈克爺爺曾經說過有種子的吸血藤醉得很快。

「我想找散發甜甜臭味的樹洞。現在是秋天，說不定會有。」

「猿酒嗎？」

「那也可以，可是招猿酒更好。」

「猿酒」是猴子或小動物儲藏在樹洞等地方的果實發酵後釀成的酒，因為很珍貴，據說找到它就能招來財富。「招猿酒」也是累積在樹洞裡的酒，卻是由樹汁發酵而成，帶有毒性。

因為能找到「招猿酒」的季節總是秋天，所以人們認為是樹木想利用酒的甜香來引誘然後毒殺獵物，藉此吸收養分以過冬。

現在沒有時間去買酒再回來了。如果要等到明天再來，不如在附近試著找找看。

「如果我有探索技能就好了。」

雖然吉克會使用追蹤已知魔力的探測魔法，卻沒有觀察周圍環境的探索技能。吉克以前當冒險者時從來沒有去探索過，只要命令同伴把獵物帶來，再射殺獵物就好。他會使用的武器只有弓箭，現在根本算不上什麼戰力。如果是B級冒險者，打倒吸血藤的親株明明就不是難事。派不上用場的自己令吉克感到非常不甘心。

（當獵人的爸爸以前是怎麼尋找獵物的？）

兒時的記憶閃過吉克的腦海。有一次吉克生病發燒，父親去採了些蜂蜜來。吉克問爸爸是怎麼找到時，他確實是這麼說的：

「我拜託了精靈。我對祂們說『為了讓發燒又喉嚨痛的吉克舒服一點，請告訴我哪裡有蜂蜜』。」

退燒後的吉克也曾因為想吃蜂蜜而拜託精靈，卻什麼變化也沒有。

「精靈喜歡的是某個人想為他人做些什麼的心意。自己的願望就要自己努力實現才行喔。」

當時的吉克覺得精靈真是太沒用了。這麼說來，就是從那個時候開始，精靈再也沒有現身。吉克變得愈是自私，精靈就離他愈遠。吉克到了現在才終於發現，自己早就已經被精靈討厭了。

（森林精靈啊，拜託祢們。瑪莉艾拉想要「招猿酒」。祢們願意助我一臂之力嗎？）

吉克發現自己在心中默默地向精靈許願，突然感到可笑。自己究竟是多麼貪圖方便的人啊。明明並不相信父親所說的話，竟然還向精靈祈禱。即使知道精靈和人類根本就語言不通。自己連吸血藤都打不贏，劍術只有外行人的程度，要保護瑪莉艾拉都有困難。不只如此，連探索都想靠別人嗎？

瑪莉艾拉在森林裡左顧右盼，努力地尋找「招猿酒」。要是有時間許願，不如自己也去找。他的鼻子夠靈，也還留有一隻眼睛。

吉克嗅聞著森林中的氣味，一邊確認每一棵樹，一邊在森林裡走動。途中當然也要小心別遇到魔物。不想讓瑪莉艾拉身陷危險。自己想要實現瑪莉艾拉的願望。

這時，微風帶來了一股甜蜜的氣味。

「啊！瑪莉艾拉，在這裡。」

吉克往氣味傳來的方向前進，找到一棵散發芳香的樹木。

「吉克！你找到了，真厲害！」

瑪莉艾拉非常高興地跑向那棵樹，拿著拔起吸血藤子株做成的丟棄式橡膠袋，專心地把「招猿酒」裝起來。

「機會難得，連香菇都加進去吧。」

瑪莉艾拉摘起生長在「招猿酒」附近的顏色詭異的香菇，鍊成後加到「招猿酒」裡面。

「瑪莉艾拉，那些是什麼香菇？」

心想她似乎又在做什麼奇怪的事了，吉克這麼問道。

「這是吃了就會頭暈昏倒的毒菇。另外這種是吃了之後一睡著就會三天不醒的菇。那邊那種是和酒一起吃就會馬上喝醉的菇。這附近好驚人喔，完全就是要讓人一覺不醒的意思呢。」

瑪莉艾拉把添加了特製睡眠魔藥的「招猿酒」分裝到幾個小橡膠袋裡。袋子全部都是可以單手握住的尺寸。

準備完畢了。兩人回去找有種子的吸血藤，開始剷除魔物。

作戰計畫很簡單，只要把裝了「招猿酒」的橡膠袋丟向吸血藤，使袋子破裂就行了。等到吸血藤吸收了滲透進地面的「招猿酒」而睡著，吉克就上前打倒敵人。瑪莉艾拉和兩頭躍谷羊負責協助撤退。萬一吉克被吸血藤抓住了，就要利用綁在他腰上的繩子把他拉出來。

實在是非常粗糙的計畫。特別是撤退的部分。是要讓躍谷羊和吸血藤用吉克來比賽拔河嗎？

吉克似乎完全沒有要被吸血藤抓住的意思，一把繩子的一端交給瑪莉艾拉，就從沒有崩塌的牆壁縫隙把「招猿酒」的催眠彈丟了進去。

投擲之後閃避種子，閃開後再繼續投擲。

吉克的身手很不錯，完全沒有中彈。而且，催眠彈全都打中了吸血藤附近。瑪莉艾拉發出讚嘆的聲音，替吉克加油，兩頭躍谷羊則在安全地帶咀嚼著滾過來的吸血藤種子。

（對了，差不多快到午餐時間了～不知道今天的便當是什麼菜色。）

瑪莉艾拉正在想著毫無緊張感的事時，吸血藤開始醉了。為求謹慎，吉克把剩下的「招猿酒」全部丟向吸血藤，確認它沒有反應後，單手拿著短劍跑過去。

撤退組也在一旁待命。瑪莉艾拉與躍谷羊透過牆壁的縫隙看著吉克。

首先要把裝滿種子的豆莢切下來，接著從根部切斷長著毒針的觸手。吸血藤好像是完全睡死了，一動也不動。

把觸手全部砍掉之後，吉克一刀切開中心部分的莖。粗細大約和人類的脖子差不多。前端長著大小和人頭相當，類似花苞的器官。

吸血藤的葉子陣陣顫抖。能夠攻擊的觸手和塞滿種子的豆莢都已經沒有了。

吸血藤剩下的葉子在轉眼間枯萎成褐色。看來似乎是順利打倒它了。能夠這麼安全地剷除魔物，真是太好了。

「成功了！吉克真厲害，恭喜！」

瑪莉艾拉高聲歡呼，和躍谷羊一起跑到吉克身邊。吉克露出不好意思的笑容說：「幸好很順利。」

慶祝勝利的午餐吃起來比平常還要美味許多，吉克這麼想。

午休過後，首先要處理吸血藤的素材。瑪莉艾拉正在烘乾豆莢時，吉克灼燒觸手的切面以免黏液流出，然後一一綁起來。吸血藤射出的種子已經被躍谷羊吃光了。人頭大的花苞裡有大小相當於拳頭的魔石，可說是大豐收。

最重要的工房裡保留的玻璃熔爐幾乎都還維持著原樣。雖然耐火材已經剝落了，熔爐的周圍卻有原本是耐火材的土堆，也有玻璃的原料——砂子以及副原料——拉穆石、碳羅鈉礦石的堆放空間。另外還有久置而碎裂變白的玻璃，加上昨天在商人公會買到的份，材料就十分充足了。

雖然原料和副原料經過長年的風雨摧殘，都已經變質了，但只要加熱就能全部恢復原狀。瑪莉艾拉烘乾原料，加熱副原料，讓它們恢復到能夠使用的狀態。熔爐的耐火材也要將化為粉末的部分弄成黏土狀，塗上後烘乾成形。

準備完畢。

瑪莉艾拉往爐裡添加柴火，對金屬顆粒灌注魔力，製造火花。

「來吧，火精靈——火蠑螈。」

瑪莉艾拉伸出右手詠唱，戴在中指上的戒指便發出光芒。這是製作魔藥瓶時顯現的火蠑螈所給的戒指。

火焰旋轉搖曳，變成小小的蜥蜴形狀。

是那隻火蠑螈。祂果然又現身了。

「火蠑螈，請把力量借給我。我今天想要很旺的火。」

火蠑螈繞著自己被召喚來的熔爐看了一圈，然後張口吞下瑪莉艾拉製造的火花。

轟，火力一口氣增強了。

有這麼強的火力就可以一口氣完成。砂子一百比拉穆石十五，碳羅鈉礦石則是五分之一。瑪莉艾拉也把老舊的玻璃碎片混在裡面，使用鍊金術技能添加到熔爐裡。

對於上下搖晃著尾巴要求火花的火蠑螈，瑪莉艾拉給祂大量的火花。火蠑螈的力量似乎也會影響熔爐內的物質，融化的玻璃緩緩流動成漩渦狀，變成均勻的液體。接下來只要成形就可以了，但這個步驟才是最難的。

玻璃加工的配方只有魔藥瓶的做法，針對板狀玻璃的製作方法，瑪莉艾拉只有稍微聽說過一點。玻璃的黏度很高，做起來和吹製成形的魔藥瓶是不同的。工房裡只剩下熔爐這項設備，玻璃的抽取裝置已經老化得面目全非，所以只能靠鍊金術技能來應付了。

「火蠑螈，謝謝祢。我想再麻煩祢一下，先用這些來答謝祢。」

瑪莉艾拉製造了許多火花餵給火蠑螈，然後轉頭望向熔爐的開口。火蠑螈雖然聽不懂人話，但好像還是知道瑪莉艾拉想做什麼；只見祂大口大口吃下火花，然後歪起頭看著瑪莉艾拉。

「鍊成空間，壓力控制─真空。」

瑪莉艾拉製造出厚度與食指相當，長度與手臂相當的長方形「鍊成空間」，使之接觸融化的玻璃表面，抽出裡面的空氣。黏稠的玻璃就這麼被吸取起來。

（嗚哇，鍊成空間要壞掉了。）

「鍊成空間」禁不起如此的高溫。瑪莉艾拉趕緊形成兩條同樣長度的滾筒狀「鍊成空間」夾住吸起的玻璃，把它捲起來。

接觸到高溫玻璃的「鍊成空間」損壞的速度和滾筒轉動的速度幾乎相同。接觸玻璃的「鍊成空間」不斷損壞，但滾筒會在即將損壞之前迴轉，所以依然能抽起玻璃。瑪莉艾拉趁著再度接觸玻璃之前修復壞掉的「鍊成空間」。

剛抽起的玻璃要在還沒變硬時裁切成一定的尺寸，然後由吉克搬到放置成品的地方堆放。玻璃從抽起的一端迅速冷卻定型，應該是火蠑螈所做的吧。瑪莉艾拉沒有餘力顧及那麼多。要不是有火蠑螈幫忙，好不容易抽起來的板狀玻璃恐怕會歪七扭八，維持著長長的形狀凝固吧。

（好吃力……）

瑪莉艾拉連聲音都發不出來。魔力的消耗速度和上次根本無法比較。就像是身體內部開了一個大洞，魔力不斷從中流失似的。重新形成滾筒狀「鍊成空間」的速度太快了。要快點抽取玻璃才行。快點，快點。趁著魔力還沒用完之前。

好不容易把爐內的玻璃全部抽取完畢後，瑪莉艾拉當場失去了意識。

「誰來找治癒魔法師來吧！瑪莉艾拉她！瑪莉艾拉她！」

吉克蒙德抱著瑪莉艾拉衝進「躍谷羊釣橋亭」。瑪莉艾拉臉色蒼白，沒有意識。見到吉克如此激動，看似治癒魔法師的一名客人前來查看瑪莉艾拉的狀況。

「啊，她只是魔力用完了。你不用那麼擔心，她到明天早上就會醒來了。」

吉克安心地吐出一口氣，旅館老闆則說「趕快帶她回房間睡覺吧」。店裡的女人在幫瑪莉艾拉換衣服時，吉克去歸還了躍谷羊。

回到「躍谷羊釣橋亭」時，旅館老闆詢問吉克要點什麼晚餐。

（我豈能丟下主人，自己吃飯……）

對於遲遲不願坐下來的吉克蒙德，老闆說「吃飯也是工作之一」，端出了料理。吉克蒙德默默地吃完了眼前的餐點，回到房間。

瑪莉艾拉在床上靜靜地沉睡著。

吉克悄悄拉了椅子過來，坐在瑪莉艾拉的床邊。這麼一看，會覺得她似乎比實際年齡還要年幼。

（她的技能真的很驚人。）

吉克蒙德回想起製造玻璃時的瑪莉艾拉。玻璃一塊接著一塊從散發刺眼光芒的高溫熔爐中浮現，裁切後在轉眼間冷卻，交到吉克蒙德手上。速度愈來愈快，簡直就像是某種壯觀的魔法。

多麼深不見底的魔力啊，吉克蒙德感動得不禁顫抖。

可是，抽起最後一塊玻璃後，瑪莉艾拉當場昏倒了。

吉克蒙德瞬間停止呼吸。心臟怦怦地狂跳，胃部猛然緊縮。吉克蒙德跌跌撞撞地衝過去抱起瑪莉艾拉，發現她雖然臉色蒼白，卻還有呼吸。

抱著瑪莉艾拉，吉克蒙德用最快的速度駕著躍谷羊奔馳。

握著韁繩的手不斷地顫抖。不安的情緒差點壓垮吉克蒙德，呼吸也很困難。胃裡就像是裝著石頭似的。

快點，要快點請治癒魔法師診療瑪莉艾拉。否則我，我——

『這個主人死了，我會很困擾。』

吉克蒙德用雙手摀住自己的臉。

（那個時候，我的確是那麼想的……）

——要是瑪莉艾拉死了，「我會很困擾」。

（我很感謝瑪莉艾拉。她對我有恩。她從接近死亡的痛苦中拯救了我，把我當作人來看待。一天三餐、乾淨的服裝、新鞋子、溫暖的床鋪、每天入浴、早晚的招呼、悠閒的對話，全部都是她給我的。這些都是不久之前的我所沒有的東西……）

抬起頭的吉克所看到的雙手能夠自由活動，不會疼痛也不會抽搐。得到這份理所當然，明明才過了僅僅一週的時間。

（我卻都已經習以為常了。）

吉克蒙德當然很清楚。自己是犯罪奴隸，除了瑪莉艾拉之外，沒有主人會願意給予這樣的生活。

瑪莉艾拉恐怕是迷宮都市唯一的鍊金術師，就算撇除稀有度不說，她的鍊金術能力也是貨真價實的。和帝都的鍊金術師相比，吉克蒙德這麼認為。可是如果除去鍊金術，瑪莉艾拉本身非常普通，只不過是個比實際年齡還要稚嫩的平凡少女。

吉克蒙德想起林克斯在後院說過的話。他說她「只是個笨手笨腳的女生」。

（林克斯說得沒錯。所以我才想要保護她。小心翼翼地保護——讓她覺得林克斯不在的期間，還有我在她身邊。沒錯。如果沒有鍊金術，她就只是個鄉下女孩。她希望我用普通的態度和她相處，我甚至還覺得正合我意。認為只要露出溫柔體貼的微笑，像對待大小姐一樣把她捧在手掌心，她一定會中意我。以前那些女人都是這樣的。瑪莉艾拉對我來說很重要，是我的救命恩人，我的眼裡根本容不下其他的女人。她比較好，只要有她就夠了。我打從心底這麼想。可是這難道不是因為——瑪莉艾拉是無可替代的「理想主人」嗎？我想要成為對瑪莉艾拉來說很特別的人，這並不是謊言。我希望自己能在瑪莉艾拉的心中占有一席之地。是真的。我不想要再失去了。我不想失去瑪莉艾拉的笑容、彼此的問候、一起吃飯的時光、溫暖舒適的「穩定生活」——）

和瑪莉艾拉共同度過的一週在吉克蒙德的腦海裡復甦。瑪莉艾拉那張很開心，有時候卻又很寂寞的笑容浮現在心頭。在床上沉睡的瑪莉艾拉伸出棉被的手非常小巧，但吉克蒙德的一切都是這雙手給的。第一次觸碰自己的那雙手充滿了慈愛，讓吉克蒙德難以忘懷。她那彷彿不求回報的慈悲，就算是已經對獲得的一切習以為常的現在，依然鮮明地烙印在吉克蒙德的心中。即使如此……

（啊，我到底是個多麼自私的人啊。）

注意到自己內心深處的想法，吉克蒙德緊緊握起拳頭。

（我還以為自己的所作所為都是為了瑪莉艾拉。我竟然以為自己是為了她好……）

連自己都沒有注意到自己的意圖。發覺自身的計謀，吉克蒙德感到胸口一緊。

（結果全都是為了自己——）

沒錯，自從被瑪莉艾拉治癒之後，吉克蒙德一直都在觀察新的主人。觀察她是個什麼樣的人、喜歡什麼、討厭什麼。除非被問到，否則吉克蒙德不會說話，也不會講些多餘的事。漫長的奴隸生活讓他切身理解，與其多話而惹主人不高興，還不如保持沉默。

其實就連僱用貧民窟的居民來整修房子的事，吉克蒙德也是反對的。那麼做不知道會招來什麼麻煩。可是他沒有說出口。因為瑪莉艾拉是個會買下瀕死的吉克蒙德的濫好人。

（與其堅決反對，被瑪莉艾拉認為是個冷漠的男人，不如順著她的意。萬一發生什麼事，我只要盡全力保護她就好。那麼一來，她一定也會感謝我。）

就是出於這種算計，吉克蒙德才沒有強調引發麻煩的可能性。

他當時並沒有明確意識到這種醜陋的想法和感情。幾乎都是下意識。因為內心一直以「為了主人」、「為了瑪莉艾拉」為藉口。

吉克蒙德從口袋裡拿出一條手帕。手帕的邊緣用小小的字繡著「吉克」的名字。這是她在相遇的那天給的東西。吉克蒙德既高興又感激，總是握著它，瑪莉艾拉就說「這樣會跟其他的手帕搞混，我幫你做個記號」，在上面刺繡。

現在身上穿的衣服、鞋子、內衣褲，甚至連身體明明都不屬於自己，卻好像有了自己的東西，讓吉克蒙德非常非常高興。

瑪莉艾拉的體貼並沒有其他意圖。

吉克蒙德溫柔地撫摸睡著的瑪莉艾拉的頭。

「嗯唔……師父……吃飯……」

她經常說類似的夢話。

一定是因為寂寞吧。她還小的時候就被師父收養了。提到養育自己的師父時，瑪莉艾拉的表情比任何時候都更洋溢著親愛之情。她說自己在接近十五歲時獨立，後來一直一個人生活在魔森林裡。

（魔森林湧出大量魔物（發生魔物暴動）時，她一定也是一個人逃走，一個人啟動魔法陣，然後一個人在兩百年後的世界醒過來的吧。雖然我不了解假死是什麼樣的感覺，但如果像是一場漫長的沉睡，她心中還留有遇到大災難而在一夜之間亡國的恐懼也不奇怪。來到人事全非的世界，孤獨一個人，不知道她究竟有多麼不安。她會買下我（吉克蒙德）雖然有可能是為了情報來源、護衛、勞力等任何用途，但我想應該只是類似寂寞的小孩對路邊的流浪狗伸出援手的心理吧。她想要一個容身之處。瑪莉艾拉在傍晚的迷宮入口展現出來的心境，一定不是我的誤解。）

因為瑪莉艾拉看起來就是那麼普通的少女。

吉克蒙德凝視著在床上沉睡的瑪莉艾拉。

據說被盜賊擄走的人有時候會愛上盜賊。因為對掌握自身性命的對象產生好感，能夠增加存活的可能性。

（我的性命毫無疑問是掌握在瑪莉艾拉手裡……）

據說傷患或病人有時候會對療癒自己的治癒魔法師萌生戀情。

（是瑪莉艾拉拯救了瀕死的我……）

吉克蒙德知道自己對瑪莉艾拉懷抱著強烈的感情。

（我對瑪莉艾拉的感情是……）

不管想了多久，思緒總是原地打轉，無法得出答案。

（我今後到底該如何是好？）

如果拋開是為了誰的問題，吉克蒙德想保護她的心意沒有一絲虛假。吉克蒙德也知道，為了保護她，有時表達意見也是必要的。

（可是，我希望她喜歡我，我不想被厭惡，我不想說出反對意見。）

而且最重要的是——

（這麼愚蠢的想法，我絕對不想被瑪莉艾拉知道——）

吉克蒙德非常害怕自己的心思會被發現。

夜深了，將吉克蒙德獨留在思緒的迷宮中，迎向黎明。

「吉克，早安？」

瑪莉艾拉帶著完全睡飽的表情，神清氣爽地醒了過來。

看到吉克坐在床邊的椅子上注視著自己，她有點驚訝。

「早安，瑪莉艾拉……」

吉克一臉憔悴，打招呼時也很沒精神。瑪莉艾拉疑惑地歪起頭。

（啊～對了，我昨天因為魔力耗盡而昏倒了。）

他應該很擔心吧。仔細一看會發現，他正緊握著自己很中意的那條手帕。

瑪莉艾拉起身，坐在床緣和吉克面對面。

吉克低著頭，和看著自己的瑪莉艾拉沒有眼神交會。

「對不起，吉克。我讓你擔心了。」

「是……」

「你一定嚇了一跳吧。我應該先告訴你，我有可能會耗盡魔力的。」

「是……」

「要是我有什麼萬一，你可能又會遭遇不幸。讓你這麼不安，我真的很抱歉。」

吉克身體一震，看著瑪莉艾拉。

「瑪莉艾拉……我……」

吉克的嘴巴空虛地吸著空氣。

瑪莉艾拉早就知道了嗎？早就發現了嗎？我明明那麼害怕會被她發現。

「我一直想要討好妳。我不想回到以前的生活，也不想再失去，都是為了自己。妳救了我，可是我竟然……」

「嗯。我知道。沒關係的，吉克。不管你是什麼樣子，我都最喜歡你了，沒關係。」

瑪莉艾拉說的「喜歡」並沒有戀愛成分。這一點，吉克蒙德也知道。

瑪莉艾拉摸著吉克蒙德的頭，安撫不斷落淚的他。

這一天，吉克蒙德終於知道，即使是連自己的感受和心思都無法理解的，卑鄙又渺小的自己，也可以待在瑪莉艾拉身邊。

The
Survived
Alchemist
with a dream
of quiet town life.

01
book one

終章

枝葉間灑落的陽光

3pilogue

01

幾百名士兵行進在通往迷宮的道路上。

他們身上穿著的不是亮眼的華麗鎧甲，而是長年使用的防具；素材也各不相同，有些是魔法金屬，有些是魔物素材。武器大多是斧槍或長槍等長柄武器，但也因士兵而異。所有人皆相同的配備只有身上披的漆黑斗篷。不過每個人都井然有序地跟著隊伍前進。

他們是迷宮討伐軍，是不斷挑戰迷宮最底層，存活到現在的迷宮都市最強軍隊。

街上聚集了許多想要一睹他們風采的冒險者和市民，現場就像祭典般熱鬧。

歡呼聲變得更加熱烈。

「是金獅子將軍！」

「將軍～！」

一名金髮飄逸，如獅子般英姿勇猛的男人跨坐在長有鱗片的龍馬上，回應群眾的歡呼。

「聽說有金獅子將軍在，士兵就能以一擋百了！」

「他本人好像也很強呢。」

「他可是歷代最強的將軍大人啊。我看迷宮也差不多要完蛋了。」

充滿熱情的聲援一直持續到遠征軍進入迷宮為止。

為期兩週的迷宮都市遠征就這麼揭開序幕。

「你的右邊破綻百出啊！」

「停下來做什麼！你現在用的可不是弓箭啊！」

「揮劍的動作太慢了！」

光蓋每次吆喝，吉克就會被打倒在地。就算形容得保守一點，也是被打得落花流水。

看完迷宮討伐軍的遊行之後，瑪莉艾拉與吉克來到冒險者公會。從今天開始，吉克要在冒險者公會參加技術講習。瑪莉艾拉也一起來觀摩了。

吉克和光蓋用鑑定紙確認潛能後，討論了一下戰鬥方針，然後選擇單手劍作為武器。把第一天的大部分時間都花在空揮上之後，現在正在進行對打。

即使是能夠完全避開吸血藤種子的吉克，也根本傷不到光蓋。每次揮砍，光蓋手裡那根用來代替劍的木棒都會迅速攻擊吉克的破綻。看起來明明不是很強烈的一擊，吉克卻每次都會嚴重失去平衡，被打倒在地。

（這個光頭真有一套……）

瑪莉艾拉好像很懂似的加上一句旁白，但老實說根本看不出個所以然。吉克的體力早就已經到了極限，整個人看起來搖搖晃晃的，但不管跌倒幾次都會重新站起來，拚命咬著對手不放。看著他的表情，覺得他大概「沒問題」的瑪莉艾拉低下頭，開始閱讀自己帶來的《藥草藥效大辭典》。

從製造玻璃時耗盡魔力的隔天開始，瑪莉艾拉覺得吉克有點變了。

瑪莉艾拉一醒來，見到吉克哭哭啼啼地說了些什麼，於是按照孤兒院老師傳授的「如果發現有其他孩子露出難過的表情，說些讓人聽不懂的話，就說『我知道，沒關係，我最喜歡你了』，然後抱抱他吧」來安慰吉克，他就順利打起精神來了。

雖然他當時說了「我想要討好妳」、「都是為了自己」之類的話，但瑪莉艾拉認為那都是理所當然的。他並沒有給瑪莉艾拉添麻煩。吉克很努力地幫忙找到了「招猿酒」，既然「為吉克好」和「為瑪莉艾拉好」可以同時成立，那不就好了嗎？

瑪莉艾拉醒來之後，做好的玻璃就當作「某個商隊不小心弄丟，一直被吸血藤保護著的東西」，由吉克搬運到新家。

耗盡魔力的隔天，瑪莉艾拉答應吉克要待在旅館休息，整天都在做藥和魔藥，所以在玻璃送到的隔天才到新家露臉。來到新家，瑪莉艾拉才發現又多了一個矮人。

矮人與混血矮人共三個人在店面空間包圍著玻璃討論工作，附近散落著看似設計圖的紙張。或許是沒有睡覺，三人臉上都掛著黑眼圈。

「早安？」

「俺是魯坦，是和這兩個傢伙在同一家建築事務所工作的玻璃工匠。俺也會一起參與設計。」

第三個矮人回應瑪莉艾拉的招呼。

根據魯坦的說明，迷宮都市為了因應魔物從魔森林或迷宮中湧出，並不會直接使用大面積的玻璃。玻璃要切割成小塊，鑲嵌在金屬窗框上。就算有點破裂，有玻璃工藝的技能就能修復，所以平民的房屋都是使用修理過的破玻璃。因此，撇開份量不說，玻璃本身並不是什麼稀奇的東西。

「俺的創作慾在燃燒吶。」

「我們會在正常的範圍內完成的。」

「可以讓咱們放手做嗎？」

瑪莉艾拉拗不過矮人三人組的熱情，以「不會太引人注目的範圍內」為條件，把改建工作委託給他們。

完成簽約後，瑪莉艾拉支付住宅的尾款和店面擴建費。和訂金加起來總共是七枚金幣。雖然和當初的估價比起來，零頭已經直接進位，但考量到增加的窗框數，不管怎麼想都很便宜。瑪莉艾拉一問，他們就說從貧民窟帶來的三個人工作得比想像中更賣力，所以也打算僱用他們加入店面的擴建工作以調整預算。

「我也想見見那三個人。」

應吉克的要求，瑪莉艾拉和參與工作的所有人都見了面。

從貧民窟來的三個人都是因為受傷而不得不暫停工作的年輕冒險者，雖然有些消瘦，卻沒有落魄的感覺，不說也看不出來是貧民窟的居民。

「我們會選擇只要能在痊癒前賺錢餬口就能脫離貧民窟的人。我們畢竟是在工作，要僱用深陷在貧民窟的人也有點困難。」

約翰這麼說明。遠征開始之後，他們本人就算傷勢還沒有完全痊癒也能到迷宮的淺層採集，也說多虧有這份工作，他們才不必變賣武器或是借錢。吉克可能是有什麼想法，很專心地聆聽他們所說的話。

瑪莉艾拉詢問了他們三個人的傷勢，把昨天剛做好的藥當作試用品交給他們。這是參考《藥草藥效大辭典》最後面的「藥的做法—初階篇」所做成的普通藥品，也已經得到賈克爺爺的認證。因為不是魔藥，所以無法馬上治好傷口，但每天塗抹也能加速復原。

「我們當回冒險者之後會來買的。」他們這麼說，高興地收下了藥。

看到他們三個人高興的表情，瑪莉艾拉對無法給他們魔藥的事情感到內疚。

瑪莉艾拉採購了藥的材料，回到「躍谷羊釣橋亭」做藥，度過了這一天，卻依然苦惱地想著應該有什麼方法能夠幫上更多的忙。

02

「眼睛不夠就用魔力補足！」
「你的左手閒著沒事啊！防禦呢！」
「太慢了太慢了！」

伴隨著光蓋的怒吼，用來代替劍的棍棒攻擊吉克蒙德的破綻。這一刺並不強，但如果是真刀就能奪人性命；每次承受這沉重的一擊，產生死亡錯覺的身體就會倒臥在地。吉克蒙德倒下再站起，站起來後又被打倒。

（我已經習慣了痛楚。變成奴隸後，我也學會了如何勉強活動快要站不起來的疲憊身體。）

吉克蒙德硬是讓哀號的肌肉和骨骼閉上嘴，不斷重新站起來。

光蓋的攻擊又快又重，卻又非常精確；每次被打倒，身體都會漸漸記住正確的動作。吉克能感受到自己找到了一位優秀的老師。

為了在有限的時間中盡量多學習，吉克伸手去拿訓練用的劍。直到一根手指也動不了為止，訓練都持續著。

「雖然我有很多話想說，不過你的毅力很不錯呢！」

光蓋開口對再也動不了的吉克這麼說。

「在小姐面前被打趴，覺得丟臉嗎？」

（瑪莉……艾……拉……）

缺氧的頭腦感到意識模糊。因為連轉頭都沒辦法，吉克看不到瑪莉艾拉。

「放心吧！她很專心在看書，根本沒在看你！」

光蓋使勁豎起大拇指。露出牙齒的笑容實在很可恨。

吉克蒙德就這麼失去了意識。

「小姐，今天結束了嘿！後面有地方能取水，等他醒了，叫他去沖個澡再回去吧！」

瑪莉艾拉閱讀《藥草藥效大辭典》時，吉克的訓練似乎結束了。

把吉克痛宰一頓的光蓋露出潔白的牙齒一笑，回到冒險者公會的建築物裡。從他的後腦杓反射過來的陽光非常刺眼。

「吉克，醒醒啊～」

就算呼喚他的名字，吉克也沒有醒來。

（我只不過是耗盡魔力，你就那麼緊張，一整天都不讓我走出旅館，自己卻訓練到昏過去。真是的！）

瑪莉艾拉伸手到包包裡摸索，拿出一個裝著三十顆綠色藥丸的瓶子。這是瑪莉艾拉在旅館乖乖療養時做的高階魔法藥——再生藥。

它是一種能夠深層療癒人體的魔法藥，只要持續服用約一個月，就可以讓經歷嚴酷生活的身體痊癒，甚至恢復縮短的壽命。在訓練的同時服用，還能夠在短時間內增加肌力，是很方便的藥丸。因為是過去過著嚴酷生活的吉克很需要的魔法藥，瑪莉艾拉已經把一個月份的三瓶藥丸交給他。

雖然普通的魔藥也能消除訓練的疲勞，但會使身體恢復到訓練前的狀態，所以沒有意義。針對這一點，這種再生藥是提高身體的自癒能力，可以將訓練的成果以最高的效率發揮出來。

材料是在批發市場買的咬人貝和聖樹葉子、吸血藤種子、普拉納苔。因為使用的苔蘚很稀有，這種魔藥鮮少出現在市場上；但上次去做魔藥瓶時，在河邊採集到不少。咬人貝（新素材）處理起來也很簡單，瑪莉艾拉很快就記住，而且再生藥的做法只要習慣了就不難。

亮晶晶的深綠色透明小顆粒乍看之下好像很好吃，實際上則非常苦。把史萊姆和吸血藤加在一起熬煮或許就會變成這種苦澀的味道吧。由於充滿嘴裡的苦味會久久不散，所以表面要裹上一層薄薄的食用膠質。

瑪莉艾拉從瓶子裡取出一顆藥丸，用指甲稍微摳掉一點膠質，然後「嘿」的一聲丟進吉克的嘴裡。

「咳咳……嗚嗯……」

「哦，吉克醒了。」

不愧是再生藥，效果極佳！

從耗盡魔力而昏睡的狀態中清醒後，瑪莉艾拉這五天都在採購新家要用的雜貨、製作要在店裡販售的藥、觀摩吉克的技術講習。

除了參加技術講習之外，吉克似乎也會在早晨或瑪莉艾拉窩在房間裡做藥時進行訓練。或許是再生藥的效果，他那削瘦的雙頰也漸漸恢復原狀了。

兩人在預定日從「躍谷羊釣橋亭」搬到新家，但有時候還是會去見艾蜜莉或是吃時間偏早的晚餐。夜深了之後，「躍谷羊釣橋亭」就會擠滿冒險者，安珀小姐等人會非常忙碌。瑪莉艾拉已經把她們訂購的藥當作受到照顧的回禮，送給了她們。她們說等藥店開張了就會去光顧。

因為她們也說要把瑪莉艾拉的藥店介紹給來旅館的冒險者，所以瑪莉艾拉提供了很多傷藥的試用品，連同寫著開幕日和地圖的傳單一起交給她們。等到藥店開張了，可得好好答謝人家。

兩人幾乎每天都去批發市場張羅午餐。應該是因為販售著冒險者帶回來的素材吧，市場上的品項比平常還要多，人潮也不少。

瑪莉艾拉一找到藥或魔藥的素材就會購入，工房裡占滿整面牆壁的櫃子已經擺上許多瓶子或袋子，裡面裝著處理過的素材。

「真想快點把櫃子填滿。明天店面的部分就會完工了。還要把商品擺到店裡，準備開幕呢。一定會很忙的。」

瑪莉艾拉對嶄新的生活感到雀躍不已。

「店面已經重建完成了。」

高登、約翰、魯坦組成的矮人三重奏帶著滿臉的笑容迎接瑪莉艾拉與吉克。店面正在施工的期間，正面玄關禁止使用，所以連裡面也看不到。雖然也能從窗戶或屋頂上窺探，但為了「當作完成之後的驚喜」，瑪莉艾拉刻意不去看。

兩人從正面玄關走進終於完成的店面。

「哦～好明亮。」

瑪莉艾拉用貧乏的詞彙表示驚嘆。天花板上裝了幾個玻璃窗。

雖然每個窗戶都不大，卻在模仿樹木枝葉的可愛窗框中鑲嵌了大大小小的玻璃，映照在地面上的窗格影子就像是置身在樹陰下。

「這是聖樹嗎？」

「是啊，難得有一棟長著聖樹的房子嘛。雖然聖樹的樹枝沒有長到這裡，但做成這個樣子就有種被聖樹守護著的感覺了吧。」

身為玻璃工匠的魯坦這麼說。

「不只如此喔，這些窗戶乍看之下很普通，其實是設計成立體的構造，白天隨時都會有陽光照進來。而且照射進來的光會在店內擴展。」

身為建築師的約翰這麼說。

雖然不知道是什麼原理，但好像很厲害。瑪莉艾拉目瞪口呆，仰望著天窗。光從窗戶的尺寸來看，只比其他店家大一點，並不突兀；不過除了店裡放藥的空間以外都有陽光照進來，就像是明亮的戶外。而且彷彿身在聖樹的樹陰下，給人一種安心感。

「對了，請問這些桌椅是怎麼回事呢？」

對於瑪莉艾拉提出的問題，坐在陽光正中央的桌子邊的最後一名矮人——高登答道：

「俺要常常來這裡。」

「你沒有回答我的問題耶。」

店裡按照瑪莉艾拉的委託，櫃檯與櫃檯深處有店員專用的櫃子，店內深處則設置了可以自由挑選商品的陳列櫃。除了這些東西之外，陽光的正中央不知為何擺上了六人座的桌子，靠近入口的牆面也有五人座的吧檯桌。每個座位當然都擺了椅子。這些桌椅似乎是用拆解先前的店面所得的廢棄木材來做成的，造型和店裡的氛圍很搭調。看起來就像是……

「咖啡廳？」

高登、約翰、魯坦組成的矮人三重奏聚集在陽光最充足的位子上。

「啊～這裡太棒了。」

「很能刺激創作慾呢～」

「真不錯吶～」

吉克泡了茶招待矮人三重奏，他們就真的把這裡當成自己家了。

根據矮人三重奏的說明，瑪莉艾拉和吉克來驗收的前一天，站在完成的天窗下確認成果的三個人——

「做得真不賴。」

「嗯。可惜店裡太寬敞了，看起來有點單調吶。」

「不能享受這裡的陽光，很可惜呢。」

「不是有廢棄木材嗎？咱們來做些椅子吧。」

敲敲打打。

「最好也有桌子，大概這麼大。」

敲敲打打。

「這麼粗獷的造型不適合這個地方吧。」

敲敲打打敲敲打打。

「所以說啦，就是這麼回事。」

瑪莉艾拉有點想追問到底是怎麼回事，但有個空間能讓受傷或生病的客人坐下來休息也不錯。就當作是贈品，瑪莉艾拉心懷感激地收下了。

「嗨，瑪莉小妹，妳的店好像完成了啊。」

第四個矮人……不對，是賈克爺爺來了。

「哦？這真是個溫暖的好地方。」

不知為何，連賈克爺爺都加入了矮人的行列。他們看起來明明不認識，卻一點隔閡也沒有。

「瑪莉小妹，小哥也行啦，也幫我泡杯茶。」

雖然有讓客人休息的空間，這裡還是藥店，不是咖啡廳耶。不，我要冷靜一點，在架子上擺上藥品，看起來應該就會像藥店了。瑪莉艾拉這麼想著，這時吉克開口問道：

「瑪莉艾拉，店名要叫什麼？」

瑪莉艾拉看了看喝著吉克泡的茶，享受著日光浴的大叔。

現場轉眼間就聚集了四個大叔。就像是一看到魚餌就上鉤的魚。

「嗯～『大叔來吧來吧』？」

店名就決定以「枝葉間灑落的陽光」命名為「枝陽」。

雖然光從店名也看不出來是什麼店，不過反正進門之後也看不出來，瑪莉艾拉覺得這樣也無所謂。

享受了一陣子的日光浴後，賈克爺爺回去了。他說後天晚上要帶瑪莉艾拉出門採集。第一次進迷宮，真令人期待。

賈克爺爺離開後，三個矮人重新進入工作模式，介紹起完工的店面和廚房。

首先是店面旁的廚房。畢竟原本就是廚房，這裡有著足夠的面積，也放了新餐桌，可供兩三個人在這裡用餐。打開的門可以擋住廚房，避免被店裡的客人看到，是很體貼的設計。

（該說是咖啡廳設計嗎？這是刻意做成這個樣子的吧。）

令人驚訝的是魔導具，從點火到火力調節都可以用一個按鈕完成。瑪莉艾拉詢問柴火要放在哪裡，吉克就說「這裡不像我們的村子那麼鄉下，不需要放柴火」，實際示範了一遍。

（畢竟是在矮人三重奏面前，沒想到青梅竹馬的設定會在這種時候派上用場。）

瑪莉艾拉在心中連聲吐槽。

廚房、浴室、廁所、洗手檯都裝著水的魔導具，各個房間的天花板處則裝著通風的魔導具和通風口。迷宮都市的房屋窗戶都很小，瑪莉艾拉還以為很容易潮溼，原來內部還有這麼方便的構造啊。

根據吉克後來的說明，生活魔法似乎大多都轉變成魔導具了。為了彌補迷宮都市人手不足的問題，這是歷代邊境伯爵都在推動的政策之一。因為在迷宮都市會有補助，所以庶民的房屋也會裝設魔導具。

只不過，因為魔導具的魔力消耗量比生活魔法多上數倍，所以就算有魔導具，在很多情況下還是會用生活魔法來應付。特別是食材的保存庫和空調等長時間運轉的魔導具，因為是用魔石驅動的類型，魔石費用不容小覷。

聽說還有能洗衣、供應暖氣、清除地面灰塵的魔導具，不過愈是方便人工使用的魔導具就愈昂貴，所以瑪莉艾拉和吉克的新家也沒有這些東西。包含維護費在內，價格似乎比僱人來做家事或購買債務奴隸來得便宜。

話說回來，真是了不起的進步。瑪莉艾拉感到驚訝。

雖然藥的品質差強人意，不過或許遲早也會有人發明出魔藥的替代品。

因為從兩天前就搬進來住，兩人已經大致上熟悉了住宅部分。原本拿來堆放建材的客廳現在已經清理得乾乾淨淨。除了以前的屋主留下的桌椅，沒有地毯和家具的屋內顯得空蕩又冷清，瑪莉艾拉打算慢慢湊齊。兩人房間裡的家具也只有修好的床和衣櫃，只放著寢具的房間單調得就像旅館一樣。

瑪莉艾拉正在思考要擺些什麼家具時，高登說了「哦，俺差點忘了」，帶著兩人前往地下室。

地下室有三個房間呈直向排列，第一個房間保存著吉克打倒吸血藤拿到的素材，預計當作倉庫使用。第二個房間備有「迷宮都市特別法・住宅管理規定云云」所規定的份量的緊急糧食和避難道具，可以滿足兩個人的避難需求。

第三個房間放著一些木箱。

「這裡本來有個大洞。好像是因為聖樹的根長到地下大水道，這裡才會崩塌。咱們有進去洞裡確認過，會通往大水道。哎呀，雖然俺以前就聽說過，還真沒想到能看到大水道這麼稀奇的東西。啊，這不會影響排水，牆壁也已經像這樣填起來了。因為是在聖樹正下方，魔物大概不會跑上來；可是大水道裡好像有大量的史萊姆，所以才會放著裝滿多吸思藤的木箱以防萬一。」

高登最後輕描淡寫地說明了最重要的事，然後離開。

（這棟房子會一直賣不出去，難道不是因為這一點嗎？）

地下大水道是從安妲爾吉亞王國時代就保留至今的下水道，直到兩百年後的現在也還在迷宮都市中發揮著下水道的功能。雖說是下水道，各住宅裡卻還設置著稱為史萊姆槽的汙水處理槽，裡面裝著被馴獸師馴服來專門處理汙水的史萊姆。經過汙水處理史萊姆的淨化，水會以乾淨的狀態流入地下大水道，所以不會變成傳染病的源頭。

只不過，據說地下大水道有回歸野性的史萊姆大量繁殖。

史萊姆是形狀不定的黏液狀魔物，沒有智慧。這種弱小的魔物只要核心被壓碎就會死去，除非成長得非常龐大，否則都能踩扁核心來消滅牠們。除此之外，由於牠們沒有外殼，所以非常經不起魔力吸收，不會靠近能吸收魔力的多吸思藤。光是在通往大水道的水管周圍種植多吸思藤，就能防止大水道裡的史萊姆侵入屋內。

史萊姆偏好留有魔力的屍骸，但幾乎大部分的有機物和一部分的無機物都能分解，會被活用來處理大小便和廚餘。野生的史萊姆會用分解後的成分製造溶液來攻擊敵人，但經過調整的史萊姆則是會吐出分解途中的土塊。這種土塊會當作肥料，由專門的業者定期進行回收。

由此可見，史萊姆是是與民眾生活密切相關的常見魔物，不過……

「住著很多會蠕動的黏液狀魔物的地下大水道和自己家相通，感覺實在讓人不太舒服啊。」

就算沒有聖樹，只是放置乾燥的多吸思藤也能阻止史萊姆的入侵，但即使能理解原理還是讓人感到不太舒服。瑪莉艾拉不禁想像黏稠的史萊姆從石牆的縫隙滲出來的模樣。

「晚點就用多吸思藤的纖維把縫隙填滿吧。而且要記得澆水，免得聖樹枯掉。」

總而言之，第三個房間就暫且封鎖吧。這麼想的吉克和瑪莉艾拉對彼此點點頭。

雖然最後遇上一個意想不到的大虧損，但幸好完成了漂亮的店面和漂亮的家。

兩人買了半獸人王肉，做成肉排慶祝新居落成。因為太美味了，瑪莉艾拉感動得有點泛淚。用將軍油烤的肉果然是半獸人將軍的味道，並不是半獸人王。

（半獸人王好好吃。半獸人王太讚了。雖然是會用雙腳走路，特別喜歡襲擊女人的下流魔物，可是現在在我眼裡就只是好吃的肉了。）

感動得不得了，嘴裡塞滿了肉的瑪莉艾拉這麼拜託吉克：

「吉克～尼要邊得很強，囉獵一些半獸惹王來喔～」

「我會變得強到可以打倒很多半獸人王，妳要吃要哭還是要說話，一次選一件事來做吧。」

藥店預計在一週後開幕。這段時間要採買生活雜貨、製作商品，也要到迷宮都市外採集圓麥和各式各樣的菇類。現在這個時節可以採收到很多種素材。瑪莉艾拉也想回到以前住的小屋移植存活下來的藥草。賈克爺爺說後天要帶瑪莉艾拉去迷宮採集。到底要採集什麼呢？

享用著半獸人王肉的晚餐，閒聊了一陣子後，兩人拿出在冒險者公會的販賣處買的鑑定紙來使用。瑪莉艾拉有必要確認自己沉睡了兩百年有什麼影響。

鑑定紙是用淡淡的魔法墨水畫著幾個固定項目的紙張，滴上血液來發動後，對應項目的墨水顏色會改變，顯示出測試者的狀態。

可鑑定的能力有體力、魔力、力量、智慧、靈巧、敏捷、運氣這七個項目，評價共有五個階段。如果體力是一，用淡淡墨水畫上的五個□就會有一個變成黑色的■。若超越上限，最後的■就會變成紅色，是一種簡易的測試法。

而技能欄會列出持有者較多的技能名稱，有潛能的項目會變黑，已經持有的技能名稱則會變成紅色。如果擁有紙上沒有列出的技能或才華，「其他」欄就會變色。

超出鑑定紙的資訊必須支付高額費用請擁有人物鑑定技能的人來調查，不過如果是要當作職業選擇或養成策略的指標，使用鑑定紙就夠了。

瑪莉艾拉的魔力超越了第五階段。魔力和體力是成長到一定程度就不太會變動的項目，停止成長後，頂多只會在跨越生死關頭時稍微上昇。

應該是處於假死狀態長達兩百年的結果吧。瑪莉艾拉甦醒後就有感覺到魔力的增加，原本是四的魔力超越了鑑定紙的上限。雖然不知道正確的數值，但在製作板狀玻璃時耗盡魔力的經驗已經讓瑪莉艾拉抓到了大概的感覺。另外令人有點高興的是，原本只有一的體力提昇到二了。一擊必死進步成了一擊瀕死。瑪莉艾拉忍不住高興地擺出小小的勝利姿勢。

可是其他項目沒有變化。技能依然只有鍊金術一項，頂多只有在生活魔法方面有潛能。

看到瑪莉艾拉的魔力，吉克大感驚訝，但看到吉克的鑑定紙的瑪莉艾拉比他還要驚訝多了。吉克的所有項目不是第三就是第四階段。雖然評價總共是五個階段，但並不表示第三階段就是平均值。第一階段是日常生活水準，到了第三階段就可以從事以該特性為專長的職業。瑪莉艾拉的力量和敏捷只有一，身為一個鍊金術師，智慧與靈巧卻只有三。不知為何，只有運氣是四，也是唯一勝過吉克的項目。

我明明是鍊金術師，為什麼吉克還比較聰明？

瑪莉艾拉把自己的鑑定紙偷偷折起來，收進了寢室的櫃子深處。

04

「除魔香要一直燒著。」

由賈克爺爺帶頭，瑪莉艾拉和吉克跟著他進入迷宮。不會戰鬥的瑪莉艾拉負責焚燒除魔香。除魔香是用布魔敏特草的乾燥粉末做成的東西，雖然效果比不上除魔魔藥，也可以避免弱小的魔物靠近。做法很簡單，當作材料的布魔敏特草在迷宮都市內外都種植了很多，大部分的人都會自己製作。迷宮裡很熱鬧的遠征期間，孤兒院的孩子會拎著一籃自己做的除魔香到迷宮入口附近兜售。

時間接近深夜，迷宮外沒有小孩子的蹤影；但就算在魔物會更加活躍的這種時間也能看到零星的冒險者出入迷宮，應該是遠征期間特有的景象吧。

迷宮的入口只有兩名士兵站崗，除了想要跑進去玩的小孩子，出入並沒有限制。據說站崗的士兵主要的職務是在緊急情況下負責聯絡。

根據吉克的說明，迷宮都市以外的迷宮有些需要付入場費，離開時好像也要把獲得的一部分素材或魔石當作稅金上繳。在迷宮都市，稅金會在將物品帶出城市時徵收，在迷宮都市內使用就不需要繳稅。順帶一提，帶進迷宮都市的物品也不需要繳稅，但因為往來迷宮都市並不容易，所以無法在迷宮都市自給自足的物品會陷入慢性的缺貨狀態。

沒有月亮的外頭漆黑一片，迷宮中卻有著微微的光。洞窟般的岩壁上到處都有稱為月光石的岩石散發著柔和的光芒，就算沒有燈光也能勉強前進。話雖如此，視野依然很差，不足以應付與魔物戰鬥和採集藥草的需求；所以賈克爺爺戴著夜視鏡，瑪莉艾拉則由吉克幫忙施予夜視魔法。

賈克爺爺用一雙斧頭打倒偶爾出現的哥布林和史萊姆、惡靈等對氣味比較遲鈍的魔物，不斷往迷宮的下方前進。從背後靠近的敵人也會在不知不覺間被吉克擊退，所以瑪莉艾拉在附有把手的香爐裡補足除魔香，觀察著迷宮。

連接迷宮各樓層的階梯集中在迷宮的中心處，在樓層間移動非常容易。據說這些階梯會在打倒各樓層某處的樓層主人後出現。

想像來路不明的迷宮主人一邊製造效忠自己的樓層主人，一邊不斷垂直往地底下鑽洞前進的模樣，瑪莉艾拉感到有些毛骨悚然。

「就快到了。我要用催眠彈，把口罩戴起來。」

聽從賈克爺爺的指示，瑪莉艾拉和吉克戴起浸過中和劑的口罩。賈克爺爺把點了火的催眠彈丟到岩石縫隙裡。因為散發淡淡光芒的月光石在很尷尬的位置，所以那裡看起來像是岩石的交界處，但一靠近就能看到可供大人通過的縫隙。只有入口很狹窄，內部的通道和迷宮差不多寬。

跟在賈克爺爺後面走進裡頭的瑪莉艾拉嚇了一跳。

（到處都是蛇……）

以魔物來說算小，但還是與手臂差不多粗的蛇陷入沉睡，散布在洞裡。

「變得還真多，稍微清掉一些吧。」

賈克爺爺這麼說，一邊殺蛇，一邊往深處前進。他踩扁小蛇的頭，用斧頭砍掉大蛇的頭。大部分的迷宮魔物死後過了一陣子，輪廓就會變得模糊，身影淡化，最後屍體如融化般消失。

牠們是魔力凝聚之下的產物，據說是因為還沒有受肉才會如此。

長時間生存的迷宮魔物會因為魔力的凝結而形成魔石，或是身體的一部分獲得肉體（受肉），打倒牠們就能取得素材。

這裡的蛇都還是年幼的弱小魔物，死後幾乎都會消失無蹤，但較大的個體偶爾會留下指甲大的小魔石或蛇牙。蛇牙是整袋販售的便宜物品，卻有止痛的效果。賈克爺爺殺死路上的蛇，瑪莉艾拉則撿拾魔石和蛇牙。吉克一邊護衛瑪莉艾拉，一邊砍死看到的蛇。

有蛇的通道彎曲成S形，從入口看似死路，但彎過第一個轉角就能看見透著淡淡光線的出口。

蛇或許是害怕這道光，愈靠近出口，蛇的數量就愈少。

經過有蛇的通道後，前方是個明亮又開闊的空間。用跑的就可以在十秒內抵達另一頭，空間並不算很寬敞，頂端特別地高。牆壁和頂端有好幾顆月光石發著光，就像一片星空。

地上生長著一整片高度及膝的草，已經長出許多散發柔和光芒的花苞。

這些植物就是千日開花一次的千夜月花。

站在一整片千夜月花的花苞所散發的光芒中，感覺就像是佇立於滿月之上。

「就快了。」

彷彿等待著賈克爺爺的聲音，千夜月花開始綻放。

花苞啵的一聲彈開，發光的粒子從中翩然起舞。

啵，啵，啵。

從接二連三綻放的花朵中放出的光之粒子明明沒有翅膀，卻能搖曳著往天上飛升，創造出幻想般的美景。

「好美喔。」

「不快點摘就要枯掉了。」

瑪莉艾拉陶醉地欣賞著，賈克爺爺出聲提醒。

千夜月花在花苞的狀態下是沒有效果的，但一開花又會迅速枯萎。雖然沒辦法享受如此美麗的景象是很可惜，不過卻能取得千日只開花一次的珍貴素材。三人在開花的瞬間摘下花瓣，放進袋子中。

大概摘了一半左右時，明明還有很多千夜月花，賈克爺爺卻說要快點離開洞窟。三人跑著衝進有蛇的通道時──

喀啦！喀啦喀啦喀啦！

大量的小石頭掉落在廣場上。

「哦～差一點就被打到了。」

賈克爺爺暢快地笑了。飛舞起來的光之粒子會在空中授粉，變成種子後掉落下來。種子似乎是能刺進迷宮的堅硬地面的尖銳形狀，要是繼續呆呆地摘花，就要變成種子的苗床了。

「只有千夜月花開花的晚上能進入那個地方。除了這一晚之外，那裡都是蛇的巢穴。」

通道上的蛇或許是在躲避千夜月花的種子。不愧是迷宮植物。瑪莉艾拉覺得它們雖然非常漂亮，卻也是很危險的花。

瑪莉艾拉本來想把採集到的千夜月花分一半給賈克爺爺，他卻說「妳採的份就是妳的」，堅持不收。

（什麼嘛，太帥氣了吧。）

「我還會再去妳店裡，到時候泡茶招待我吧。」

看著連魔石和蛇牙都不收，舉起手離去的賈克爺爺的背影，瑪莉艾拉說「我們這裡不是咖啡廳啦～」，對他揮揮手。

05

終於到了藥店「枝陽」的開幕日。

陳列櫃上除了各式各樣的軟膏和內服藥等一般的藥品，還有分為洗衣用、洗碗用、洗澡用等不同用途的粉狀或液體皂、化妝品等雜貨類，以及除魔香、除蟲香、煙霧彈和催眠彈等探索迷宮會用到的消耗品。雖然不知道能賣掉多少，客廳裡還放了很多庫存。

為了讓來消費的客人放鬆，瑪莉艾拉以各種功效的花草茶為主，從梅露露香料店採購了許多茶葉。雖然不是咖啡廳，店裡的杯子數量卻也很充足。

吉克在店面的圍牆上掛起代表藥店的布幕，擺出宣布開幕的立牌。他的腰上掛著一把新的單手劍。

那是在五次技術講習的最後一天，瑪莉艾拉送給他的東西。

瑪莉艾拉覺得吉克真的非常努力。他每兩天就接受一次光蓋的指導，一直對打到站不起來為止。一開始明明連碰都碰不到對手，最後卻進步到能夠打中一次。原本骨瘦如柴的身體也因為有再生藥的效果而漸漸長出肉來，和當初相遇時簡直判若兩人。

看著日復一日變得更加健壯的吉克，瑪莉艾拉還默默地擔心他會不會變成重到連躍谷羊都載不動的肌肉男，但吉克的成長卻在恰到好處的時候停止了。

瑪莉艾拉後來提到這件事，他便解釋道「長太多肌肉會讓速度變慢。每一種戰鬥方式都有其適合的體型」。「原來如此，很合理呢。」瑪莉艾拉這麼說，幫吉克把原本改緊的褲子鈕扣重新縫回原本的位置。

吉克的武器只有從林克斯那裡借來的短劍，所以瑪莉艾拉在技術講習的最後一天準備了單手劍。

結束五天的技術講習，面對深深低下頭道謝的吉克，光蓋給了幾個建議後，說了「你的毅力不錯啦！只要繼續努力就還有進步空間！小姐好像有畢業禮物要送你嘿！你就用它好好保護小姐吧！」，宣告講習的結業。

「吉克，恭喜你參加完講習。這是我要給你的紀念禮物。拿去用吧。」

瑪莉艾拉把自己偷偷準備好的單手劍親手交給吉克。

「瑪莉艾拉……這是祕銀嗎？竟然給我這麼好的東西。拿起來好順手，就像是專門為我準備的一樣。既然是妳為我選的劍，我一定會好好珍惜。真的很謝謝妳。」

感動的吉克十分恭敬地收下了劍，注視著刀身，然後跪著對瑪莉艾拉捧起劍。

「我的劍將為妳而揮。」

這簡直就像是戲劇中的一幕。吉克手裡拿著瑪莉艾拉所選的劍宣誓忠誠。看著他的臉頰因激動而泛紅，藍色眼睛因決心而溼潤，瑪莉艾拉心想——

（我說不出口……那把劍其實是光蓋幫忙選的，我說不出口啦！）

瑪莉艾拉含糊地笑著帶過。

這把劍本身是很好的武器。雖然這也是從光蓋那裡聽來的，不過它似乎是連B級冒險者也很少擁有的好劍。在第三次的講習，吉克一如往常地失去意識後，瑪莉艾拉找光蓋商量一件事——

萬一瑪莉艾拉發生了什麼事，要怎麼做才能讓身為奴隸的吉克安身立命？是否有什麼東西能夠留給他？

光蓋在講習剛開始時就透過鑑定紙得知了吉克的身分，所以是很好的商量對象。雖然熱血的外表和性格讓人看不出來，但從目前為止的講習來看，他應該不是等閒之輩。

光蓋沒有露出牙齒，沉穩地看著瑪莉艾拉和昏倒在地的吉克，暫時閉上眼睛。

「有戰鬥能力的奴隸在迷宮都市可是很珍貴的！要留東西給他的話，就給他武器吧。用慣的武器會被視為那個奴隸的一部分。他平常很守規矩，應該不會被沒收吧！」

光蓋用一如往常的態度露齒一笑，這麼說道。

聽到瑪莉艾拉說自己不知道要送什麼武器比較好，光蓋說他有幾個主意。瑪莉艾拉提出全財產的一半，約十枚金幣的金額作為預算時……

「……吉克也真辛苦。小姐，那麼大一筆錢可不能隨便拿出來啊。」

雖然光蓋傻眼地這麼說道，卻也答應會幫吉克找到一把可以一直用下去的武器。他果然是個很親切的男人。

吉克手裡的劍是用祕銀打造的。根據鑑定紙的結果，吉克具有各種武器和魔法的才能。雖然先天性的技能是弓箭，但只要繼續戰鬥也能學會劍術技能。可是由於他只有一隻眼睛，主要的目的又是護衛無力戰鬥的瑪莉艾拉；所以光蓋是以強化體能的魔法為中心，用魔法和劍術並用的戰鬥方式來訓練吉克。

「祕銀是魔力的傳導很好的金屬，很適合吉克的戰鬥方式啦。而且這把劍只要一灌注魔力，就沒辦法再灌注別人的魔力了。它會成為吉克的專用裝備嘿。」

送給吉克的祕銀之劍是光蓋大力推薦的商品。他甚至還介紹了保養劍的鐵匠給瑪莉艾拉。真是無微不至的照顧。

在面對瑪莉艾拉捧起祕銀之劍的吉克背後，光蓋用力豎起大拇指。他露齒一笑，閃亮地離去。

（真是個各方面都很閃亮的人，不只是笑容。）

他和感動地捧著劍的吉克形成了強烈的對比。

「好了，我們回『枝陽』吧。」

「嗯，回去吧。」

瑪莉艾拉與吉克回到了嶄新的棲身之處。

光蓋回到冒險者公會的建築物內，一名公會職員走了過來。

「你的心情真好呢。」

「是啊，好久沒有遇到那麼有骨氣的學生了。第一次見面時，看到他那麼有才華卻淪落成這副落魄的樣子，我還以為他是個沒志氣的傢伙。不過就算仔細地砍過去，他還是能確實咬住對手。肯定是小姐教得好吧。」

「唉。教育新人是很好，但你是不是把太多工作推給我們了呢？」

「只有你們也做得不錯啊。新人養成、戰力增強可是這裡最重要的事啊。」

「因為我們也接受過你的仔細指導嘛。可是這次是迷宮討伐軍的救援要求，會長。」

光蓋的眉毛迅速挑起。迷宮討伐軍發出救援要求？迷宮都市的最強戰力需要救援？竟然有這種事。

「我馬上出發，你們也去準備一下。留守的工作就交給『雷帝愛爾席』。」

「看來麻煩大啦。」冒險者公會的會長——「破限的光蓋」低聲這麼說道。

06

擺上開幕招牌的吉克回到了「枝陽」的店內。敞開的入口裝飾著兩組慶祝新店開張的花束。帶著花來的安珀小姐說：「黑鐵運輸隊拜託我在妳的店開幕時送這束花來，另外這束是我們送的。」其中一束花是用與林克斯的服裝同色的藍綠色緞帶綁起來的亞麻色花束，感覺就像是林克斯也到場了似的。

在魔森林相遇後，黑鐵運輸隊把獨自從魔物暴動中倖存的瑪莉艾拉送到了迷宮都市。沒有丟下無依無靠的瑪莉艾拉，提供了許多幫助的他們現在應該正從帝都往迷宮都市前進，奔馳在魔森林之中吧。他們不在迷宮都市的期間也仍舊掛念著瑪莉艾拉，讓瑪莉艾拉深受感動。

多虧安珀小姐等「躍谷羊釣橋亭」的員工幫忙發送傳單和試用品，有許多看似冒險者的人說傷藥的效果很好，來店裡買了不少藥和香、煙霧彈等東西。安珀小姐和賈克爺爺、矮人三人組，連艾蜜莉等人都接二連三地拜訪「枝陽」，在陽光充足的位子上坐坐，或是買些東

西。瑪莉艾拉來到迷宮都市還不到一個月，卻已經結識了這麼多願意關心自己的人。

「枝陽」的生意雖然沒有好到忙得不可開交，卻成了顧客源源不絕的溫馨藥店。

開了一家很棒的店，滿臉笑意的瑪莉艾拉身邊有吉克正在待命，相識的朋友都聚集在枝葉間灑落的陽光中。林克斯等人再過不久也會回來吧。

雖然兩百年前的生活已經消逝，瑪莉艾拉卻也在這座城市、這家名為「枝陽」的店找到了新的容身之處。

「瑪莉艾拉，這是慶祝妳開店的點心。要不要大家一起吃？」

「哇，謝謝梅露露姊！我去泡茶喔。」

開香料店的梅露露姊提著一大籃點心前來拜訪。店裡變得更加熱鬧了。被問到要不要喝茶的客人在空位上坐下來聊天，甚至有些客人還主動幫忙泡茶，使得剛開幕的藥店從第一天開始就讓人搞不清楚是什麼店了。

「小姐，也給我一杯茶～」

「這裡不是咖啡廳啦～」

聽到客人出聲開玩笑，瑪莉艾拉笑著回應。

甦醒後感覺到的那種無處可去的寒意已經消失，內心被溫暖的感受填滿。

「恭喜妳開店，瑪莉艾拉。」

吉克一直待在瑪莉艾拉身邊，無意間四目相交時，他微笑著這麼說道。這是遺忘了快樂感情的吉克自然浮現的笑容。瑪莉艾拉也感到非常高興，回以微笑。

「謝謝你，吉克。以後也請你多多關照！」

倖存鍊金術師（瑪莉艾拉）要在這座城市生活下去。雖然未來可能不會非常平靜。

The
Survived
Alchemist
with a dream
of quiet town life.

book one

※ 補遺 ※

Appendix

瑪莉艾拉　♀ 16歲

身為鍊金術師的少女。雖然在魔森林氾濫中倖存，卻多睡了兩百年的時間。多虧師父的指導，是個能力超齡的高等鍊金術師，卻因為長年的庶民生活和天生的少根筋性格而沒有自覺。迷宮都市是個規模不大的城市，但對獨自生活在魔森林小屋的她來說已經是個十足的大都會；在親切的人們圍繞之下展開新生活，讓她那平坦的胸膛不禁因喜悅而鼓起。

吉克蒙德　♂25歲

天生擁有稱為精靈眼的強大能力，卻因為不知自律而墮落為奴隸。在瀕死的狀態下受瑪莉艾拉所救，擔任起護衛兼監護人的角色。他心思細膩，頭腦聰明卻也容易苦惱；經過林克斯的痛斥和瑪莉艾拉那隨便的安慰後重新振作，開始積極地付出努力。對瑪莉艾拉抱有難以分辨究竟是親愛還是敬愛的複雜思慕，可惜她完全沒有發現。

林克斯

♂ 17歲

在黑鐵運輸隊擔任斥候的青年。個性隨和，和瑪莉艾拉很快就相處融洽，幫了她許多。或許是在意笨手笨腳的瑪莉艾拉，他激勵了吉克，甚至借出自己的短劍。內心很仰慕迪克隊長，曾對瑪莉艾拉說過想長得和隊長一樣高，但成長期卻已經結束了。是個大胃王，每餐都吃兩人份，不過身高和體重似乎都沒有變化。

迪克

♂ 28歲

黑鐵運輸隊的隊長，使用長槍的高大男子。在馬洛副隊長身後保持沉默、喝個爛醉、搓揉抱枕的行為特別醒目，因此被瑪莉艾拉當成是糜爛的大人；但其實是黑鐵運輸隊的最強戰力，也是在迷宮都市首屈一指的實力派。雖然他根本不把阻擋去路的魔物看在眼裡，但他在「躍谷羊釣橋亭」卻也總是不被安珀小姐看在眼裡。

馬洛

♂ 27歲

黑鐵運輸隊的副隊長，也是隊裡唯一的已婚者。是個與迪克正好相反的頭腦派人物，同時具備常識與良知。或許是因為想法有些僵硬，並沒有發現瑪莉艾拉是鍊金術師。雖然他的言行看似老謀深算，卻也會和迪克一起工作，把吉克分配給瑪莉艾拉等等，常為利益以外的興趣或目的行動，可見他在根本之處或許也和迪克非常相似。

賈克

♂70歲

在迷宮都市經營藥草店的老人。雖然被其他人稱為「爺爺」，卻會親自進入迷宮採集，頭腦和肉體都老當益壯。關於藥草採集的知識相當豐富，有時候會教導瑪莉艾拉如何採集藥草，或是帶她前往珍貴的採集地點，十分照顧人。也許是因為同樣具有頑固的工匠性格，加入矮人的行列也沒有突兀感，在「枝陽」開店後經常與他們一起喝茶。

瑪莉艾拉師父（暫稱）的

鍊金術配方

《低階篇》

Master Mariera's

Alchemy Recipes

Low-Grade Edition

Anti-Monsters Potion

要去冒險&探索時別忘了帶！

除魔魔藥

可以趕走低階魔物的臭魔藥。對狗類魔物立即見效！

對人類來說是女生也不必擔心的無臭魔藥喔！

【材料】 多吸思藤……歪七扭八的噁心藤蔓植物。具有會吸收魔力的特性。到處都可以看到。

布魔敏特草……紫紅色的植物，會散發魔物討厭的氣味。會與多吸思藤一起種植在外牆之外。

【份量】（一瓶份） 多吸思藤……一把

布魔敏特草……一把

Low-Grade Heal Potion

擦傷、割傷、皮膚粗糙皆可使用

低階魔藥

可以治療會自然痊癒的傷。

用喝的也行，不過畢竟是效果不大的低階，直接外用更有效。

【材料】 庫利克草……野外到處都有。長著凹凸不平的特殊葉子，很容易找到。也可以把葉子揉碎，抹在很小的傷口上。嫩葉和莖的效果比較好。

【份量】（一瓶份） 庫利克草……一把

Low-Grade Cure Potion

解決腹痛！對麻痺、暈眩也有效

低階解毒魔藥

「這點小症狀自己會好」的想法是會要命的！
從誤食到魔物的毒素等輕度的身體不適都能夠治好。

【材料】 吉布齊葉……生長在陰涼處的藥草。偏紅的葉片前端和莖是它的特徵。氧化後抗菌效果會降低，低溫乾燥才能維持好藥效。
圓麥……生長在溼地，到了秋天就會長出果實與小指指尖差不多大的飽滿麥穗。與吉布齊葉一起服用可以得到很好的效果。

【份量】（一瓶份） 吉布齊葉……一把
圓麥……十顆左右

How to Create Potions

魔藥的做法

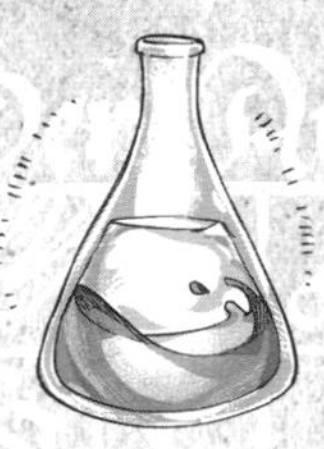

1.

藥草經過「乾燥」後，
「粉碎」成粉末狀。

2.

在水中溶入
「生命甘露」。

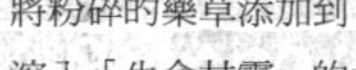

3.

將粉碎的藥草添加到
溶入「生命甘露」的水裡，
攪拌以進行「藥效萃取」。
用力搖！
用力搖！
用力搖！

4.

經過「殘渣分離」，
過濾掉藥草的粉末。

5.

「濃縮」成
約一半的量之後，再經過
「藥效固定」就完成了！

藥草幾乎都要在「粉碎」之前進行「乾燥」。
「藥效萃取」時也可以用攪拌的，可是用搖的比較快喔。
沒有確實經過「濃縮」的話，效果和氣味都會比較淡。
裝進瓶子後如果沒有「封入」，藥水就會愈來愈少，不可以忘記喔！

破限的時間
讓大家久等了！
我的故事要開始啦！
光蓋的生活中穿插著
第二集的關鍵字，
以粗體字進行下集預告的
超讚單元——
這就是「破限的時間」嘿！

貧民窟湧出史萊姆，餐桌上則擺滿半獸人肉。
終於雪恥的迷宮討伐軍抵達大海，而現在，
鍊金術師的故事即將從兩百年的沉睡中甦醒——

光蓋狼吞虎嚥地吃著愛妻便當，這時一名部下向他說道：

「會長，你最近的午餐都是半獸人肉的三明治呢。」

「擬面蔥滿了腦婆的愛啦！」

「嗚哇，髒死了。會長，請你先吞下去再說話啦！」

聽到部下這麼說，光蓋閉著嘴巴使勁豎起大拇指。為什麼閉著嘴巴也能這麼熱血呢？照明的數量明明不變，卻只有光蓋的周圍特別明亮。看著這樣的光蓋，部下用手拍掉髒東西，目光落在用來包便當的紙張上。

「嗯？這張包裝紙不是**半獸人祭典**的傳單嗎？話說回來，最近的便當包裝紙全都是……」

在部下說完之前，光蓋把剩下一點的三明治用紙包起來收進懷裡，然後像是要躲避還想說些什麼的部下，一邊咀嚼著嘴裡的三明治一邊移動到茶水間。

Limit Breaker's Time!

「史萊美，吃飯啦！」

光蓋探頭看進茶水間的垃圾桶。他並非因為怕老婆，不敢養寵物才偷偷養在公司。不知為何被光蓋取了名字的這隻**史萊姆**是用來處理廚餘用的。因此根本就沒有必要餵牠吃飯。

「多吃一點，**快快長大**喔！」

他果然是把牠當寵物來養。

「啊～會長，你又在餵**史萊姆**了！要是牠長到**滿出來**怎麼辦啊！」

冒險者公會難道就沒有能讓光蓋會長好好放鬆的空間嗎？轉身背對大發牢騷的部下，光蓋往櫃檯移動。

「這些是這次的貨品。」

「謝謝您平日的幫忙。」

一名美麗的大家閨秀正在與販賣處的店員對話。她是個藥師，似乎是來交貨的。

雖然她是很優秀的**藥師**，但還是不禁令人感嘆沒有魔藥的現狀。似乎有人會

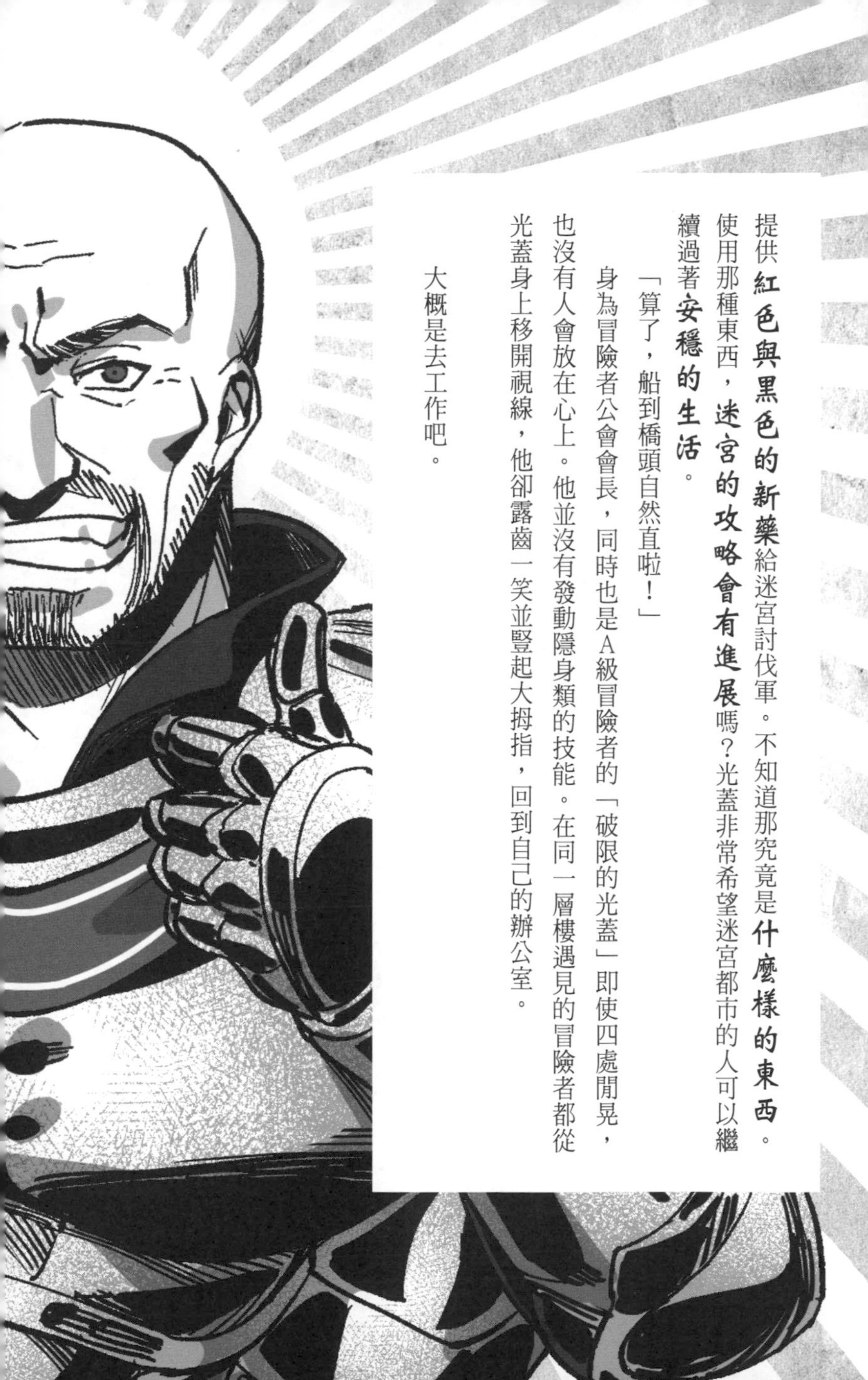
提供**紅色與黑色的新藥**給迷宮討伐軍。不知道那究竟是**什麼樣的東西**。使用那種東西，**迷宮的攻略會有進展**嗎？光蓋非常希望迷宮都市的人可以繼續過著**安穩的生活**。
「算了，船到橋頭自然直啦！」
身為冒險者公會會長，同時也是A級冒險者的「破限的光蓋」即使四處閒晃，也沒有人會放在心上。他並沒有發動隱身類的技能。在同一層樓遇見的冒險者都從光蓋身上移開視線，他卻露齒一笑並豎起大拇指，回到自己的辦公室。
大概是去工作吧。

✲後記

對於閱讀《倖存鍊金術師的城市慢活記①》到這裡的各位讀者，我要先表達感謝之意。

現在大概是樹木染上色彩的秋季。第一集發售的這個季節，恰好是瑪莉艾拉從假死的睡眠中甦醒的季節。

雖然秋季有柿子、栗子、葡萄、番薯、新米等值得期待的東西，但改變色彩的落葉隨風飛舞的模樣卻也令人感到寂寞淒涼。為了迎接終將來訪的冬日，大自然或許是想催促我們做好準備吧。

瑪莉艾拉在這樣的季節醒了過來。撇開能力不說，其他方面都與同齡少女無異的她在迷宮都市可說是無依無靠。就算想回去，她也只能在這裡繼續生活。我認為秋天的寂寥感和她的心境十分相似。一般人很少在每天的生活中去注意天空和植物的轉變，不過既然都將本書閱讀至此了，要不要欣賞秋季的天空和染上色彩的樹木，一頭栽進秋天的迷宮都市呢？

瑪莉艾拉看起來像是個「努力就能順利成功」的幸運女孩，但實際上只要試著努力，順利成功的例子其實出乎意料地多。就連我也沒有想到自己的作品竟然能轉變成書籍的形式。對於在「成為小說家吧」連載時就開始聲援我的讀者，我有說不盡的感謝。多虧有溫暖的感想、精確的意見，我才能一直撰寫到現在。

另外，以美麗的插畫彩繪這部作品，為瑪莉艾拉設計出十分適合她的造型的插畫家ox老師、將瑪莉艾拉的生活轉變為書籍設計的川名老師、細心地安排好每一件事的清水編輯等角川的各位同仁，真的非常感謝你們的照顧。

秋天過去後，季節將轉變為冬天。吹拂迷宮都市的風將傳達兩百年來的真相，飄落的白雪則平等地覆蓋重見天日的一切。但願我能與各位讀者共同欣賞第二集的這幅景色。

のの原兎太

のの原兎太

養了一隻十四歲的兔子。生活在約一坪圍欄中的牠很清楚飼主的手臂長度，想要討摸時會待在手可以勉強搆到的距離注視著飼主。我想要摸摸，但是不想要抱抱。人兔之間展開一場無言的攻防。

ox

插畫家，概念藝術家。喜歡少年少女與非人生物、民族風裝飾品以及帶著生活味的景色。蒐集而來的古董漸漸侵蝕了桌面。真有眼福。

幼女戰記 1~9 待續

作者：カルロ・ゼン　插畫：篠月しのぶ

沒有出口的戰爭唯有朝著愈演愈烈的情況邁進一途，這份混沌，就連幼女（怪物）也無法掙脫——

在損耗劇烈、受到閉塞感所困的情況下，帝國的輿論極為渴望著「勝利」。此時，回到帝都的譚雅接到的新工作，是以潛艇搜索並殲滅敵軍艦隊。祕密武器是瘋子親手製作的大型魚雷。賜予己身平靜——即使是如此微不足道的願望，也離譚雅愈來愈遠……

各 **NT$260~360/HK$78~110**

廢柴以魔王之姿闖蕩異世界 1~4 待續

作者：藍敦　插畫：桂井よしあき

凱馮等人這次目的地是溫泉鄉!?
同時出現神祕事件和人物，究竟是？

在凱馮一行人前往名產是溫泉的田園都市亞基達爾。這時出現另一組「解放者」那央，及隨行的女騎士和老魔導師，為了探查他們的動向，凱馮隱瞞身分加入他們，卻發現了意外的事實……大受好評的系列作第4集堂堂登場！

各 **NT$220/HK$68**

國家圖書館出版品預行編目資料

倖存鍊金術師的城市慢活記 / のの原兎太作；王怡山譯. -- 初版. -- 臺北市：臺灣角川, 2019.03-
冊；　公分
譯自：生き残り錬金術師は街で静かに暮らしたい
ISBN 978-957-564-818-3(第1冊：平裝)

861.57　　108000480

Kadokawa
Fantastic
Novels

倖存鍊金術師的城市慢活記 1

（原著名：生き残り錬金術師は街で静かに暮らしたい 1）

2019年3月20日　初版第1刷發行

作　者：のの原兎太
插　畫：ox
譯　者：王怡山

發行人：岩崎剛人
總經理：楊淑媄
資深總監：許嘉鴻
總編輯：蔡佩芬
編　輯：陳書萍
美術設計：莊捷寧
印　務：李明修（主任）、黎宇凡、潘尚琪

發行所：台灣角川股份有限公司
地　址：105台北市光復北路11巷44號5樓
電　話：（02）2747-2433
傳　真：（02）2747-2558
網　址：http://www.kadokawa.com.tw
劃撥帳戶：台灣角川股份有限公司
劃撥帳號：19487412
法律顧問：有澤法律事務所
製　版：尚騰印刷事業有限公司
ISBN：978-957-564-818-3
香港代理：香港角川有限公司
地　址：香港新界葵涌興芳路223號
新都會廣場第2座17樓 1701-02A室
電　話：（852）3653-2888